★ **1946-1950**
国共生死决战全纪录

张国明 田 静 ◎ 编著

攻克石家庄

长城出版社

图书在版编目（CIP）数据

攻克石家庄 / 张国明，田静编著. - 北京：长城出版社，2011.4
（国共生死决战全纪录丛书）
ISBN 978-7-5483-0076-2

Ⅰ.①攻… Ⅱ.①张… ②田… Ⅲ.①石家庄战役（1947）- 史料 Ⅳ.① E297.4

中国版本图书馆CIP数据核字（2011）第070605号

责任编辑 / 徐 华 箫 笛

攻克石家庄

编　著	张国明　田　静
图　片	解放军画报社授权出版　gettyimages授权出版
	资深档案专家王铭石先生供稿
出　版	长城出版社
地　址	北京甘家口三里河路40号
邮　编	100037
电　话	(010) 66817982　66817587
开　本	720 × 1000mm　1/16
字　数	230千字
印　张	17.5 印张
印　刷	北京龙跃印务有限公司
版　次	2011年4月第1版
印　次	2014年3月第2次印刷

标准书号 / ISBN 978-7-5483-0076-2/E · 1007
定　价 / 49.80元

★攻克石家庄 ○战事档案

解读国共生死大较量的历史
重温先辈们激情燃烧的岁月

战事档案

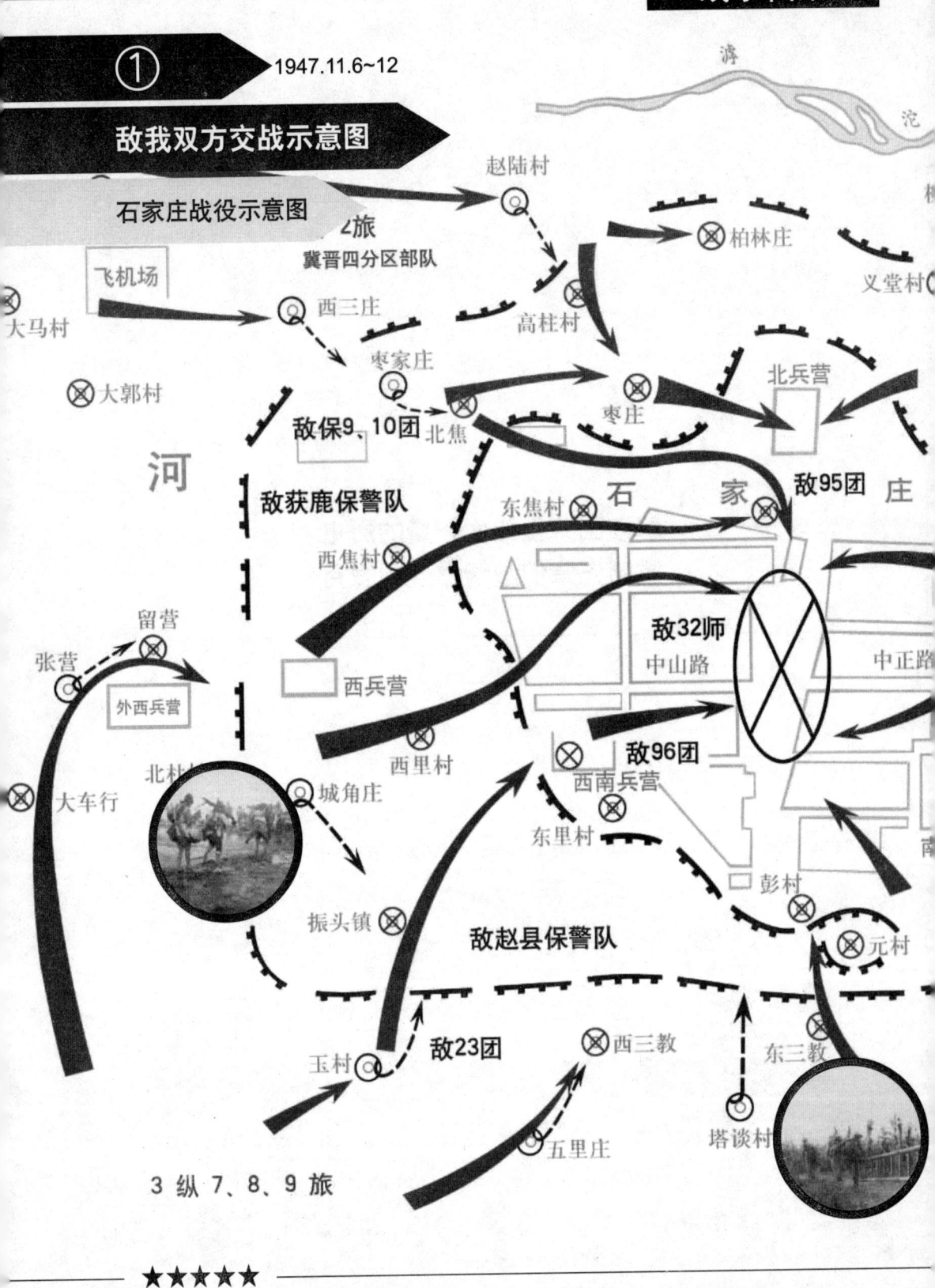

① 1947.11.6~12

敌我双方交战示意图

石家庄战役示意图

② 作战时间

1947年11月6日~12日

③ 作战地点

河北平原西南部石家庄地区

④ 敌我双方参战兵力

我军：
解放军晋察冀野战军3个纵队和6个独立旅及冀晋，冀中军区各一部。

敌军：
国民党军第32师及两个保安团等，总兵力2.4万余人。

⑤ 作战结果及意义

此次战役，晋察冀野战军全歼国民党军2.4万余人，其中俘虏2.1万余人，自身伤亡6,147人。攻克石家庄，使晋察冀解放区与晋冀鲁豫解放区连成一片，是人民解放军在解放战争期间攻克的第一个大城市，为尔后我军攻占国民党军守备的大、中城市增强了信心，提供了城市攻坚战的宝贵经验。朱德总司令曾把攻克石家庄誉为"夺取大城市之创例"。

图 例

→ 我军进攻方向
⊗ 我军歼敌地区
敌军集结防御地域
↙ 敌军退却方向

⑥ 我军主要指挥官

晋察冀军区司令员兼政治委员聂荣臻，晋察冀野战军司令员杨得志，政治委员罗瑞卿，第二政治委员杨成武、参谋长耿飚，第2纵队司令员陈正湘，第3纵队司令员郑维山，第4纵队司令员曾思玉。

★ 聂荣臻

四川江津人。1925年任黄埔军校政治部秘书兼政治教官。北伐战争开始后，任军委特派员、中共湖北省委军委书记。1927年7月被指定为中共前敌军委书记，12月参与领导广州起义。1931年底进入中央苏区，任中国工农红军总政治部副主任、第一军团政治委员，参加了中央苏区反"围剿"并参加长征。抗日战争爆发后，任八路军115师副师长、政治委员，与林彪一起指挥平型关战斗，后任晋察冀军区司令员兼政治委员，指挥雁宿崖、黄土岭战斗，率部参加百团大战。解放战争期间任晋察冀军区司令员、华北军区司令员等。1955年被授予元帅军衔。

★ 杨得志

湖南醴陵人。土地革命战争时期，历任红军第93团团长，红一军团第1师1团团长、副师长，第2师师长。参加了长征。抗日战争时期，任八路军115师343旅685团团长，344旅副旅长、代旅长，八路军第2纵队司令员，冀鲁豫军区司令员等职。解放战争时期，任晋察冀野战军、冀鲁豫军区第1纵队司令员，晋察冀野战军司令员，华北军区第2兵团司令员，第19兵团司令员。1955年被授予上将军衔。

★ 罗瑞卿

四川南充人。1926年入黄埔军校武汉分校学习。土地革命战争时期，历任红4军59团参谋长、纵队政治委员、师政治委员、军政治委员，红一军团保卫局局长，中央红军先遣队参谋长，红一方面军保卫局局长，红军大学教育长、副校长。参加了长征。抗日战争时期，任中国人民抗日军政大学教育长、副校长，八路军野战政治部主任。解放战争时期，历任北平"军事调处执行部"中共代表团参谋长，晋察冀军区副政治委员兼政治部主任，晋察冀军区政治委员，华北军区政治部主任兼第2兵团政治委员，19兵团政治委员。1955年被授予大将军衔。

★ 耿飚

时任晋察冀野战军参谋长。

★ 陈正湘

时任第2纵队司令员。1955年被授予中将军衔。

★ 杨成武

福建长汀人。土地革命战争时期，任红4军第12师教导大队政治委员，红一军团第1师政治委员、师长兼政治委员。参加了长征。抗日战争时期，任八路军115师独立团团长，独立第1师师长，晋察冀军区第1军分区司令员兼政治委员，冀中军区司令员。解放战争时期，任晋察冀野战军第3纵队司令员兼政治委员，晋察冀野战军第二政治委员，华北野战军第3兵团司令员，第20兵团司令员。1955年被授予上将军衔。

★ 郑维山

时任第3纵队司令员。1955年被授予中将军衔。

★ 曾思玉

时任第4纵队司令员。1955年被授予中将军衔。

⑦ 敌军主要指挥官

战事档案

国民党保定"绥靖"公署主任孙连仲，第5兵团司令李文，第3军军长罗历戎。

★ 孙连仲

河北献县人。国民党陆军上将。曾任国民党第二十六路军总指挥，江西清乡督办。抗日战争爆发后，任国民党第2集团军总司令，第一战区副司令长官，第六战区副司令长官，第十一战区司令长官兼河北省政府主席。1946年后，任保定"绥靖"公署主任，河北保安司令长官，南京警备司令等职。

★ 李 文

湖南新化人。国民党陆军中将。黄埔军校第一期毕业。长期在胡宗南军事集团中担任重要军职。1937年夏任国民党第1军第78师师长，1938年5月任第90军军长，1945年1月升任第34集团军总司令，1948年任第4兵团司令长官兼北平防守司令。1949年9月任西安绥靖公署副主任兼第5兵团司令长官。1949年底，第5兵团被解放军击溃，李文被迫投降。次年3月，逃离出四川，4月去台湾。

★ 罗历戎

四川渠县人。国民党陆军中将。黄埔军校第二期毕业。曾任国民党军第1军第78师副师长。抗日战争爆发后，任第8军第40师师长，第1军副军长，第36军军长，第3军军长。1945年10月底罗率第3军到达石家庄，担任石家庄防务。1947年10月，在清风店战役中被人民解放军俘获。

★★★★★

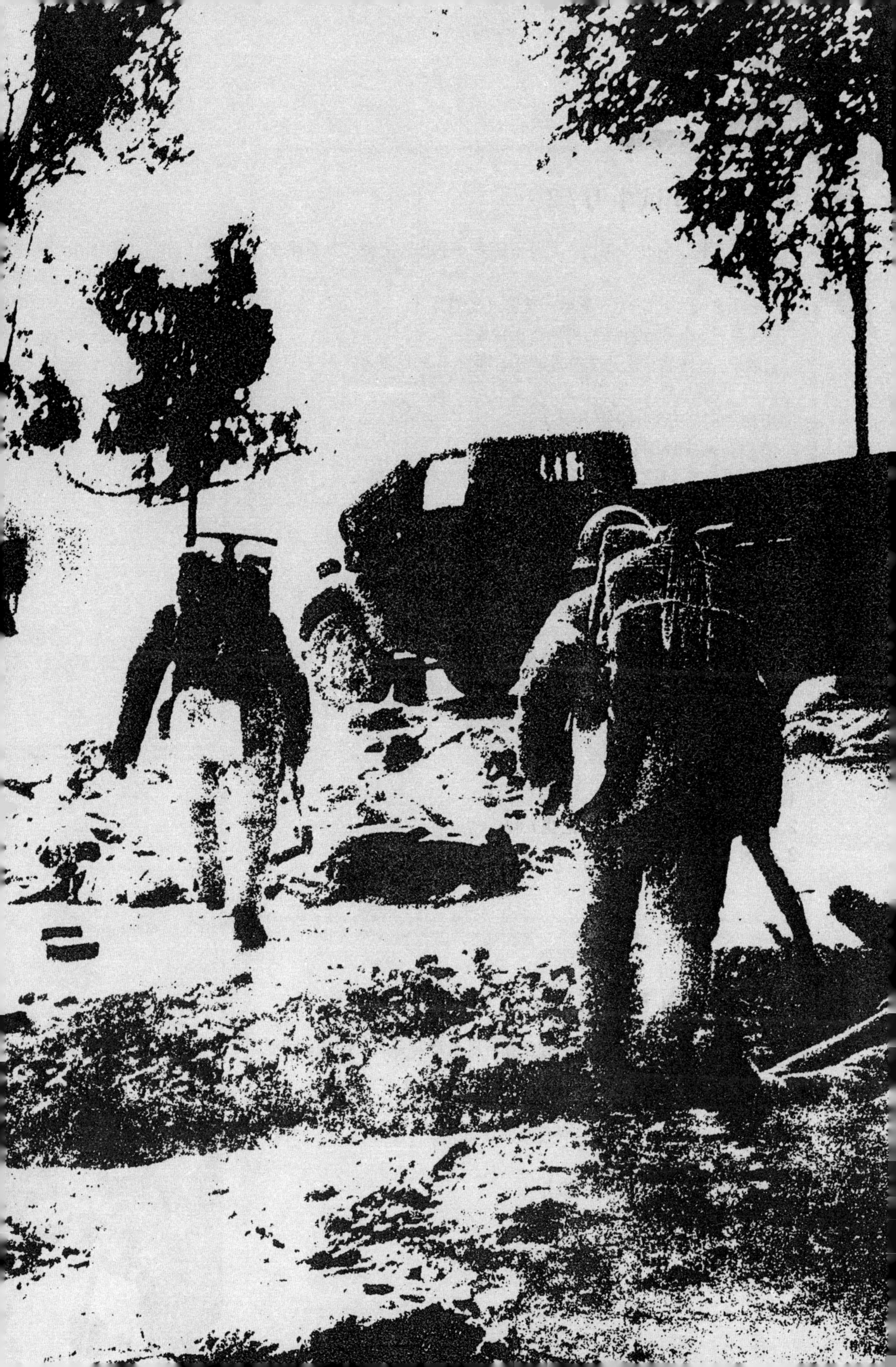

目录

第一章 > 小试牛刀 / 2

蒋介石说：何用3年？3个月，至多5个月，完全可以用军事解决问题。

毛泽东说：这个仗，是蒋介石逼迫我们打的。

结果，5个月后，解放战争全面爆发。

结果，3年后，毛泽东打进北平，蒋介石逃亡台湾。

1. 历史的时针指向1947年 / 3
2. 清扫石家庄外围县城 / 8
3. 沿正太铁路向西挺进 / 23

第二章 > 北上诱敌 / 36

战事如棋局，往往牵一发而动全局。

黑夜是战场上运筹帷幄、运动出击、实施障眼法的天然帷幕。杨得志、杨成武、耿飚等身经百战，都是运用天气天象、指挥千军万马的军事谋略家。

1. 牛身上哪里最肥 / 37
2. 共军又在玩围城打援的把戏 / 47
3. 一时难吞的肥肉 / 51

第三章 > 南下飞兵 / 62

蒋介石的目光严厉，眉宇间含着一股威严与杀气，连日的糟糕战况把他搅得心神不安，也异常愤怒。

部队昼夜兼程，连吃饭都是边走边吃。战争的残酷性在这种几乎超过人体极限的状况中体现得淋漓尽致。

1. 罗历戎出石家庄北上 / 63
2. 杨得志抢占先机 / 69
3. 车轮子硬是跑不过铁脚板 / 77

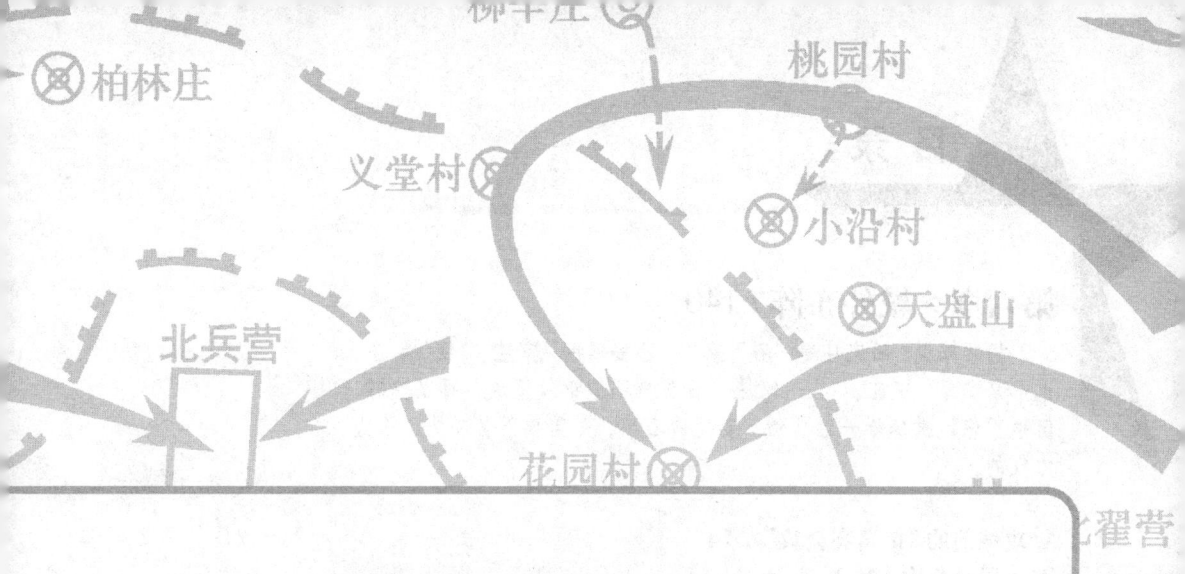

第四章 > 瓮中捉鳖 / 98

聂荣臻说：内战是蒋介石逼迫我们打的。

清风店一战，晋察冀野战军不但打出了一场漂亮的翻身仗，打出了华北战场的新形势，也为石家庄的解放打出了一个好开端。

1. 激战清风店 / 99
2. 英雄的防线 / 105
3. 特殊的会面 / 113

第五章 > 兵临城下 / 126

华北战场上的战火越烧越旺，随着我军一系列有效的军事行动，敌我双方的局面已经彻底扭转。

解放战争打到这时，解放军还没有拿下一座坚固设防的大城市。现在要攻打石家庄，能否取得成功，许多人表示怀疑。

1. 石家庄历来为兵家必争之地 / 127
2. 国民党的统治暗无天日 / 128
3. "三道防线胜过马其诺防线" / 132

目录

第六章 > 城外布阵 / 140

胡耀邦说：石家庄是"石"家庄，不是"钢"家庄、"铁"家庄，也不是"泥"家庄、"土"家庄。石头虽不似钢铁坚硬，可以捣碎，但也不像泥土那样一触即溃。要捣碎石头，是需要下苦功夫，用大力气的。

1. 攻城前的"诸葛亮会议" / 141
2. 人民是靠山 / 152
3. 守敌军心涣散，刘英信誓旦旦 / 153

第七章 > 横扫外围 / 162

黎明之前，黑夜是漫长的。胜利之前，等待是焦虑的。

战争是敌对的两个整体之间的较量。整体的战斗力来自每一个个体，但又不仅仅是个体之和。整体是力量与意志的凝聚，是智慧与勇敢的凝聚，是坚强与忠诚的凝聚。

1. 占领大郭村飞机场 / 163
2. 占领云盘山 / 171
3. 东岗头争夺战 / 180

第八章 > 突破外线 / 188

蒋军官兵弟兄们：我们的总攻就要开始了。石家庄现在已经成为一座孤堡，弹尽粮绝，待援无望。你们不要再为刘英卖命了！解放军的政策是不杀俘虏，不搜腰包，愿意回家的发足路费，愿意参加解放军的，热烈欢迎。离进攻的时间越来越近了，杨得志司令员无论如何也静不下来。他一会儿抬起手腕看看手表，一会儿看看挂在墙上的地图。红色的箭头又要向石家庄前移。

1. 把堑壕挖进外市沟 / 189
2. 我们的总攻就要开始了 / 190
3. 外市沟不堪一击 / 193

第九章 > 突破内线 / 200

　　大战前的敌我阵地，正如台风来袭前的海面，暗潮涌动。
　　战斗的惨烈程度，早已经超越了人的体能和心理承受极限。敌我双方都杀红了眼，因为双方都明白：只有战胜对手，才能夺取胜利。

1. 把堑壕挖到敌人的鼻子底下 / 201
2. 3纵在西南方向突破 / 202
3. 4纵在东北方向突破 / 215

第十章 > 攻克石门 / 228

　　当战争在真理与正义的天平上，孰是孰非，已经黑白分明的时候，胜负结局就没了悬念。
　　战争就像一个魔术师，它戏剧性的细节，往往出人意料，又在情理之中。

1. 瓦解核心工事 / 229
2. 活捉敌32师师长刘英 / 240
3. 攻克正太饭店 / 252
4. 石家庄解放了 / 258

第一章

小试牛刀

∧ 1947年，转战陕北时的毛泽东。

蒋介石说：何用3年？3个月，至多5个月，完全可以用军事解决问题。
毛泽东说：这个仗，是蒋介石逼迫我们打的。
结果，5个月后，解放战争全面爆发。
结果，3年后，毛泽东打进北平，蒋介石逃亡台湾。

1. 历史的时针指向1947年

1945年8月15日，日本外务大臣重光葵在投降书上签字。之后，毛泽东和蒋介石，分别代表共产党与国民党也在《国共两党停止军事冲突协议》上签了字。

但国共两党的和平局面，仅仅维持了5个月。

全面内战的隐患，早在5个月前，就埋在了蒋介石心里。

重庆谈判桌上，蒋介石借口"统一军令"和"统一政令"，企图取缔共产党领导的人民军队和解放区民主政权。

那一刻，话传出了历史话外音：

恃强骄纵的蒋介石说："要和，就照这个条件；不然，让毛泽东回延安带兵来打。"

毛泽东直言不讳："现在打，我打不过你们，但我有办法对付你们。莫看我们只有几十万条破枪，3年可见分晓。"

蒋介石说："何用3年？3个月，至多5个月，完全可以用军事解决问题。"

毛泽东说："这个仗，是蒋介石逼迫我们打的。"

结果，5个月后，解放战争全面爆发。

结果，3年后，毛泽东打进北平，蒋介石逃亡台湾。

重光葵 ▲

日本甲级战犯。1929年起，历任日本驻上海总领事、日本驻中国大使。1932年，在上海被朝鲜抗日志士投弹炸伤致残。1936年后历任日本驻苏、驻英、驻汪伪政权"大使"。1943年4月任日本外务大臣，1944年后任日本外务大臣兼大东亚大臣。1945年9月2日，代表日本政府签署日本无条件投降书。战后，作为甲级战犯被远东国际军事法庭判处有期徒刑7年。1952年被选为改进党总裁，1954年任民主党副总裁，后在鸠山内阁任外相。

< 重光葵在远东国际军事法庭被告席上。
> 解放战争时期的朱德。

历史的时针指向1947年。

1947年3月初，蒋介石调集34个旅、25万兵力、100多架作战飞机，向延安发起疯狂进攻。中共中央果断决定，由毛泽东、周恩来、任弼时组成中央前敌委员会，率中央纵队转战陕北；由朱德、刘少奇等组成中央工作委员会，率部分中央机关东渡黄河，挺进华北。

四五月间的华北平原，春意浓郁，树绿草青，气候宜人。

5月3日，朱德、刘少奇到达平山县封城村，与聂荣臻、刘澜涛、萧克、罗瑞卿等晋察冀党政军领导人共同研究晋察冀军事工作，确定了进一步集中兵力，在运动中大量歼灭敌人的部署。朱德充分肯定了晋察冀军区取得的胜利，同时也提出：

"首先祝贺你们最近打了一些胜仗，把石家庄外围清扫干净了，只是仗打得零碎了些。你们从张家口退出来以后，没有很好地把兵力集中起来，当然，形势今非昔比呀。河北这个地方很好，物产丰富，人口众多，民风朴实，民兵和地方武装也很多，如果你们学会了集中兵力，一定能够打更大的胜仗。

"打歼灭战，是红军的传统战略思想。我们历来是靠歼灭战来壮大自己、消灭敌人的，你们一定要贯彻打大歼灭战的思想。"

为了把"打大歼灭战"的思想贯彻下去，朱德采取了以下措施：

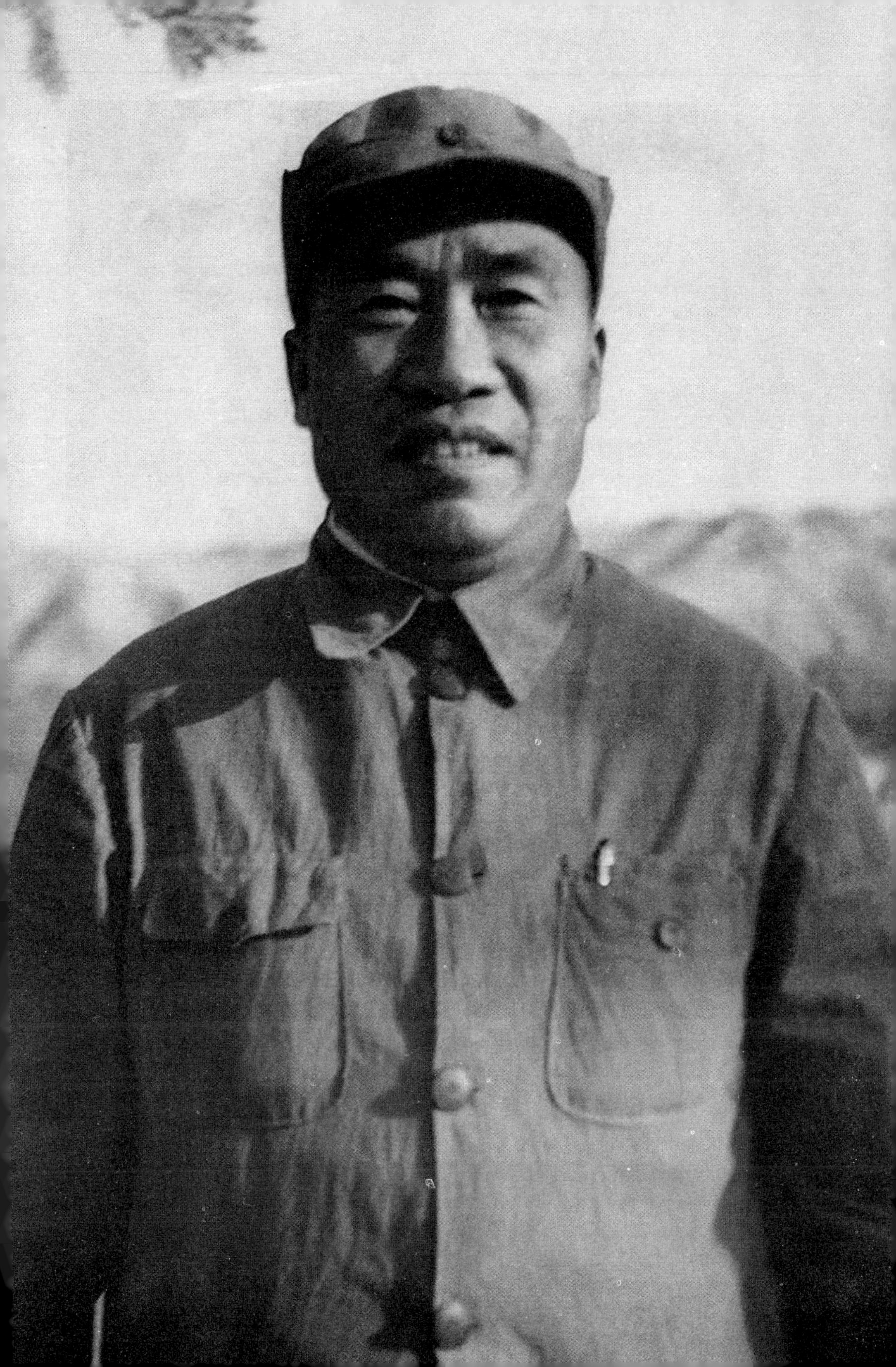

潘自力 ▶

陕西华州（今华县）人。土地革命战争时期，任中共陕西省委书记，西北民众运动指导委员会组织部部长，中共陕西省委宣传部部长。抗日战争时期，任晋察冀军区政治部宣传部部长、政治部副主任兼宣传部部长。解放战争时期，任晋察冀野战军政治部主任，华北军区第2兵团政治部主任，第19兵团政治部主任。

王 昭 ▶

直隶（今河北）平山人。土地革命战争时期，任共青团平山县委组织委员、县委委员，平山县委书记等。抗日战争时期，任平山中心县县委书记，晋察冀军区4分区地委副书记、书记，冀晋区党委副书记，冀晋军区副政治委员等职。解放战争时期，任冀晋军区副政治委员兼晋察冀军区第4纵队政治委员，中国人民解放军64军政治委员等职。

陈正湘 ▶

湖南新化人。土地革命战争时期，任红一军团第1师1团2营营长，红一军团第2师5团代团长，15师45团团长，2师4团团长，1师1团团长。抗日战争时期，任八路军115师343旅685团副团长，晋察冀军区第1团团长，第1支队司令员，第4、第11军分区司令员。解放战争时期，任冀晋军区副司令员，晋察冀军区第4纵队司令员、第2纵队司令员。

\> 陈正湘，1955年被授予中将军衔。
< 潘自力，石家庄战役时任19兵团政治部主任。（左页左图）
< 王昭，时任晋察冀军区第4纵队政治委员。

第一，在组织上进行调整，组成强有力的野战军指挥机构，加强野战部队的实力。经请示中央后决定：组建晋察冀野战军，杨得志任司令员，罗瑞卿任政治委员，杨成武任第二政委，耿飚任参谋长，潘自力任政治部主任。辖第2纵队，司令员陈正湘，政治委员李志民；第3纵队，司令员郑维山，政治委员胡耀邦；第4纵队，司令员曾思玉，政治委员王昭。同时还成立了由野炮、山炮、迫击炮团等3个团编成的炮兵旅。

第二，加强野战部队的训练与整顿。除整顿作风、整顿纪律外，特别强调战术、技术的训练，对在平原地区如何调动敌人，如何攻城打碉堡，如何使用大炮、炸药、步兵协同动作实行攻坚等问题，都同指战员一一进行了研究。

在朱德、刘少奇的亲自指导下，晋察冀部队很快确定了"打大歼灭战"的战略指导思想。

从4月到6月，晋察冀军区主力部队南下正太，东取青沧，出击保定，三战皆捷。

这三场战役的胜利，标志着中国人民解放军在华北已经开始扭转战局，由战略防御转入了战略进攻。

2. 清扫石家庄外围县城

正太铁路东起正定，西抵太原，虽然只有250余公里，却蜿蜿蜒蜒地穿过了崇山峻岭，把太行山劈成了南北两半，成为连接山西、河北的重要交通命脉，是国民党军队控制两省，输送部队、装备和物资的重要通道。

正太铁路沿线虽然有阳泉、井陉和天险娘子关，但是国民党军队主要部署在太原和石家庄这两个城市，其他地方主要是地方保安团队。因其部署的军队守备着铁路沿线，兵力相当分散，战斗力不强。更何况，沿正太铁路部署的国民党军队分属两个指挥系统．娘子关以东属于孙连仲的保定"绥靖"公署指挥；娘子关以西属于阎锡山的太原"绥靖"公署指挥。

国民党军阀之间历来是你不管我，我不管你，只求保存自己的实力。聂荣臻司令员在晋察冀与阎锡山打了八年交道，非常了解这位老对手。阎锡山老奸巨猾，一直以来都是山西的土皇帝。阎锡山长期盘踞在山西，他一贯的策略就是：只经营自己眼皮底下的事情，捂紧自己的醋坛子，有损自己实力却没有一丝好处的事情是不会去做的。我军在1月份发起了保南战役，保定至石家庄的平汉铁路在战斗中被破坏，火车已经不能通行，冀中和冀西基本上连成了一片。如果我军在石家庄周围发动进攻，山西的阎锡山肯定不会支援孙连仲，北面敌人也难以顺利地南下增援。

经过慎重考虑，聂荣臻于1947年3月31日向中央军委报告：

我即举行正太战役，目的在于歼灭正太线及石门（石家庄）外围之敌，并彻底破坏铁路。战役分两期完成：第一期重点于东段，以三个纵队歼灭石门外围之敌；第二期以主力向西大举破击。在第一期完成后，如平汉北段之敌南援，可打时则先歼援敌，然后向西破击。全战役约一个月左右完成。

正太战役先从清扫石家庄外围的正定、栾城、获鹿、元氏、赞皇、井陉等几座县城和周围众多据点开始。

4月3日，发动正太战役的命令传达到各部队，部队开始分头向预定集结地域开进。

以滹沱河为界，杨得志、李志民指挥第2纵队，杨成武指挥第3纵队，在石家庄北面的正定一带作战；陈正湘、胡耀邦指挥第4纵队，孙毅、周彪指挥冀中部队在石家庄东南的栾城、元氏一带作战。

∧ 孙毅，1955年被授予中将军衔。　　　　　∧ 周彪，1955年被授予中将军衔。

孙 毅

河北大城人。土地革命战争时期，任红五军团14军41师参谋长，军委教导师参谋长，红三军团教导大队大队长，红一军团参谋长等职。抗日战争时期，任晋察冀军区军政干部学校校长，晋察冀军区、冀中军区参谋长，抗大二分校校长，晋察冀军区第3军分区司令员等职。解放战争时期，任冀中军区代司令员、司令员兼晋察冀军区第7纵队司令员，河北省军区司令员。

周 彪

江西吉安人。土地革命战争时期，任红九军团第3师7团政治委员，军团政治部民运部代部长，教导队政治委员，红四方面军政治部巡视员等职。抗日战争时期，任八路军120师独立第4支队支队长，冀中军区第10军分区政治委员，第8军分区政治委员等职。解放战争时期，任晋察冀军区第3纵队7旅政治委员、旅长，冀中军区副司令员兼华北军区第7纵队副司令员。

8日，战斗打响。我4纵派12旅直奔获鹿，随后把纵队主力和冀中部队集中在石家庄东南：北至滹沱河，南至元氏的区域里。我军部队10旅在南面，11旅在北面，将敌人分头包围，紧接着由东向西，由北向南，采取"奇袭渗透"的战法，将散居城外的敌人各个歼灭，并造成攻取石家庄的态势。守备石家庄的敌第3军军长罗历戎一看情况不妙，赶紧命令第3军收缩市区，等待援军。

驻守各村据点的敌人都是地方武装，不堪一击，战斗进行得比较顺利。不到一天的时间，4纵10旅、11旅就接连拔掉敌人白伏、方村、韩同等30多个据点。

9日，4纵11旅配属野炮4门，乘胜攻击栾城。

在4纵主力清扫敌人各村据点的同时，冀中部队则趁机围歼栾城之敌，到主力围攻栾城之时，冀中部队已经攻克了栾城周围各大据点和东西两关，守备栾城的800余名敌人被围困在城内。

国民党第3军军长罗历戎

四川渠县人。国民党陆军中将。黄埔军校第二期毕业。曾任国民党军第1军第78师副师长。抗日战争爆发后，任第8军第40师师长、第1军副军长、第36军军长、第3军军长。1945年10月底，率第3军担任石家庄防务。1947年10月，在清风店战役中被人民解放军俘获。

4月的栾城，早已是春暖花开。城内的守敌却没有什么心思欣赏这美景，自从被我军包围后，城内的敌人便胆战心惊，如惊弓之鸟，稍有风吹草动，就大喊大叫，连连放枪。

栾城西关。

敌我双方紧张对峙，看似平静之中，实则一股暗流正在悄悄涌起。

突然，一声长嘶划破了天空，从我军阵地上跃出一匹战马。紧跟着，又跃出几匹战马。马背上，解放军战士一手拉着缰绳，两腿用力夹马的肚子，战马都经过特殊训练，立刻风驰电掣般顺着西关绕着栾城转开了圈。

"有情况！快开火！"敌人一阵慌乱过后，各种火器同时开火，顿时枪炮声响成一片。

此时，我军11旅指挥部内也是热闹非凡。

"看清楚了吗？一定要看仔细！"

"是。"

"记录主要的火力点，要精确。"

这是怎么回事呢？

原来，为了摸清敌人的火力情况，11旅派出了侦察骑兵，沿西关至孟家园跃马转了一圈，守敌惊慌失措，各火力点同时开火，这样，敌人的明暗火力点便暴露无疑。

10日，我军炮兵进入了彪冢阵地，准备对栾城发起攻击。

战斗一打响，栾城的守敌便进行疯狂地轰击，炮弹如雨点般砸到我军阵地上，耳边如炸雷一般，轰鸣不断，阵阵烟雾腾空升起。

"报告，敌人火力猛烈，我军火炮射程有限，打不到敌人。"

"马上向前推进！动作要快！"

"是！"

炮兵指挥所命令一下，我军英勇的炮手们迅速把火炮推进到了离城100米左右的地方。敌人的子弹在炮兵战士们的头上"嗖嗖"飞过，炮手们毫不畏惧，一个倒下了，马上顶上来一个补充战斗，打得异常顽强激烈。

"嘿，土八路，有种的往这儿打！老子躲都不躲！"西城楼上的一个国民党军官拍着胸脯叫嚣。

"就你们那破炮！站着不动都打不着！"那个敌军官嚣张地又喊道。

"这可是你自己找的！"一个炮手嘴里嘟囔着，迅速进行了瞄准射击。

只听"轰"地一声，一发炮弹冲着西城楼飞了过去，一声巨响，城门楼上掀起一股浓烟，那个狂叫的敌军官被轰上了天。

一排炮响过后，西城门楼顿时变成了一堆破砖烂瓦，一具具尸体滚到了城墙下边，敌人的火力基本上被我军炮火压制住了。

炮兵压制住敌人火力后，嘹亮雄壮的冲锋号声响彻云霄，总攻开始了。

踏着烟雾，攻城的解放军战士们抬着云梯往城下冲去，一排排子弹擦着身子飞过，迫击炮和手榴弹的爆炸声一阵紧似一阵。

突然，抬梯子的一个战士闷哼一声，倒在了一边，梯子一歪，后边的战士马上冲上去接过梯子，继续抬着往前冲。

11旅31团、32团的突破口选在西门。这里只有一道城门，虽然已被沙袋填堵，但是容易爆破。战士们依托西关，把进攻阵地选在离城50米的地方。

"炮火，压制西城门敌人火力！突击队，上！"

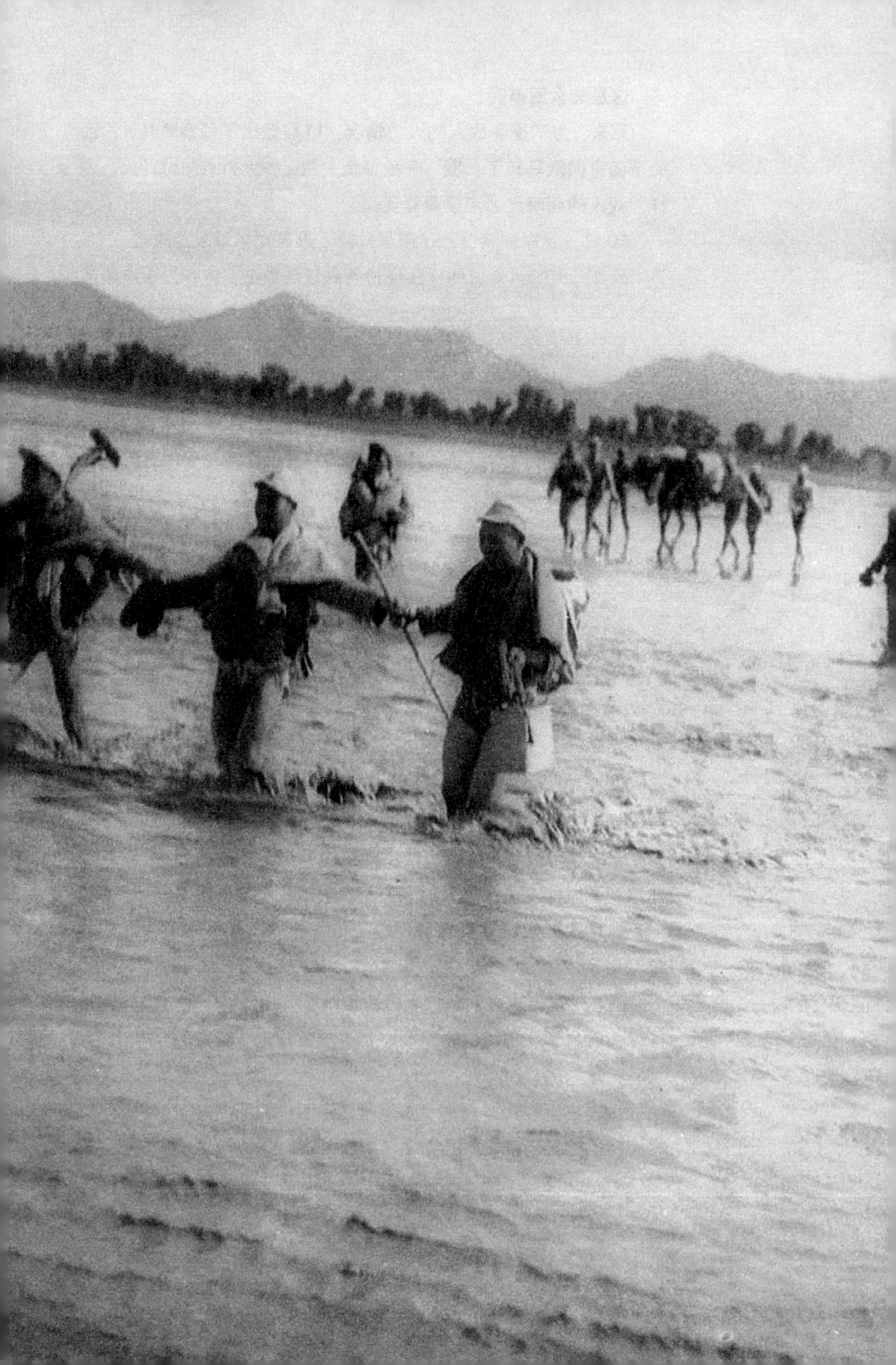

∧ 正太战役发起前，我军某部渡过滹沱河奔赴前线。

霎时，炮火从三个方向猛轰西城门的敌人，打得敌人抬不起头来。突击部队趁机以迅雷不及掩耳之势冲了上去，实施连续爆破，炸毁了铁丝网。最后，炸开城门，突破城圈，突入城内，前后只用了7分钟。半个小时后即全歼守敌，占领栾城。

11日清晨，经过几天激战的栾城，仍有战火后的痕迹，街上一片狼藉，空气中到处弥漫着刺鼻的火药味。侧耳听听，发现枪炮声彻底停息了，乡亲们悄悄走出屋子。一推门，便被眼前的景象惊呆了：

门外大街上，战士们有的脸朝上，平躺着；有的侧身弯成虾状；有的腿搭在别人的身上……

这些战士都很年轻，有的脸上还稚气未脱，只有十七八岁。他们的衣服都已经被露水打湿了，但是，没有一个人翻身，也没有一个人被开门声吵醒，他们实在太累了，此时此刻，连睡梦中都是胜利后安心的笑容。

一位大爷匆匆地拐回屋里，一会儿，抱出来一床被子，轻轻地盖在战士们身上；

一位老大娘，抹了抹顺着眼角滑落的眼泪，转身也回了屋，她在厨房里忙活，想着给这些孩子准备一顿早餐；

一个，两个，三个……

乡亲们都不约而同地转身，有的拿被子，有的拿衣服，有的准备吃的……没有人忍心吵醒这些沉睡的战士。

4纵进攻的同时，8日夜，3纵8旅、9旅从左右两翼直取正定以北的新安、吴兴。3纵7旅和2纵的4旅、5旅直逼正定城。午夜，7旅21团首先炸毁滹沱河铁路大桥，切断敌人南逃石家庄的去路。同时，其他部队连夜扫清了城外的各据点，占领了正定火车站。9日，部队包围了正定城，开始进行攻城准备。

正定城，古为真定城，离石家庄15余公里，是石家庄的北大门。西依平汉路，南临滹沱河。正定城墙周长20公里，高约12米，宽约7米，东西南北四座城门各有瓮城三层，城门三道；城角和城门楼上都筑有砖石水泥碉堡，有高碉、伏堡；城墙中部挖有射击孔和暗火力点。城墙周围有3米多宽的护城河，城外地形开阔，便于发挥火力，不利于我军接近。此时，城内有守敌约6,000余人，是国民党第7师19团和侯如墉的保安第5总队及还乡团。

∧ 我军炮兵正向敌阵地轰击。

11日18时，总攻正定的战斗打响了。

4旅从东北，5旅从东南，7旅从西北、西南同时发起攻击。

7旅指挥所下达的命令是：

炮兵集中火力射击突破口，并压制突破口西侧的敌人火力发射点；

突击队利用炮兵的压制性猛烈炮击和步兵火力的掩护，交替前进，搭设浮桥，迅速通过环城的外壕，直逼城下。

战斗打响后，梯子组的战士迅速在城下架起了云梯，7旅21团的战士们争先恐后地向上爬，然而由于敌人火力的严密封锁，战士们纷纷从梯子上摔下来，不少战士牺牲了，第一次登城失败。

指挥所马上下令：

各种火器集中对准突破口及两侧敌人火力点射击，支援突击部队再次登城。

在强大的火力掩护下，1营部队迅速登上城头，并立即向突破口两翼扩张。敌人见势，集中火力，疯狂扫射登上城头的战士。一阵激烈拼杀后，我军战士终因力量悬殊，被迫退回城下。

同时，其他两个团也因突破口选择不当，突破失败。

战斗打得异常激烈和艰难，战斗进行到黄昏，7旅下令各团暂时停止进攻。

7旅进攻失利，2纵5旅14团却在城垣东南打开了豁口。

原来，我军炮兵经过猛烈射击后，敌人城垣东南的火力点被压制住了，守在此处的敌人被炮火打得晕头转向，只有招架之力而无还手

▽ 我军工兵炸毁了正太线上的铁路大桥，切断了敌人南逃之路。

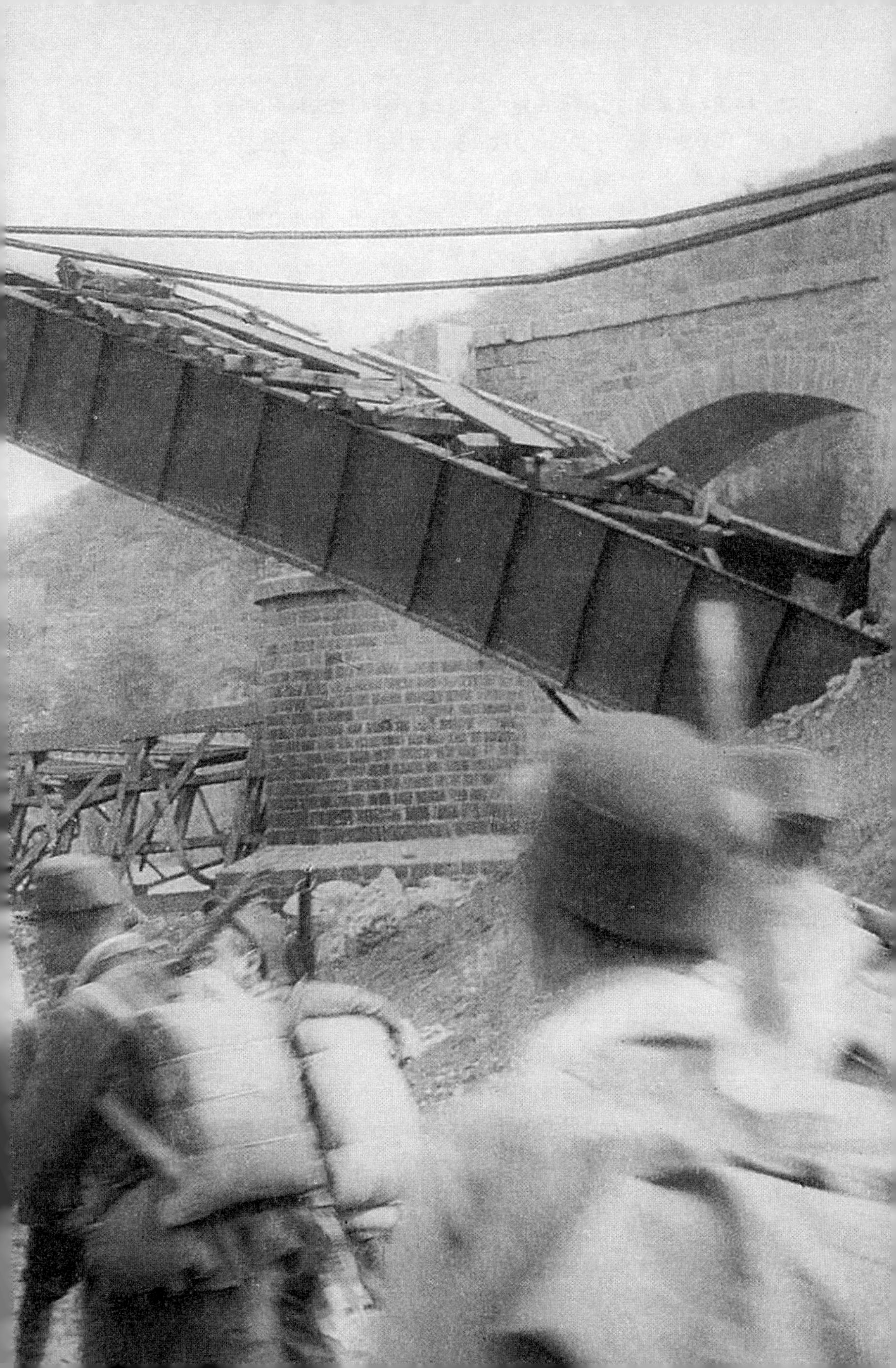

之功。14团7连某班班长黄树田趁机率领7名战士抬着云梯向城墙下冲刺,10分钟便通过了护城河。敌人反应过来时,战士们已经冒着浓密的火网,将梯子靠上了城墙。

　　清醒后的敌人,发疯似的拼命往下扔手榴弹反击,并用力地推梯子,眼看梯子就要被推倒了,情况异常严峻。

　　突然,"轰轰轰"几声巨响,推梯子的敌人都倒下了。再看黄树田,他正两只手抓着手榴弹,左右开弓向城上的敌人投去。

　　扶云梯的战士都挂了彩,但是仍然用双手紧紧地抓牢梯子。突然,一颗手榴弹落在了梯子下面,黄树田眼疾手快地飞起一脚,把手榴弹踢了出去。

　　突击队迅速组织攀梯子登城,火力封锁的同时,还有几个敌人,每人手里攥着一把刺刀,在城墙上对准梯子胡刺乱砍。千钧一发之际,副班长王儒迅速地投出一颗手榴弹,趁爆炸的瞬间,第一个登上了城头。战士们紧随其后,纷纷登上了城头,巩固了突破口,为后续部队开辟了前进的道路。

　　随后,黄树田班长带领几个战士,抱着40多公斤重的炸药包通过了封锁线,运动到南城门上,用炸药把城门炸开。嘹亮的冲锋号响起,大部队如同泄了闸的洪水般从南城门涌进城里。

　　在东北角攻城的是2纵4旅的战士们。

　　在炮火的掩护下,战士们只用2分钟,便用12张方桌和一部分铺板在护城河上架起了一座简易便桥。

　　顿时,敌人的手榴弹都冲着桥上飞过来。

　　手榴弹在河里炸开了花,一个又一个浪花随着爆炸声卷起,不少战士被炸进了河里,河水被染成血红色。后面的战士们依然奋不顾身地往前冲,几次冲锋后,终于突破成功。

　　此时,城西北、西南攻城失利的3纵7旅,在2纵4旅攻城的同时,利用夜幕发起了第二次冲击。

　　在夜色的掩护下,战士们悄悄地将山炮推到敌人外壕附近,实施抵近射击,各种火器一齐开火;同时,一排排的手榴弹集中向敌人的城垣投去。城垣爆炸的瞬间,突击部队蜂拥而上。

　　19团的战士们用长竹竿绑上炸药,炸毁了突破口附近的火力点,从西南面突破;

　　21团利用火箭筒,在距离敌人二三十米的地方突然开火,三发

▽ 在正定之战中，我军某部突击队通过突破口登城。

∧ 我军突击队正抬着云梯向正定城下运动。

> 我军突击队登上正定城墙向纵深攻击。

三中，消灭了敌人城垣上的三个火力点，从西北角突破；

其他各部队也相继登城，大胆穿插，将敌人分割成了几大块，各个歼灭。

4月12日中午，解放正定的战斗全部结束。全歼敌人守备第7师19团和保安第5总队共4个团6,000余人，保安第5总队司令侯如墉化装潜逃，7师少将副师长刘海东被俘。

我军经过几个昼夜的激战，肃清了栾城、正定及周围敌人90多个据点，只有元氏还被敌人掌控。至此，保定以南，石家庄以北长达150余公里的平汉铁路已经全部被我军控制，包括沿线的城镇和车站。

突 破

在敌防御阵地或防线上打开缺口的作战行动，是向敌纵深发展、分割、围歼敌人的前提条件，是进攻作战的关键性阶段。为了顺利地实施突破，通常将突破口选在与敌防御要害相关的弱点上，并集中力量于突破口上，实施连续突击，并迅速将战术突破发展为战役突破和战略突破。现代条件下，尽管可以空中机动部队实施纵深攻击，但突破的地位与作用并没有降低。

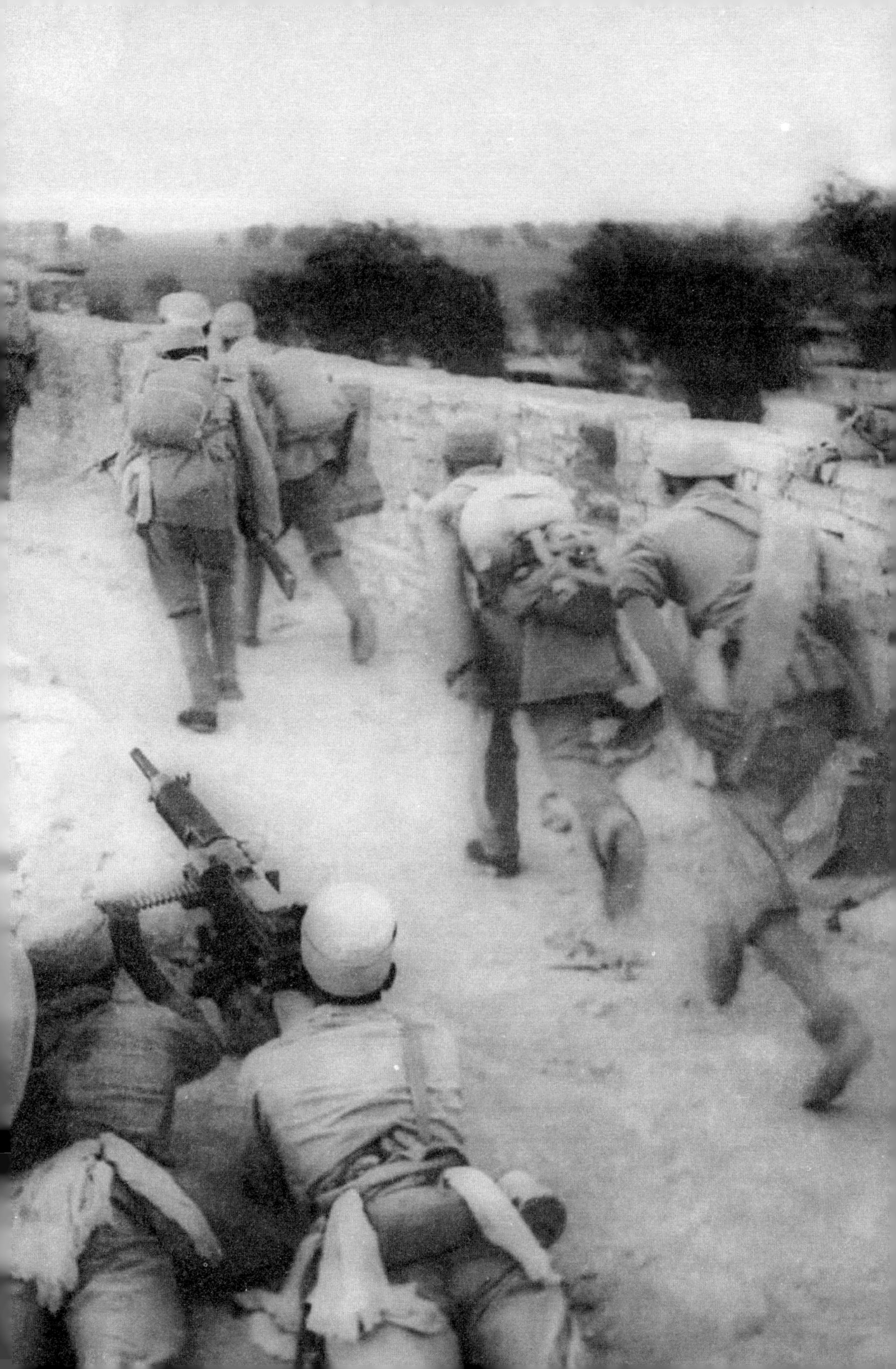

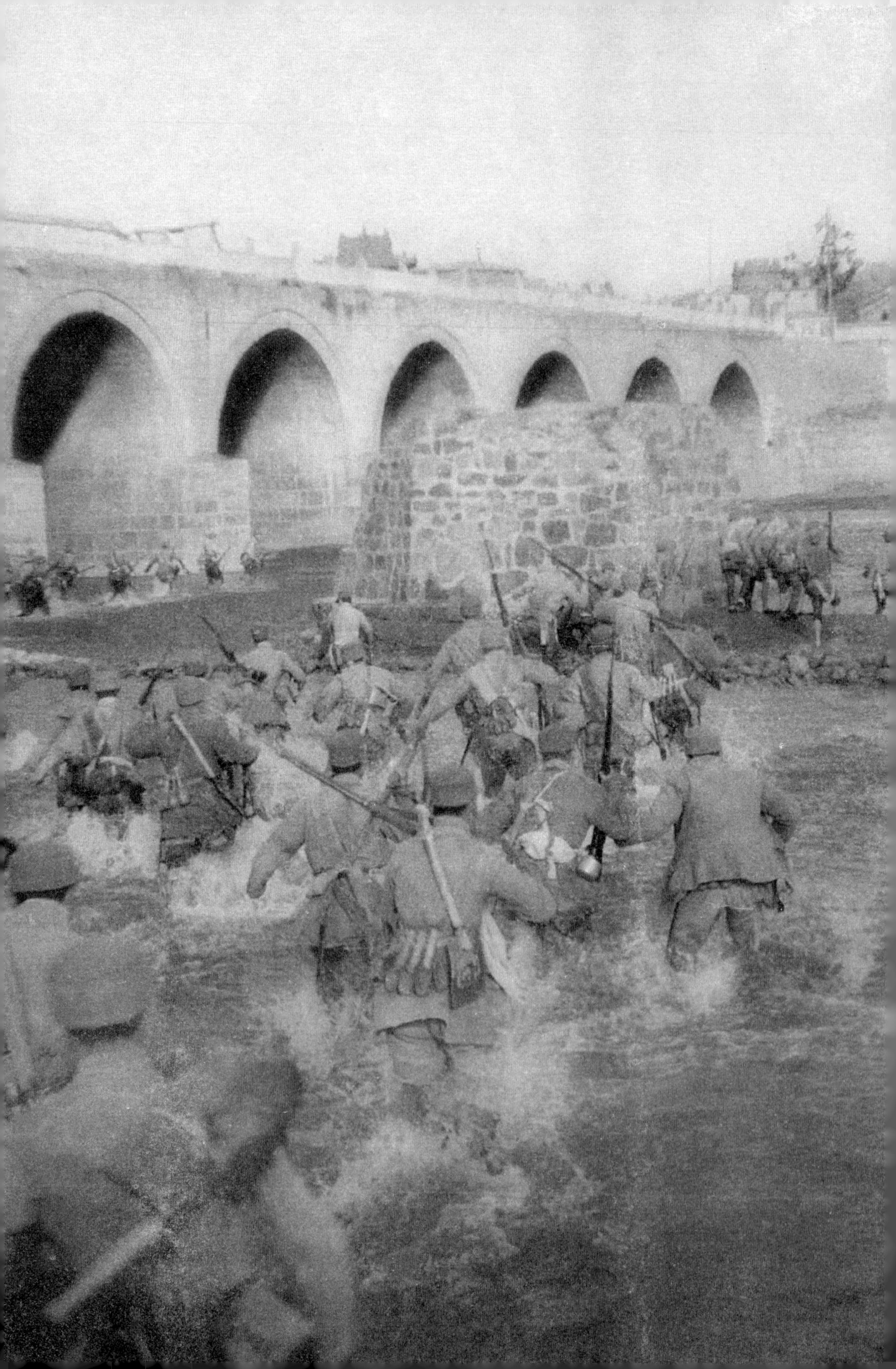

3. 沿正太铁路向西挺进

战场上的力量对比往往会在一瞬间转变，所谓借力者勇，借势者威，正是这个道理。

我军解放栾城及正定后，敌第3军缩在石家庄市区内，不敢出援。

平津保的敌人虽然没有南下救援，却于4月8日以三四个军的兵力，向大清河北我军的根据地进攻，颇有"围魏救赵"之意。

我军第2、3纵队主力，按预定作战方案，直奔获鹿而去，并未理睬敌人。

毛泽东得知这一战况后，及时向华北前线发电，称赞说：

你们现已取得主动权，如敌南援，你们不必理他，仍然集中全力完成正太战役，使敌完全陷入被动，这是很正确的方针……这即是先打弱的，后打强的，你打你的，我打我的（各打各的）政策，亦即完全主动作战政策。

获鹿县城位于正太路北，距离石家庄15公里，是石家庄的西面门户，也是通往山西的要冲。城周围西、北、南三面环山，东为平原，城周围沟壑纵横，城墙周长约2.5公里，高约13米，用石头砌成，非常坚固。城内有一座七层古塔，高40多米，是城内惟一的制高点，城墙筑有多道工事，各突出部位均有两三个大堡垒，城外各高地要点都筑有碉堡，易守难攻，守城部队是县保警队。

获鹿县如被攻破，将使石家庄侧翼暴露，且直接威胁大郭村飞机场。

4月14日，我军3纵9旅在4纵12旅的协同下，先后扫清了获鹿外围之故城、南新城、凤凰山、牛坡山、石岭山的敌人据点。随之，两个旅各派一个团出击大郭村方向，阻止敌人增援。当天夜里，部队秘密逼近获鹿四关，连夜打通墙院，改造地形，修筑工事，于15日黄昏向获鹿发起总攻。

前后仅用两个多小时，便拿下了获鹿，全歼获鹿保警队1,300余人，打开了西进的门户。

< 我军向井陉东关前进途中强渡微水河。

∨ 我军某部占领了井陉车站。

掏心战术

亦称"猛虎掏心战法",是破袭敌方指挥系统的战术。以奔袭手段,秘密迅速楔入敌人纵深,首先摧毁其指挥中枢,尔后乘敌失去指挥混乱之际,给予分割包围,各个歼灭。在1945年10月的平汉战役中,刘伯承、邓小平指挥的晋冀鲁豫野战军,即运用掏心战术,摧毁国民党第十一战区副司令长官马法五的指挥部,生俘马法五,接着分割围歼四散奔逃之国民党第30军和第40军,获得全胜。

16日,我军乘胜追击,向井陉发起进攻。

井陉旧城西依娘子关,东连获鹿。该城垣均为石头砌成,高约7米,北面傍山,东、西、南三面濒临绵河,形成天然的屏障。城西南有雪花山,可俯瞰全城,是井陉城的重要屏障。敌人在山顶筑有坚固的碉堡,城北沟壑纵横,地形险要。

该城有东、西、南三门,城东南角有一座鼓楼,筑有坚固工事;东面绵河上有一座石桥,与河东村相接,是进出城的主要交通要道;绵河东岸山坡上有一座高约10米,宽约3米的古塔,为敌人强固的火力点,驻兵一个加强排,并配有4挺机枪,可直接控制绵河石桥。城垣四周和矿区周围纵深数十里内,有星罗棋布的据点和碉堡群,拱卫着城垣和矿区。

我军经过周密的侦查和仔细的研究得出:大部分的敌人都聚集在外围防守,内部空虚,井陉的防守是"外坚内弱"。于是,我军决定采取避开外围,出其不意,直捣城内的掏心战术,一举拿下井陉城。

16日22时,3纵7旅向井陉以北矿区发起进攻。

21团炸开敌人矿区围墙穿插而入,两个小时即攻克横涧矿;

20团用掷弹筒平射摧毁敌人的碉堡,以炸药破坏敌人的电网,于17日黎明占领王舍矿;

19团则攻占了天户、北寨各点。

与此同时,3纵8旅也向敌人发起了猛烈攻击。

24团攻占了井陉车站、雪花山;

23团占领了凤山矿;

22团担任掏心任务。该团战士于17日拂晓,首先攻下河东村,并对河东村山坡上的高塔进行攻击。

突击队的战士们呐喊着冲向高塔。

敌人的4挺机关枪"突突突"不停地射击，4条火舌喷向了冲锋的战士，顿时血肉横飞。10分钟过去了，战士们依然没有攻下高塔。

22团团长徐信一直通过望远镜，观察前方的战事。看到这种局面，他不禁焦急起来：时间紧迫，再冲锋只会浪费时间，造成更大的伤亡。

于是，他马上下令：

留一个排围住高塔，牵制敌人火力，主力部队强渡绵河。

霎时，炮火声震天。主力部队在火力掩护下，开始强渡绵河。

战士们不顾河水冰冷，纷纷跳进齐腰深的水中，强行渡河，从东关和北关突进。接着凿墙穿院，迅速全歼守关之敌，逼近井陉城下。

此时的井陉城门共有两道，并筑有坚固工事。团部经过研究决定：

1营从城门以北靠梯子登城；

2营爆破城门向城门以南突破。

17日16时，总攻开始。

在团部统一指挥下，我军的山炮、野炮、轻重机枪、掷弹筒等，突然一齐开火，对守备东门的敌人进行猛烈地轰击。

1营在城北迅速完成突破。

与此同时，2营5连第一爆破组组长王敬身带领该组的战士们，冒着密集的炮火，穿过民房，顺城墙根，接近城门，放置了数百斤的炸药。只听"轰"地一声巨响，城楼被炸开了一个口子，守敌被炸上了天。2营的战士们如猛虎下山一般直扑城门。

∨ 我军在井陉城内与敌激战。

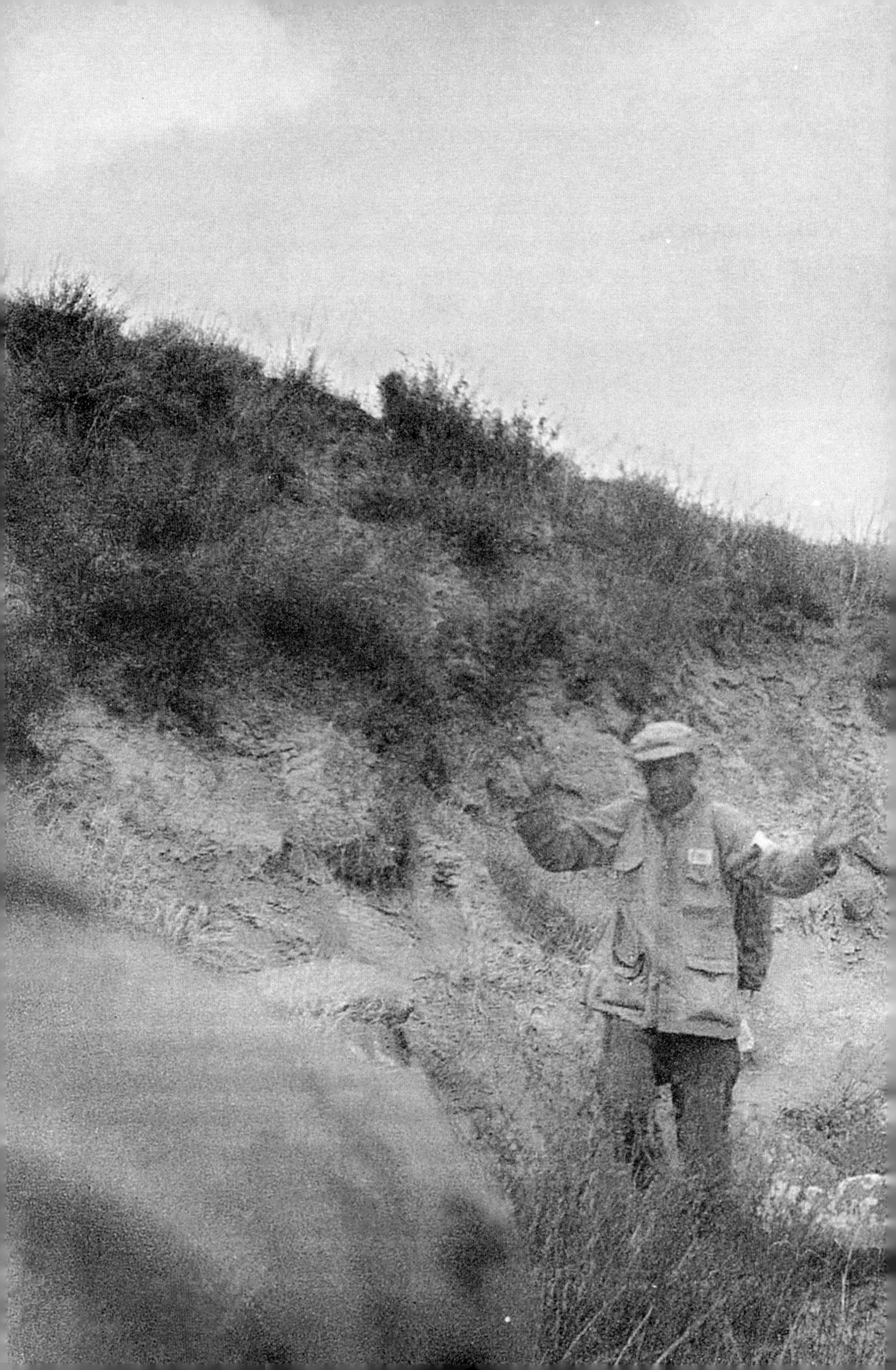

∨ 在我军强大攻势下敌军缴械投降。

1、2两个营像两把尖刀直插城内，在城区与敌人展开了激烈的巷战。

敌人被杀得晕头转向，纷纷向西门溃败，我军战士在后面紧追不舍，一边追一边高喊：

"缴枪不杀，你们没有退路了！缴枪不杀！"

敌人眼看到了墙边，没有办法，纷纷丢掉机枪，从城墙上往下跳，顿时，哀号声四起，敌人有的被摔死，有的被摔伤。

后面的敌人一看，当即吓破了胆，再也不敢往下跳了，在城墙边哆嗦成了一团。几名战士追上城墙，端起敌人丢弃的机枪，高喊：

"缴枪不杀！"

"缴枪不杀！"

60余名敌军当即举手投降，成了俘虏。

混乱中，200余名敌人惊慌失措地逃到了河滩，正好遇上我军24团的战士们，被全部歼灭。

前后两个小时，我军即肃清了城内的全部敌人。

河东山坡高塔上的敌人见孤立无援，也纷纷缴械投降。

至此，战斗胜利结束，共歼灭敌人600余人，井陉城及井陉矿区解放。

井陉矿区在1940年百团大战时曾被我晋察冀人民解放军一度解放。此次重新得到解放。该矿区的职工在炮火停后，即刻蜂拥而出，主动协助我军恢复秩序，将完好无损的器材物资交给解放军。他们兴奋地说：

"这些机器我们保护得很好，就等你们来了！"

我军解放该矿区后两个小时，便恢复了秩序，5,000余名矿工兴高采烈地马上复工。

> 时任八路军副总指挥的彭德怀，在百团大战中亲临前线指挥作战。

百团大战

1940年8月20日，晋察冀军区、第129、第120师在八路军总部统一指挥下，发动了以破袭正太铁路（石家庄至太原）为重点的战役。战役发起第3天，参战部队已达105个团，故称"百团大战"。从8月20日至12月5日结束，共进行大小战斗1,824次，歼灭日、伪军46,500余人，破坏铁路470余公里，公路1,500多公里。百团大战给日军以沉重的打击，鼓舞了中国人民抗日必胜的信心。

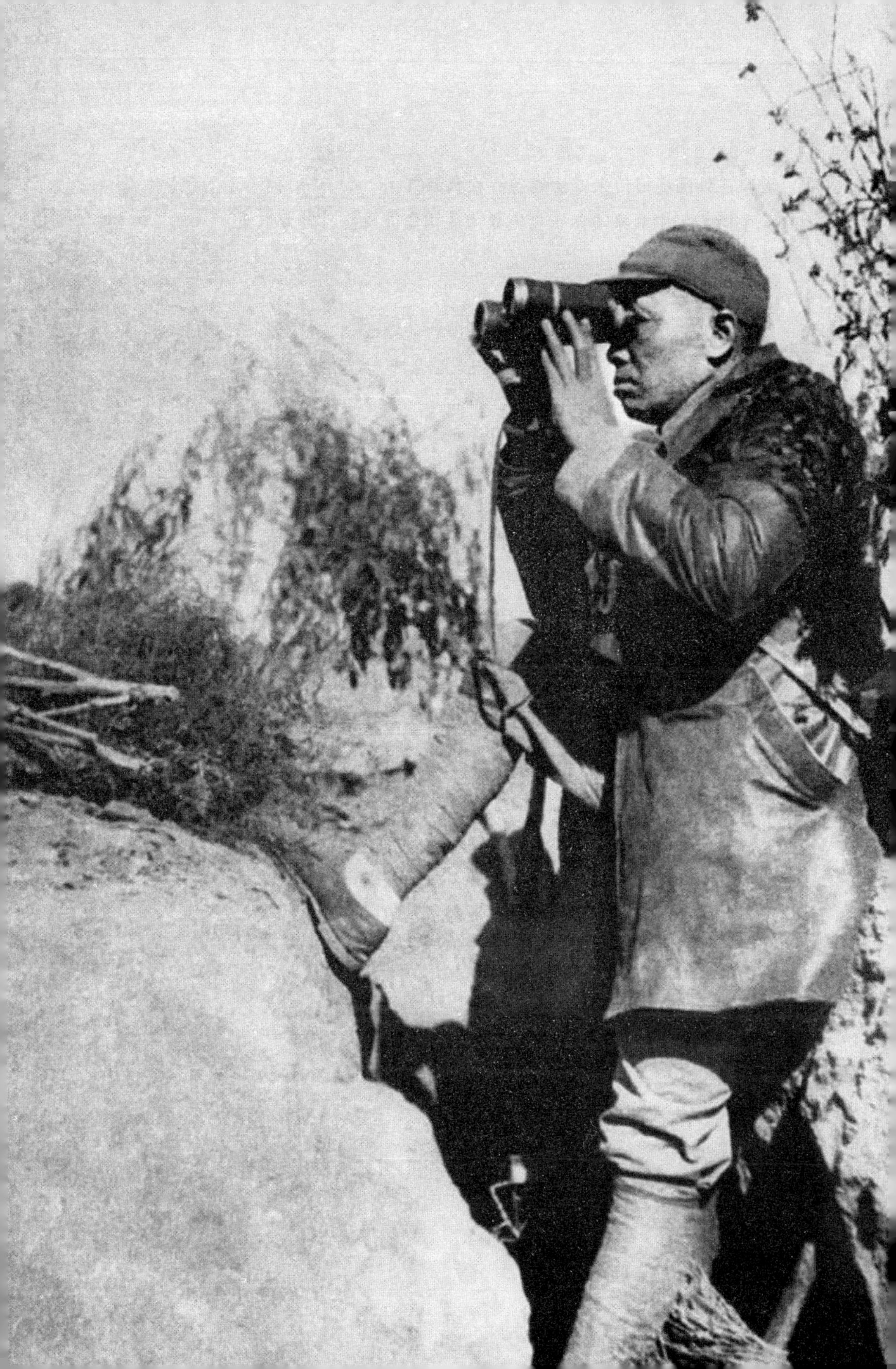

石家庄外围捷报传来，全省各界欢腾鼓舞。

4月13日，中共察哈尔省特电聂荣臻司令员及前方将士致贺：

聂司令员转南线将士们：

顷闻我军南下大捷，三日内以英勇神速动作连克二城，歼敌万余名，创造光辉战果，我全体军民闻讯欢喜鼓舞，谨致热烈祝贺与亲切的慰问。

攻克井陉后，我军主力继续沿正太线西进，逼近阳泉。

阳泉是山西的重工业原料基地。阎锡山得知解放军进逼阳泉的消息后，急命第33军主力分别从太原、祁县等地乘车东援，命令其独立第8、第10纵队急奔阳泉。我军采取迂回包围，猛插侧背，断敌退路的战术，以第2、第3纵队从正面拦住敌人，第4纵队从井陉地区西进，逐步压缩包围敌人。5月2日，我军经过两天奋战，将阳泉、寿阳等地的大部分敌人歼灭。最后，在阳泉附近固守的被阎锡山收编的日军240多人，在我军的猛烈攻击下，由大队长藤田信雄率领，向我军投降。

正太战役从4月8日至5月10日，共歼敌3.5万余人，解放了正定、栾城、井陉、孟县、平定、寿阳、定襄7座县城以及井陉、阳泉、黄丹沟3个矿山，控制了东至获鹿，西至榆次的180余公里正太线及沿线矿区，打通了晋察冀和晋冀鲁豫解放区的联系，完全达到了预期的战役目的，石家庄的守敌更加孤立了。

战争宽银幕

① 我军缴获的大量美造卡车。
② 我军战士在阵地上，待机歼灭敌人。
③ 我军战士正准备爆破敌堡。
④ 我军重机枪手正向敌人射击，以掩护部队向前冲锋。

[亲历者的回忆]

聂荣臻
（时任晋察冀军区司令员兼政治委员）

有些仗打得不痛快，根本问题就在于没有掌握主动权。

为了解决这个问题，1947年3月底，晋察冀中央局在安国召开了扩大会议……军事问题，具体说就是如何争取主动，摆脱被动，从根本上扭转华北的战局，跟上全国解放战争发展的形势，这是会议的议题。

我的思想还是撤出张家口时那样——丢掉大城市这个包袱，我们就可以放开手脚干……当时的形势，与抗日战争时期有某些相似的地方，即敌人占领着各大、中城市（也就是"点"），和主要铁路、公路干线（也就是"线"），企图扩大成"面"的占领，但到处被动挨打。

因此，我们的方针仍然是以农村包围城市，不计一城一地的得失，坚决实行大踏步地进退，主动向敌人守备薄弱的点线出击，求得调动敌人，集中绝对优势兵力，在运动中各个歼灭敌人。

此外，大力发动群众，加强对地方军、民兵进行游击战的领导和训练，使之能更有力的配合野战军的作战行动。

1947年4月的正太战役，就是在上述作战思想指导下发起的。

——摘自：《聂荣臻回忆录》

傅崇碧
（时任晋察冀军区第4纵队第10旅政治委员）

　　正太战役，在全体指战员连续作战、勇敢作战和广大人民群众支援下取得了重大胜利。

　　正太铁路300余里为我军控制，使晋察冀与晋冀鲁豫两大解放区连成一片，石家庄的敌人更加孤立。我华北战局开始转入主动。

　　毛泽东主席在给晋察冀军区的电报，将正太战役的经验总结为："这即是先打弱的，后打强的，你打你的，我打我的政策，亦即完全主动作战政策。"

　　后来毛主席把"先打分散和孤立之敌，后打集中和强大之敌"列入著名的十大军事原则，具有重大指导意义。

——摘自：《傅崇碧回忆录》

第二章

北上诱敌

∧ 我军沿大清河岸的大堤向前开进。

战事如棋局，往往牵一发而动全局。

黑夜是战场上运筹帷幄、运动出击、实施障眼法的天然帷幕。杨得志、杨成武、耿飚等身经百战，都是运用天气天象、指挥千军万马的军事谋略家。

1.牛身上哪里最肥

　　1947年9月14日，东北民主联军在林彪等人指挥下，在长春、吉林、四平地区和北宁线锦州至义县地区发起大规模的秋季攻势战役，迫使蒋介石先后从晋察冀战场抽调第94军第43师、第92军第21师、第13军第54师出关增援，减少了我军在晋察冀战区的压力。这样，国民党军在华北地区机动兵力不足的弱点更加暴露。

　　为配合东北民主联军作战，杨得志、杨成武等晋察冀野战军领导决定乘华北敌军增援东北，兵力空虚之际，集中野战军主力第2、第3、第4纵队和部分地方武装组织保北战役，吸引国民党军出动，力求在运动中各个歼灭敌人。

　　10月3日，晋察冀野战军召开旅以上干部参加的前委扩大会。处于太行山臂弯中的华北平原，秋季，有风则凉爽，无风则沉闷。

　　这是一个无风雨前的上午。因此，整个会议室被一种沉闷的气氛笼罩着，人人都像被霜打了的茄子，蔫得抬不起头。大清河一仗，让所有的人都憋着一肚子的晦气，抬不起头，提不起神。

　　1947年7月中旬，国民党北平（今北京）行辕调集第16军、第94军第43师及独立第95旅等部，对冀中解放区大清河以北地区进行"清剿"，后留第16军、第94军各1个团及保安第3、第7总队建点"驻剿"。9月，为挫败国民党军控制大清河北的企图，晋察冀野战军并指挥冀中、冀晋、察哈尔军区部队，对"驻剿"之国民党军实施反击。

　　9月2日夜，晋察冀野战军第3纵队奔袭徐水，歼灭守军独立第95旅一部。尔后，于6日至8日攻击涞水，歼灭敌第94军第5师一部。敌第94军第43师和第5师、第121师各1个团急忙从大清河北增援涞水；敌第13军第4师、第16军第22师亦向铁路沿线集结。

　　9日夜，我军第3纵队由涞水转向涿县、良乡、房山地区作战；第2、第4纵队

< 保北战役固城战斗中，我军机枪手向敌射击。

保北战役

解放战争时期，中国人民解放军晋察冀军区部队在河北保定以北的徐水、固城地区，对国民党军的进攻作战。1947年6月25日，晋察冀军区集中第2、第3、第4纵队，对固守保定以北地区之国民党第94军、第16军发动进攻，经连日激战，攻克徐水县城、固城镇、漕河等据点，战役于28日结束，此役共歼国民党军8,200余人，切断了平汉铁路北段。

及冀中军区部队乘机出击大清河北，求歼孤立之敌第94师。至10日，第2纵队在吴家台歼守军1个营后，向板家窝敌第109师师部及1个团逼近；第4纵队两次对敌第94师师部及2个团发动攻击，均未奏效。12日，国民党军第13军第4师、第22师主力和独立第95旅、第157旅等部驰援大清河以北。晋察冀军区部队为避免陷入被动局面，遂撤出战斗。此役，共歼敌5,278人，我军却伤亡了6,778人，打了个消耗战，没有达到预定作战目的。

本来，正太、青沧、保北战役，三战三捷，我军士气正旺。可突然在大清河北打了个消耗战，干部、战士们的士气都有些低落。

青沧战役

解放战争时期，晋察冀军区部队在河北省沧县地区对国民党军进行的进攻作战。1947年6月，为了配合东北民主联军发动的夏季攻势，拖住关内之敌，晋察冀军区集中兵力，向青县、沧县地区之国民党保安总队及保警队发起攻击。从12日至15日，连克唐官屯、姚官屯、捷地、青县、沧县、永清等地，共歼敌9,500余人，破击了北平至保定和北平至天津间的铁路，控制铁路70余公里，有效地配合了东北战场的作战。

∨ 青沧战役中，我军战士们淌着泥水隐蔽接敌。

突破乌江天险

1935年1月1日，中央红军进抵乌江南岸，准备北渡乌江。1月2日，中路红2师4团第1营在炮火掩护下，乘势渡江，占领猪场，为后续部队渡江开辟了通道。是日，右路纵队的红一军团主力和红九军团从回龙场强渡乌江成功。1月3日，红一军团2师4团、军委纵队在江界河渡口强渡乌江。同日，左路纵队红三军团也由茶山关渡口顺利渡过乌江。至4日，中央红军全部顺利地渡过乌江，把国民党"追剿"军甩在乌江以东、以南地区。

司令员杨得志的目光缓缓地扫过众人，表情平静如常，一脸的温和。

他在红军将领中，堪称一员虎将。18岁上井冈山，22岁就当上红军团长；长征路上，他率领的红1团，逢山开路，遇水搭桥，突破乌江天险，安顺场抢渡大渡河；平型关下，也是他令日寇闻风丧胆。多年戎马生涯练就了他一身的胆略和智谋，但他总是给人一种亲切感，遇事不慌，沉着冷静，脸上始终挂着淡淡的笑容。然而他在部队中却享有非常高的威望。

杨得志缓缓地说道：

"同志们，今天的会，不开批斗会，不开检讨会，只开总结会。我们刚刚打的大清河战役，是野司成立以来的第一仗。应该说这一仗打了个消耗战。歼敌5,000多，我们却伤亡了近7,000人，没有达到预期的目的。包括你们在内，大家都有些情绪，有些牢骚，有些不甘心，什么'肉没吃到，反而把门牙顶掉了'。今天的会，我们不仅要总结大清河战役的经验教训，更重要的是要寻找下一个战机。"

杨得志司令员的话音落下，好久都没有回音，大家都沉默着。

闷了好一会儿，第2纵队司令员陈正湘才开口：

"我看，我不带头，今天就开哑巴会了，我给大家开个头吧。要说打仗，胜败乃兵家常事。大清河的战役没有打好，主客观原因都有。

"主观上讲，我们求战太心切了，没有摸清敌人的实力，就下了攻打的决心。打一步，算一步；进一步，想一步。打了一场消耗战，一场糊涂仗。兵力部署时，口子张得

消耗战

与歼灭战相对，是逐渐消耗敌人力量的作战。以逐渐改变敌对双方力量强弱对比，最后战胜敌人为目的。战役、战斗的歼灭战，是达成战略消耗战的主要手段。如中国人民进行的抗日战争是持久战，在战略上是通过长期内线的防御的消耗战，逐渐消耗和消灭敌人的力量，逐渐保存和发展自己的力量，转化敌我力量对比，取得最后胜利的。在战役、战斗上，一般不进行得失相当或得不偿失的消耗战。

过大，围敌过多，想一口吃个胖子，结果，兵力分散了，没有重点打击，其结局注定是事倍功半。

"客观上讲，天时地利对我们都不利。赶上了持续不断的暴雨，加上大清河的地形复杂，迟滞了部队的进攻速度。王凤岗这个地头蛇也异常刁钻顽固。大清河确实有很多教训需要吸取。

陈正湘的一席话犹如一石激起了千层浪。大家互相交换着目光，会议室的温度在一点点升高，大家紧锁的眉头展开了，从胜与败、得与失、敌与我等方面，互相议论着。

参谋长耿飚看准火候从文件包里抽出了一张电报，说道：

"大清河的一仗，从死伤人数的对比看，胜负得失，大家都掂量过了。但从全国这盘棋局看，它有什么价值，大家一定都很关心中央的看法，下面我就把刚刚收到的中央军委的电报给大家念一下。"

会议室瞬间恢复了寂静，大家的眼睛都死死地盯着那份电报：

大清河战役虽然未获大胜，但指战员战斗精神很好。只要有胜利，无论大小，都是好的。

空气瞬间凝固了，大家面面相觑，都不敢相信自己的耳朵。

耿飚又把电报念了一遍。

会场的气氛顿时活跃起来。中央领导对野战军的这些鼓励，使广大指战员更加坚定了打大歼灭战的决心。

耿飚接着说：

"现在，关键是寻找下一个战机。下面，我就把下一步的作战方案给大家交个底。

"这一阶段，我晋察冀野战军的战略任务，仍然是配合东北的秋季攻势，牵制关内的敌人向东北增援。聂荣臻司令员对下一步作战提出两个方向：一是再出大清河北。二是出击保北。哪个方案更合适呢？"

会议室炸开了锅，大家你一言，我一语，各抒己见。

耿飚静静地听了一会儿，微微一笑，双手示意大家安静下来。

"聂司令员认为，第一个方案，发展前途不大；第二个方案，则可有力地配合东北作战。他认为'主力进展完全集中，可以创造打援条件，有发展前途，进退可以自如，牵制敌人，配合东北有利。'

< 土地革命战争时期的杨得志。

"目前，指导思想和战役企图已经明确了，而且，作战方向也已经报请中央军委批准。现在，关键是究竟采用什么作战方法，战场选在什么地方，兵力如何部署。"

耿飚话音未落，会议室里便举起了一排排要求发言的手。

耿飚先后请几位指战员各自谈了看法。

听完后，耿飚说：

"大家提出围点打援，在运动中歼灭敌人，想法是对的。这个'点'是非常重要的，选好了'点'，才能从容不迫地打援。刚才几个同志的意见不一致，有的主张围保定，有的主张围徐水，还有的主张围容城和固城，各有各的道理。孙子云：'我欲战，敌虽高垒深沟，不得不与我战者，攻其所必救也。'围点打援的关键在于这个'点'是敌人必须会出援相救的。相形之下，徐水的有利条件就更多一些了。"

耿飚说着，用指示棒围着徐水画了一个大圆圈。

"一来徐水的战略地位非常重要，既是北平的南大门，又是平汉路的咽喉；二来守敌较少，便于围住。当然，打徐水的一个最大缺陷便是打援战场太近，弄不好就会形成对峙，失去有利战机。所以，这一仗能否打好，关键是看我们能不能创造战机。"

耿飚话音刚落，杨得志站了起来，接着说道：

"同志们，我们这次作战是为了配合东北的秋季攻势，是在条件并不成熟的条件下进行的。大家知道，敌人不仅总兵力比我们多，敌人的装备、火力、机动能力更比我们有明显的优势。在这种情况下，和敌人决战，确实有如履薄冰之感。这就要求我们更加要协同作战，密切合作！大家一定要把大清河之战的包袱给彻底扔掉，振作精神。同志们有没有胜利的信心？"

"有！"

响亮的回答震彻天空，余音久久不断。

杨得志、杨成武等还同时向中央军委、中央工委和晋察冀军区领导报告了出击保北的3个作战方案：

战斗时机

战斗中有利于己、不利于敌的时间和机会，其在战斗中具有重要作用。比如进攻某一运动之敌时，打早了，就暴露了自己，使敌有了准备；打迟了，敌已集中驻止，就增大了歼击难度，丧失了宝贵的战机。有利时机表现在多方面并贯穿于全过程：适宜的地形或天候，优势的兵力，有利的态势，敌军的疲劳、沮丧、分散、混乱、疏忽和协同失调，以及发生其他过失等，都是可乘之机。捕捉、创造和巧妙利用时机，是作战指挥的重要关节。

(1) 以第2、第4纵队及独立第7旅，由东向西，第3纵队由西向东，攻克徐水、容城，扫清固城、保定间点碉，开辟打援战场；尔后，以一部由北向保定外围佯攻，引敌来援，以一部扼守徐水，主力准备于徐水附近歼灭援敌。

(2) 扫清固城、徐水、保定间小据点，孤立固、徐、保3点；然后采取围城打援，如援敌多，则西转隐蔽于遂城、姚村以西，诱敌向遂城或姚村追击，而各个歼灭之。

(3) 以一部围攻涞水，争取在涞水、高碑店间打援。三案以第1、第2案为宜。

此时，国民党军为防解放军乘虚而入，将主力部队也做了相对的集中：

＜ 时任晋察冀野战军参谋长的耿飚。

第16军主力及王凤岗部仍驻守大清河北之雄县、霸县地区；

第16军第22师及交通警察第11总队护卫平津间交通；

第94军军部率第121师和独立第95师驻涿县、涞水、定兴，其第5师第13团、第14团驻守北河店、固城，第15团驻守徐水；

新编第2军守备保定及其外围；

第62军第151师、第157师驻守天津；

第3军驻守石家庄。

这些地区，除石家庄外，都在保定以北铁路线的东西两侧。他们企图以此部署确保平津保三角地带这块战略要地。

杨得志、杨成武、耿飚认为，如果把北平、天津、保定这块三角地带比做一头牛，北边的北平就是牛头，东西两侧的天津、保定便是牛腿。他们决定既不砍它的头，也不剁它的腿，而是在保定以北实行中间突破，吃掉这头牛最肥的部分。战役的第一阶段，是围城打援，即围攻徐水，打徐水的最终目的是为了吸引敌人来增援解围，便于在运动中歼敌。因此，关键是围攻徐水的部队动作要猛，要以最快的速度占领徐水，打疼敌人。

10月4日，晋察冀野战军发布作战命令：

第2纵队指挥冀中独立第7旅,附加强野炮一个营、山炮一个连、重迫击炮一个连,于10月7日黄昏出发。以第4、第5旅围攻徐水;以独立第7旅进占徐水东北之芦草湾、南北营、何家庄、阎庄地区,构筑第1号阻援阵地;第6旅以一个团于漕河以南构筑工事,向保定方向警戒,其余部队为预备队,在徐水以南地区集结。

第3纵队以一个团配合第2纵队攻击徐水车站,另以一部兵力破击徐水至北河店间的铁路;主力集结于烟台、高林营、丁庄、安庄、孙庄地区,并于白塔、站里、麒麟店地区构筑第2号阻援阵地。

第4纵队加强山炮二门,集结于三台、孝里、东西牛村、南北张村、崔家庄、黑龙口地区,构筑第3号阻援阵地,并相机夺取容城,破坏容城东北之公路和桥梁。

3纵队、4纵队将主力布置于平汉线两侧,打敌援兵。如敌94军从北、16军从东北方向来援时(此种可能性较大),则集中兵力歼灭援敌于徐水以北地区;如敌新2军从保定方向来援时,则将援敌歼灭在徐水以南地区;如敌出动5个师以上兵力来援时,在给敌相当杀伤后,视情况主力向遂城、姚村以西转移,背靠山岩区,诱敌西进,迫敌分散,伺机在运动中将敌人各个歼灭。

∨ 我军在当地百姓的支援下向前线推进。

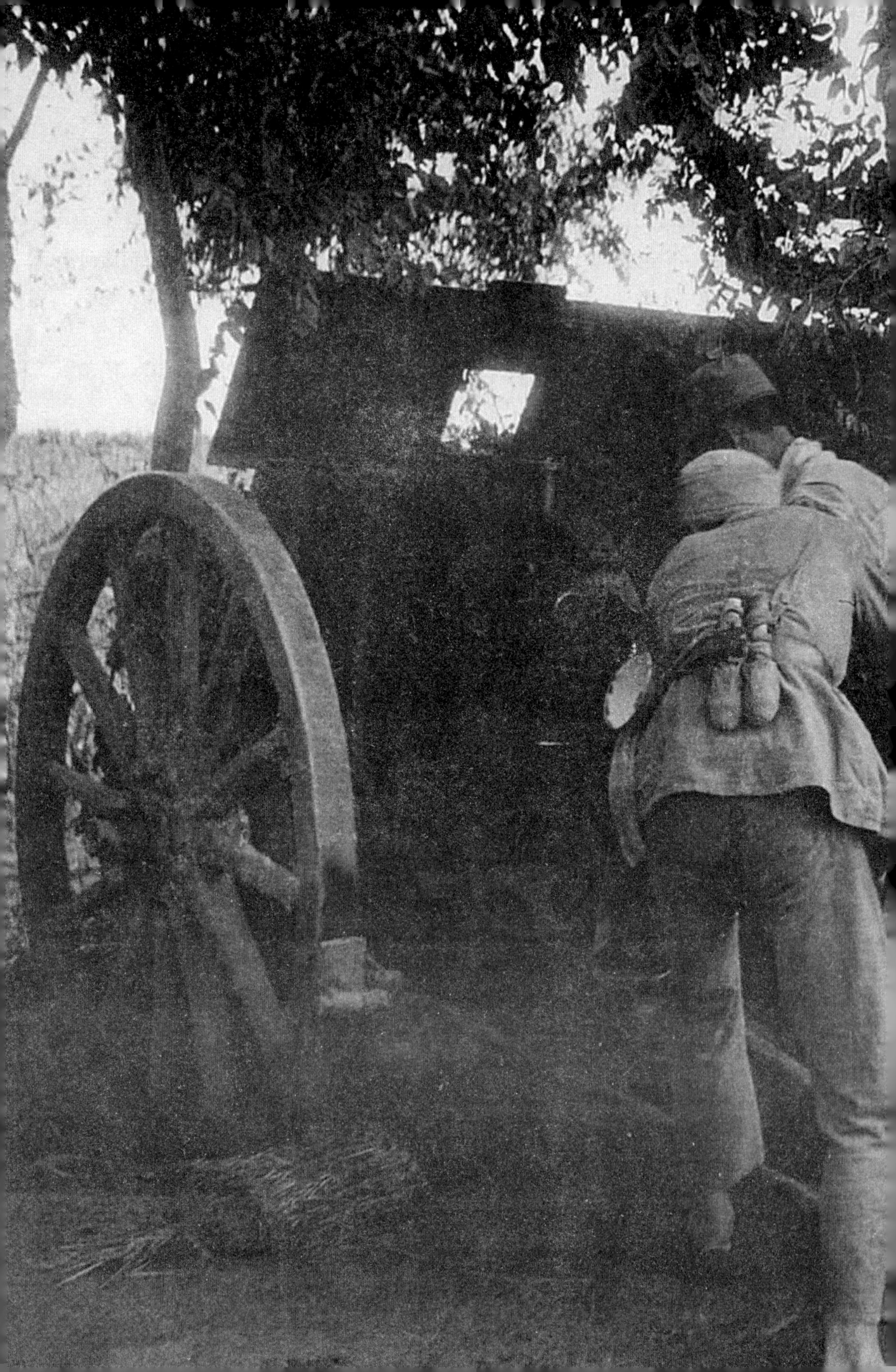

< 我军炮兵部队在构筑阵地。

为保障野战军的战役行动,以冀中第9军分区及晋冀第3军分区部队向保定周围展开袭扰活动;

察哈尔军区的第4旅向平西门头沟出击,威胁北平西郊;

第5军分区的部队破坏涞水至定兴间的铁路、公路;

第7军分区的部队破坏琉璃河至良乡间的铁路;

冀中独立第8旅、第11军分区和晋冀第4军分区部队向石家庄外围积极活动,监视敌之动向。

10月5日,朱德、刘少奇复电:

同意你们出击保北并仍以寻求打运动战为主之方针。

2. 共军又在玩围城打援的把戏

黑夜是战场上运筹帷幄、运动出击、实施障眼法的天然帷幕。杨得志、杨成武、耿飚等身经百战,都是运用天气天象、指挥千军万马的军事谋略家。

10月11日夜,各部队按预定计划破坏铁路,袭击据点,第3纵队主力破击了徐水至固城、北河店段铁路,扫清了该线敌人的据点和碉堡。

徐水外围的守敌是国民党第22师第15团。该团于10月10日进驻到徐水城,除以一个连驻守徐水车站外,团主力均在城内,依托城墙与碉堡群进行坚守,城外筑有外壕,城内筑有巷战工事。

我军2纵队第4、第5旅于12日21时包围了徐水,经过连夜紧张的土工作业,构成了距敌外壕仅几十米的攻击阵地。

13日16时30分,我军对徐水发起猛烈的攻击。

徐水是一座易守难攻的古城,不但有厚厚的城墙作屏障,还有一圈宽约10米、深约3米的护城壕,城垛箭楼分别有明碉暗堡,枪眼高低错落。可谓"一夫当关,万夫莫开"。

容城东马村前线指挥部的野司指挥所里灯火彻夜未熄,杨得志司令员俯身在地图上,手上的笔缓缓地在徐水和石家庄之间来回移动着。

天亮了,参谋长耿飚大踏步走进来,兴奋地说道:

"老杨,2纵队于昨日下午对徐水发起攻击,一个晚上,已经连克徐水南北两关,逼近城垣了!"

"好!打得好,就是要打疼它,不然老蒋是不会出来的。"杨得志抬起头,同样兴奋地说道。

"老耿,北线和保定方向有没有动静?"一旁的政委杨成武问道。

杨成武堪称一名干将。长征途中,他所在的红4团多次作为先头团,连续突破国民党军四道封锁线,血战湘江,突破乌江,抢占娄山关,保卫遵义会议,屡战屡胜。参加了四渡赤水、智取三县、抢渡金沙江、跨越大凉山、飞夺泸定桥、开辟雪山草地通道、突破天险腊子口等战斗。在飞夺泸定桥的战斗中,红4团一天奔袭120公里,奇迹般夺取铁索桥,使中央军委和红一方面军主力顺利渡过了大渡河,受到中央军委的嘉奖。

此刻,他对敌人是否来援非常关心。他深知,敌军是否来援将是这场战役能否取胜的一个关键。

徐水城仍在激战,硝烟弥漫,炮声震天。

国民党第十一战区司令孙连仲站在地图前,脑子里乱糟糟的,各种念头在他的脑子里飞快地交替旋转着:

共军突然攻打徐水,究竟想达到什么目的呢?

是为了夺取这座城池?不太像。按照共军一贯的作战原则,决不会选此腹背受敌之下策呀。

是为了截断平汉线,像石家庄一样,把保定也孤立起来?这种想法倒是成立,但共军目前恐怕还没有这么大的胃口……

想着,想着,他突然笑了起来,是不是共军又在玩围点打援的把戏?

杨得志呀杨得志,你不是想打援吗?那好,我把部队全部送上去。

徐水城几百公里外,大部队浩浩荡荡,这是杨得志期待已久

∧ 遵义会议旧址。

遵义会议

　　中央红军长征途中，中国共产党于1935年1月15日至17日在贵州遵义召开的中央政治局扩大会议。会议通过了《关于反对敌人第五次"围剿"的总结决议》，结束了"左"倾冒险主义在中央的统治，确立了毛泽东在党和红军中的领导地位。使红军和党在极其危急的情况下保存下来，打开中国革命的新局面，是中国共产党历史上一个生死攸关的转折点。

抢渡金沙江

　　1935年5月3日晚，中央纵队先遣队干部团，在金沙江南岸皎平渡偷渡成功，歼灭国民党江防大队一部，占领北岸渡口。红一、红三军团分别赶到龙街、洪门渡，因这些地方江宽水深，渡船又少，都改由皎平渡渡江。9日，红军主力渡过金沙江。单独行动的红九军团，在东川（今会泽）以西地区渡过金沙江。至此，中央红军摆脱了数十万敌军的围追堵截，取得了战略转移中具有决定意义的胜利。

∨ 金沙江。

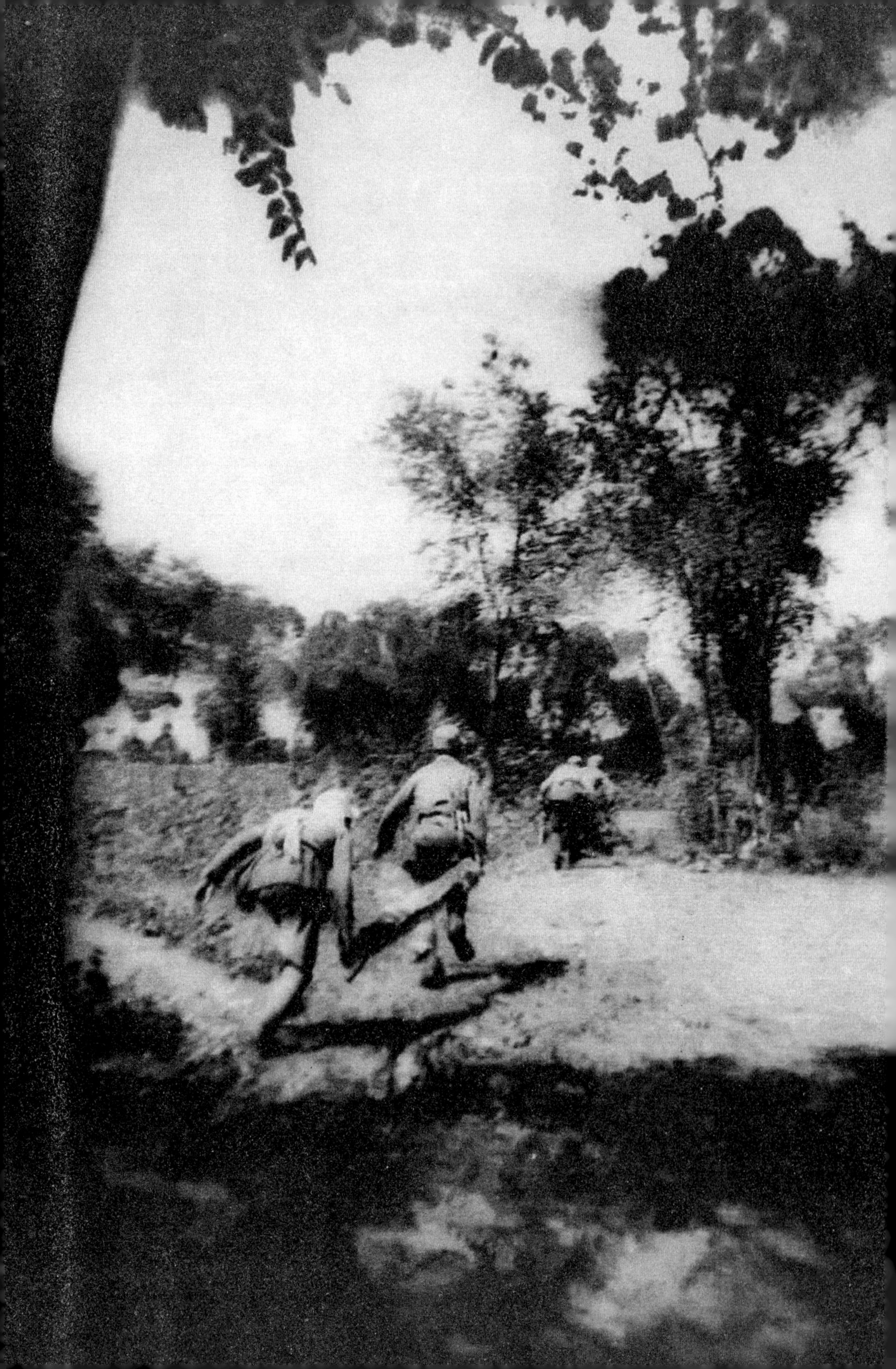

> 时任国民党第十一战区司令的孙连仲。
< 我军某部通过敌封锁线进入阵地。

的援敌，孙连仲派出的援军：从北线出来的国民党第94军第95师和第43师以及独立第5师及战车第3团，先后经固城南下；驻在大清河北的敌第16军第94师、第109师也经白沟抵达容城、杨村附近。5个步兵师，一个战车团沿固城、容城两个方向齐头并进，企图解徐水之围。

"好家伙，一下子来了5个师，还有一个战车团，好一块儿肥肉！"杨成武乐了。

耿飚思索片刻，说："两个方向都来了，还齐头并进，得先选一个方向打，一口一口地吃。"

"对，我看就先打94军这一块。"杨得志兴奋地说道。

3. 一时难吞的肥肉

自古兵书曰：狭路相逢勇者胜。面对气势汹汹的两股援敌，野司各部队指挥员兴奋得眼都红了。

指挥所的命令传达下来：

2纵队第4、第5旅继续围攻徐水，诱敌深入；

独立第7旅占领第1号阻援阵地，第8旅占领第2号阻援阵地，第10旅占领第3号阻援阵地，坚决阻敌前进，大量杀伤消耗敌人；

各主力部队均进入待机位置隐蔽，当敌军进入我第1、第2号阻援阵地后，第3纵队由铁路西侧向东出击，独立第7旅由现阵地向北出击，第4纵队向西北出击，准备会歼敌第94军的6个团。

10月14日黄昏，2纵4旅、5旅发起了对徐水的第二次攻击。

我军部队吸取了第一次攻击失利的教训，没有贸然直扑城头，而是先集中火力全力摧毁城头四周的碉堡，打散敌人的火力。

炮声震天，火光四溅，城头的箭楼顿时变得残破不堪。

"同志们，冲啊！敌人碉堡被打掉了。"

伴随着喊杀声，踏着滚滚尘烟，我军4旅14团2营4连、6连的一部分战士，以迅雷不及掩耳之势，顺着梯子爬上城头，在城门北关撕开了一个口子。

醒悟过来的敌人开始疯狂地反击，机枪扫射，手榴弹乱飞。我军战士登城的梯子被炸飞了，后续部队没有跟上来。

"第二梯队，上！"

无奈，敌人火力太猛，战士们冲过去，便倒下一片，攻城部队被死死地压在护城壕下。

突入城头的分队顿时陷入了火海之中。他们以垛口为依托，顽强地厮杀着。

但终于因为寡不敌众、弹药不足而壮烈牺牲。

14日夜，月亮和星星都悄悄钻进了云层里，四周寂静无声。

只有偶尔从村庄里传出的狗吠声伴着一片沙沙的掘土声。

按照野司的部署：

2纵队除攻城部队外，其余的在徐水东北方向的芦草湾、南北营构筑工事；

3纵队在徐水东南方向的高林营、狼窝庄、麒麟店构筑工事；

4纵队在徐水正东方向的王台镇、东西牛村、王村构筑工事；

三只口袋在悄悄地张开。

15日，集结在固城的敌人以3个团分两路向我军第1号、第2号阻援阵地攻击；容城之敌第16军向我军第3号阻援阵地攻击。

密集的炮弹带着令人心悸的呼啸声，一排一排地落下来，阻援阵地上顿时成了一片火海。

15日夜，敌军接近我军阻援阵地，一声令下，3纵、4纵的战士们迅速出击，从敌军两翼向敌人迂回，准备首先分割打掉第94军的6个团。可是敌人集中在一起，由于地域狭小，我军竟一时难以下手，未能将敌第94军分割开来，打成了一场乱仗。激战一夜，敌人全线后撤了。

16日，我军再次猛攻徐水。退至北里、田村铺的敌人，在炮火、飞机掩护和坦克引导下猛扑我军阵地。

一场殊死搏斗的白刃战展开了。

双方都杀红了眼，刺刀相击的铿锵声，濒死者凄惨的叫声……杀声吼声响成一片，密密麻麻的人群绞在一起。

我军战士出手果断，早已把自己的生死置之度外，一出刺刀就痛下杀手，着着都有和对手同归于尽的意志。

战斗进行得异常惨烈，但同时也取得了重大胜利，仅扼守第2号阻援阵地的第8旅就击毁敌人坦克4辆。

当晚，敌人又撤回了田村铺、北里一线。

17日，敌人又连续出动8个团的兵力，向我军第8旅和独立第7旅阵地猛攻，遭到了我军战士顽强的阻击。

敌人似乎摸到了规律，昼攻夜守。经过两天的激战，虽然杀伤了不少敌人，但我们的战役计划未能实现。敌我两军在徐水、固城、容城地区形成了势均力敌的对峙。

指挥所里，司令员杨得志来回踱着步，苦苦地思索。

打援明显进行得很不顺利，眼前这场仗还要继续打吗？

按照原来围点打援的计划，敌人的援兵确实被吸引出来了。可一两天内，敌人的援兵整整聚集了5个师。敌人仗着绝对的空中优势和炮火优势，紧密协同，齐头并进，我军拼死奋战怎么也切不开。已经5天了，虽然给了敌人不小的打击，可我们自己的损失也很大。

情况越来越严峻，杨得志的目光落到桌上的作战图上，上面密密麻麻、纵横交织的红蓝箭头，标明了敌我双方的进攻路线和部队的部署情况。

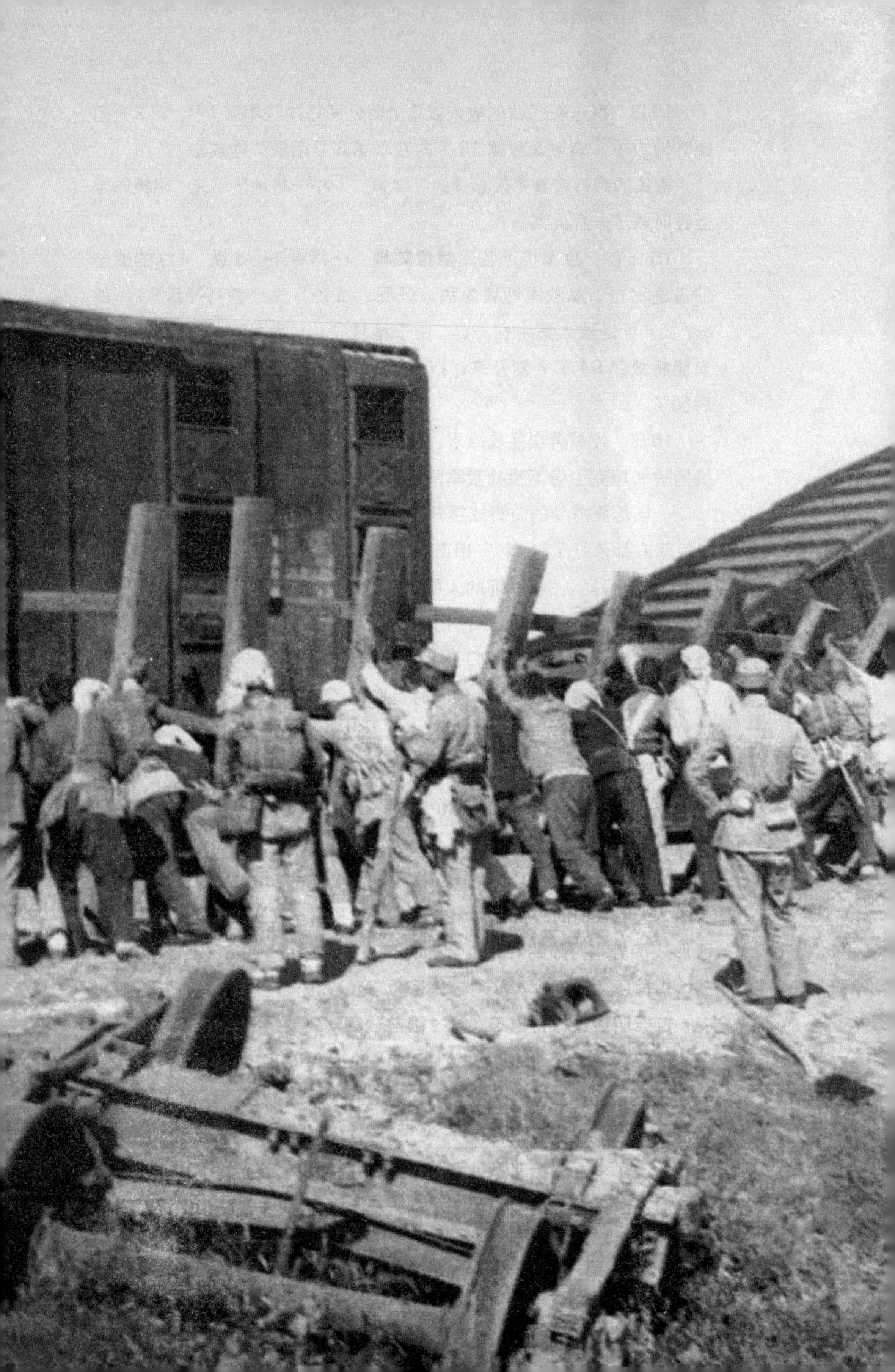

∨ 我军为阻敌南援,军民合力破坏保北铁路。

在狭小的徐水、固城、容城三角区域，竟然集结了双方数万人马，这如何拉得开架势。

现在撤出战斗，很容易，但并未达到预期效果；继续对峙，将意味着更多的损失和牺牲，且不知还要对峙多少时日。

经过苦苦思索，司令员杨得志终于决定：

必须打破对峙的局面，否则敌人援军越聚越多，对我军越不利。到按预定第2号方

案行动的时候了。

命令马上传了下来:

部队向平汉路以东的遂城、姚村地区运动,引诱北路援敌西进,待敌人分散后,再寻机歼敌于运动战中。

▽ 我军战士和民工将弹药送上前线。

❶ 解放军部队正在猛追敌人。

战争宽银幕

❷ 在我军强大炮火掩护下，突击部队冲向锦州城垣。
❸ 我军某部在前沿阵地狙击敌人。
❹ 我军突击队员们待命出发。
❺ 我军缴获的敌军野战炮。

[亲历者的回忆]

聂荣臻
（时任晋察冀军区司令员兼政治委员）

  在正太、清沧、保北三个战役接连取得胜利的鼓舞下，我军士气高涨，我们也想乘这个有利时机，利用围城打援的战术，在保北地区歼灭国民党一两个师到一个把军。

  于是，1947年9月，我们乘国民党军几个师奉调出关之机，以第2纵队加上独立第7旅围攻徐水，诱敌增援，以第3、第4纵队部署在徐水以北以东地区，准备待国民党94军或16军来援时，在运动中歼灭之。

  10月11日，我军一部猛攻徐水。

  另一部在容城、固城与敌人接触，原想将第94军等部分割开来予以歼灭，但因敌人5个师猥集一团，所以敌我双方在徐水东北地区形成了对峙。

  六七天来，虽然杀伤了不少敌人，但我们的战役计划未能实现……

——摘自：《聂荣臻回忆录》

李志民
(时任晋察冀野战军第2纵队政治委员)

……10月上旬,蒋介石从华北地区抽调四个师增援东北战场,华北敌军恐我乘虚攻击,遂集中主力加强铁路沿线防守。

我晋察冀军区和野战军首长为配合东北野战军的作战,决心乘敌兵力空虚之际,集中主力围攻徐水,吸引敌人来援,以便在运动中消灭敌人。

所以,10月11日,我们开始破击徐水、固城段铁路,继而围攻徐水,准备围城打援。

后来,因为援敌多路齐头并进,不容易分割歼灭,与敌成为对峙……

——摘自:《李志民回忆录》

南下飞兵

第三章

∧ 1946年时的杨成武。

蒋介石的目光严厉，眉宇间含着一股威严与杀气，连日的糟糕战况把他搅得心神不安，也异常愤怒。

部队昼夜兼程，连吃饭都是边走边吃。战争的残酷性在这种几乎超过人体极限的状况中体现得淋漓尽致。

1. 罗历戎出石家庄北上

一轮残阳斜挂在空中，余辉洒落，晚霞把太行山脉染得血红。

一条弯弯曲曲的小路悄无声息地伸向远方，"得得"的马蹄声伴着"踏踏"的脚步声，向纵深发展。杨得志、杨成武、耿飚三人只带了几个作战参谋和警卫员，一行人沿着平汉路，照直向西前进，不知不觉部队已经走出了十几里地。

从保北徐水阵地上撤下来正在转移的部队无声地行进着，战士们连续几天几夜作战，已经极度疲劳，脚步踉跄。

骑马并排走在最前面的是司令员杨得志和政委杨成武，参谋长耿飚和另外的两个参谋紧随其后。

杨得志和杨成武都眉头紧锁，若有所思。一连几天几夜指挥作战，他们也显得有些疲劳，尤其未能达到预期的作战计划，心里不那么舒坦，大家都沉默寡言。

突然，一阵急促的马蹄声由远及近传来，转眼间，一匹快马跑到杨得志跟前：

"首长，请等一下，有重要事情报告！"

杨得志即刻翻身下马。

只见通信员满头大汗、气喘吁吁，身上的衣服已经被汗水湿透了。他将一份电报递给杨得志。

杨得志展开一看：

杨、杨、耿：

密悉。罗历戎率第3军出石家庄，现已渡滹沱河向新乐开进，请你们相机处置。

原来，国民党保定"绥署"主任孙连仲获悉解放军将再战保北，急忙向其统帅部报告，求取应对之策。蒋介石即刻携夫人宋美龄、军务局长俞济时从南京飞抵北平，在中南海居仁堂召开了作战会，研究华北战局。

10月6日，中南海居仁堂。

北平行辕主任李宗仁、第十一战区司令孙连仲、第十二战区司令傅作义，以及奉命驻守石家庄的第3军军长罗历戎等40余人，奉召专程赶过来参加会议。此刻，国民党的这些高级将领都默默地坐在自己的位置上，若有所思，罗历戎的心里更是打鼓。

"踏踏"的脚步声响起，蒋介石一身戎装地走进会议厅。所有的人都像弹簧似的从椅子上弹了起来，原地立正，注目行礼。

蒋介石的目光严厉，眉宇间含着一股威严与杀气，连日的糟糕战况把他搅得心神不安，也异常愤怒。他大踏步地走到桌前，两肩向后一耸，脱掉黑色斗篷，又褪去了雪白的手套，在上首位置坐下。随后，一招手，示意各位将领就座。

"诸位！"蒋介石的目光巡视了一圈，然后说道。

话音刚落，那些屁股还没坐稳的将领们又不约而同地，"刷"地一下站了起来，身躯挺得笔直。

蒋介石的脸上这才微微地浮起一丝笑容，作为军人，蒋介石对部下的严厉和挑剔是一贯的，这从在场将军训练有素的举止上，可见一斑。蒋介石满足于这种威严的场面。片刻，他欠了欠身子，伸出双手，向下按了按，示意众人重新落座。

按照会议程序，第一个内容是各战区司令员向蒋介石报告军情。

第十二战区司令官傅作义、第十一战区司令官孙连仲等分别汇报了各战区的情况。

最后，蒋介石的目光落在了一直默默无语的罗历戎身上。

"第3军情况怎么样？"

一道寒光射来，罗历戎慌忙站了起来。

"卑职在！"

"你谈谈石家庄的情况。"蒋介石的口气异常冷淡。

"报告校长，学生在石家庄两年余，始终遵循校长的教导，对共匪严加防范。在日伪原有的防御设施基础上，深挖壕沟，广筑碉堡，并在市区修筑了核心工事，石家庄的防卫可谓固若金汤。"

罗历戎发现蒋介石的脸上并无太大反应，于是话锋一转：

▽ 20世纪20年代的居仁堂。

中南海居仁堂

原名"海晏堂",修建于1904年,为清慈禧太后招待女宾之用。这是一幢分南前北后两个楼体的西洋式建筑,其顶部、窗框外缘,均有欧化的雕花装饰。窗棂,或镶以彩色玻璃,或饰以西式花卉。其院墙为已毁的仪銮殿围墙,但南面、东面和仿俄馆后北面的门被改为洋式花门。"中华民国"成立后,海晏楼被袁世凯当作自己办公会客的场所,更名居仁堂。国民政府时期,这里曾是北平行辕主任、华北"剿总"总司令等军政要员的办公场所。

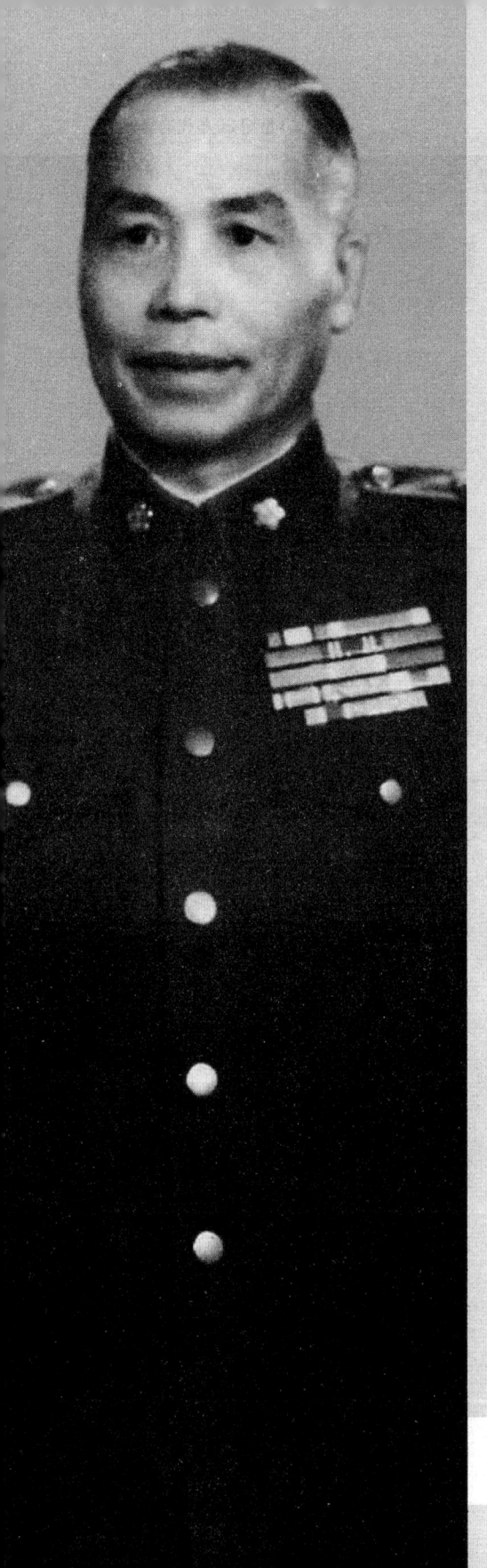

"只是……只是目前石家庄被共军所困，粮食弹药短缺，供给困难，恐怕军心不稳。"

一听此话，蒋介石大怒，脸色陡变，"腾"得一下子从椅子上站起来，愤怒地挥着手臂高声训斥：

"一群饭桶！共产党走到哪里，就能在哪里站住脚，就有饭吃。你堂堂一个军长，带领着几万大军，又驻守在石家庄这样天时地利都有的好地方，连饭也弄不到！一切都靠政府解决，真是无能，无能！"

会场顿时鸦雀无声。罗历戎更是深垂着头，大气都不敢出。

蒋介石话音落下，罗历戎马上说道：
"卑职无能，谨听校长严教！"

蒋介石提出两个方法：一是"对于本地的粮食物资要能切实控制"；二是"对于附近二三百里区域以内的粮食，亦要派军队去搜集"。

蒋介石说道："第3军现在驻防石家庄，四面为匪军所包围，交通阻绝，真是孤军远戍，试问中央有什么办法来接济他们？"

议完粮草问题，蒋介石话锋一转：
"目前，共军之进攻异常猖獗，你们平日里要注意部队的训练，加强戒守，经常出击，争取主动。你们要抱有我无敌之决心，达到统一建国之目的。"

北平行辕主任李宗仁赶紧站起来打圆场：
"委员长所言极是，各部队都应该按照委员长的指示，有计划有准备地做好秋季作战准备。"

蒋介石又问道：
"目前，华北的机动兵力有多少？"

李宗仁说道：

< 1947年，出任国民党北平行辕主任的李宗仁。
> 20世纪40年代的蒋介石。

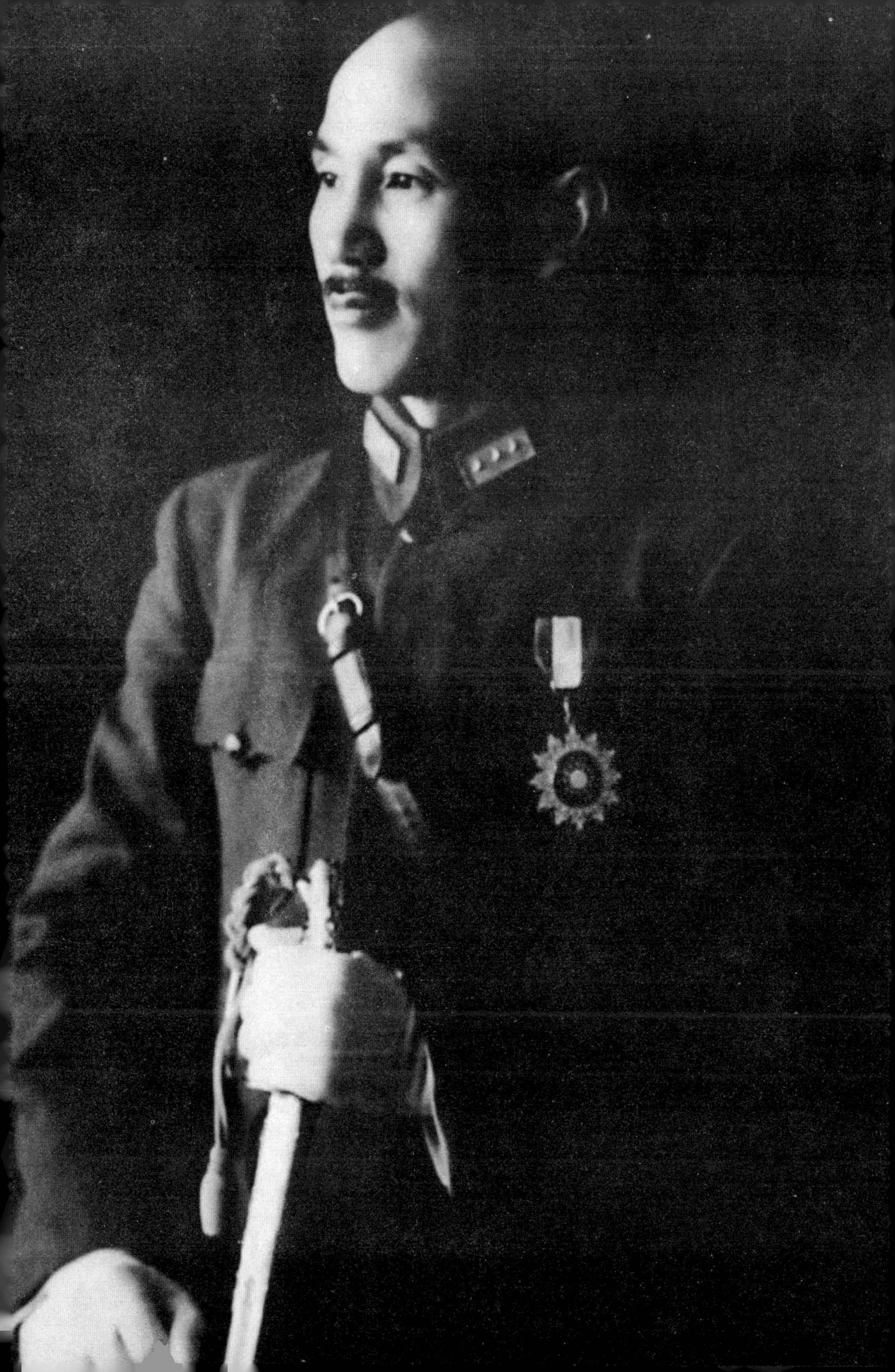

"我军在华北约有50万兵力,但各城市驻防占去大半,还要维护交通线及交通线两侧的据点,扣去这些,真正能用于机动作战的,不过两三个军,不足10个师的兵力。"

蒋介石微微摇头,说道:

"太少了,太少了。共军向来喜欢声东击西,我们必须准备足够的机动兵力与之相对。当前对付共军的战略方针,必须分成守备与机动两种兵团。用1/3的兵力守备,2/3的兵力机动。今后,只要守备军团在战斗中能坚持3日以上,吸引共军于城下或附近地区,机动兵团便可一举而歼灭之。"

蒋介石微微一顿,继而自信地说道:

"只有这样,才可以避免我军疲于奔命,南袭北击,东奔西走,摸不清共军的动向,而造成的损兵折将的被动局面。"

罗历戎见机不可失,乘机提出:

"委员长,如果把第3军抽出一个师,从石家庄调往保定,不仅使华北有了机动兵力,而且又把死兵变成了活兵,既有利于华北战局,又能有效地支援石家庄将来的保卫战。如此调动后,我军便可处于主动。"

蒋介石沉思片刻后,表示同意。

谨慎小心的孙连仲,考虑到从石家庄到保定虽然不足150公里,但是正定、新乐、定县、望都等县都已经被"共军"解放,从解放区孤军穿过,恐会受到"共军"的阻挠。于是提议:

"我可派出两个军向保定以南的地区扫荡,以乱共军耳目,掩护你们顺利到达。"

罗历戎不想在蒋介石面前示弱,当即拒绝道:

"不必了,保定以南无共军正规部队,途中不可能遇到大的战斗。再说了,本军有5个团的兵力相随,就算遇到截击,我也完全有把握将共军击退。"

蒋介石略一沉思:罗历戎孤军驰骋解放区,独立完成移防任务,将来可作为部队的榜样。于是点头说道:

"如此甚好,切记,北上部队要轻装出发。"

"请委座放心。"罗历戎自信地回答。

会后,蒋介石单独召见第34集团军司令李文和第3军军长罗历戎,详细询问了石家庄的守备情况:

"目前,石家庄有些什么重要的工厂、物资?机车有多少?"

罗历戎急忙回答:

"机车约有100余台,其他工厂有纺纱厂、发电厂、机车修理厂等。但是,机车大多都是旧的。"

蒋介石微微点了点头,说:

"依我看，石家庄应该固守。但是也可以将第3军抽调一个师到保定，加强机动部队。北调部队由谁率领啊？"

罗历戎深感既要守住石家庄，又要减少石家庄的防守兵力，是不会有好下场的。于是乘机自告奋勇：

"委座请放心，北调部队由我亲自带领，必定万无一失。"

就这样，罗历戎孤军北上了。

2. 杨得志抢占先机

10月17日，聂荣臻司令收到情报，于当天下午电告正在前线的杨得志、杨成武、耿飚等野战军领导。

杨得志看完电文，随手递给了杨成武和耿飚。他马上意识到：罗历戎是冲我们来的，整个战局将要发生变化。

把罗历戎引出洞，早在围攻徐水，调动敌人来援时，杨得志就曾考虑过。但徐水距离石家庄路途遥远，且石家庄兵力本来就不足，把罗历戎引出来的可能性微乎其微。蒋介石错误地估计形势反倒帮了我军的大忙，在保北战场上千调万寻未能出现的局面，却在石家庄方向形成了。如今，想不到敌人自己送上门来了。

敌情已经发生了重大的变化，杨得志的脑子飞速地旋转着，目前有两条路可以走：

一条路，按原定计划，部队继续西进，这样，便可跳出南北敌人夹击的包围圈。这条路很安全，连续作战的战士们也可稍事休息，养精蓄锐，然而却无所作为。

另一条路，改变计划，部队马上调头向南，把罗历戎部拖住、包围、吃掉。这条路充满危险，我军随时都可能陷入被敌人南北夹击的危险境地；然而也充满了希望，如果眼前的这一仗打好了，马上可以打破长期以来敌我双方对峙的局面，使我军赢得主动权。

究竟走哪步棋呢？

军情紧急，不容犹豫不决。

此时此刻，需要慎重，更需要果断和勇气，战机难得啊！

聂荣臻司令员电报上说得很清楚：相机处置。这里包含了对他们绝对的信任，同时也说明了他们有重大的责任，肩负着千军万马的生死命运。

眼疾手快的作战参谋余震早已从马褡子里取出地图，就地铺开。

研究完地图，杨得志首先提议："这场仗要打！这个敌人是自己送上门来的，战机实在难得！"

这一想法，与杨成武、耿飚不谋而合。他俩几乎是同声说："打！坚决地打！"

∧ 红军在漳州战役中缴获的国民党军飞机。

漳州战役

1932年4月，中央红军向盘踞在福建龙岩、漳州一带的国民党军发起进攻作战。10日，红军先后在小池、龙岩歼灭国民党军第49师约两个团；19日，红军对漳州外围的国民党军发起攻击，当日攻取天宝、南靖，乘胜向市区进击；次日攻占漳州城。此战，红军共歼灭国民党军第49师大部，缴获包括火炮、飞机在内的大批军用物资。

红军攻打长沙

1930年5月，中原大战爆发。7月初，湖南境内国民党军主力或北上中原或南下追击桂军，致使长沙兵力空虚。27日，红三军团一举袭占长沙城。8月5日，红军在国民党军的大举反攻下，主动撤离长沙。8月23日，红三军团与红一军团在湖南浏阳永和市组成中国工农红军第一方面军。红一方面军成立后，再次攻打长沙，因两次攻城不克，遂移师江西，攻占吉安，扩大了赣南、湘东的红色区域。

站在一边的余震看了看表，从接到电报到做出决定仅用了不到半个小时的时间。

决心下了，战场选在哪儿？

如果在保定以北打，于我军不利，却是敌人所期望的。这一仗，必须在保定以南打，而且还不能选在离保定太近的地方，因为敌人不仅在保定有一个军，在保定以北还有更多的部队。敌人调兵增援，我军随时有被南北夹击的危险。

参谋长耿飚伏在地图上，沉思良久，自信地伸出笔去，围着清风店地区画了一个大大的圆圈，说道：

"清风店，我看就在这里打了！"

英勇善战的参谋长耿飚，出生于湖南醴陵县一户贫苦农民家庭，7岁时随父母逃荒到湘南常宁县水口山，13岁到铅锌矿当童工，从小受尽地主资本家的残酷剥削和压迫。曾在醴陵组建并率领农民赤卫队参加醴陵暴动和十万红军攻长沙，后参加了中央苏区历次反"围剿"和漳州战役等重大作战。红军长征中，他率部激战九峰山，夜渡潇水

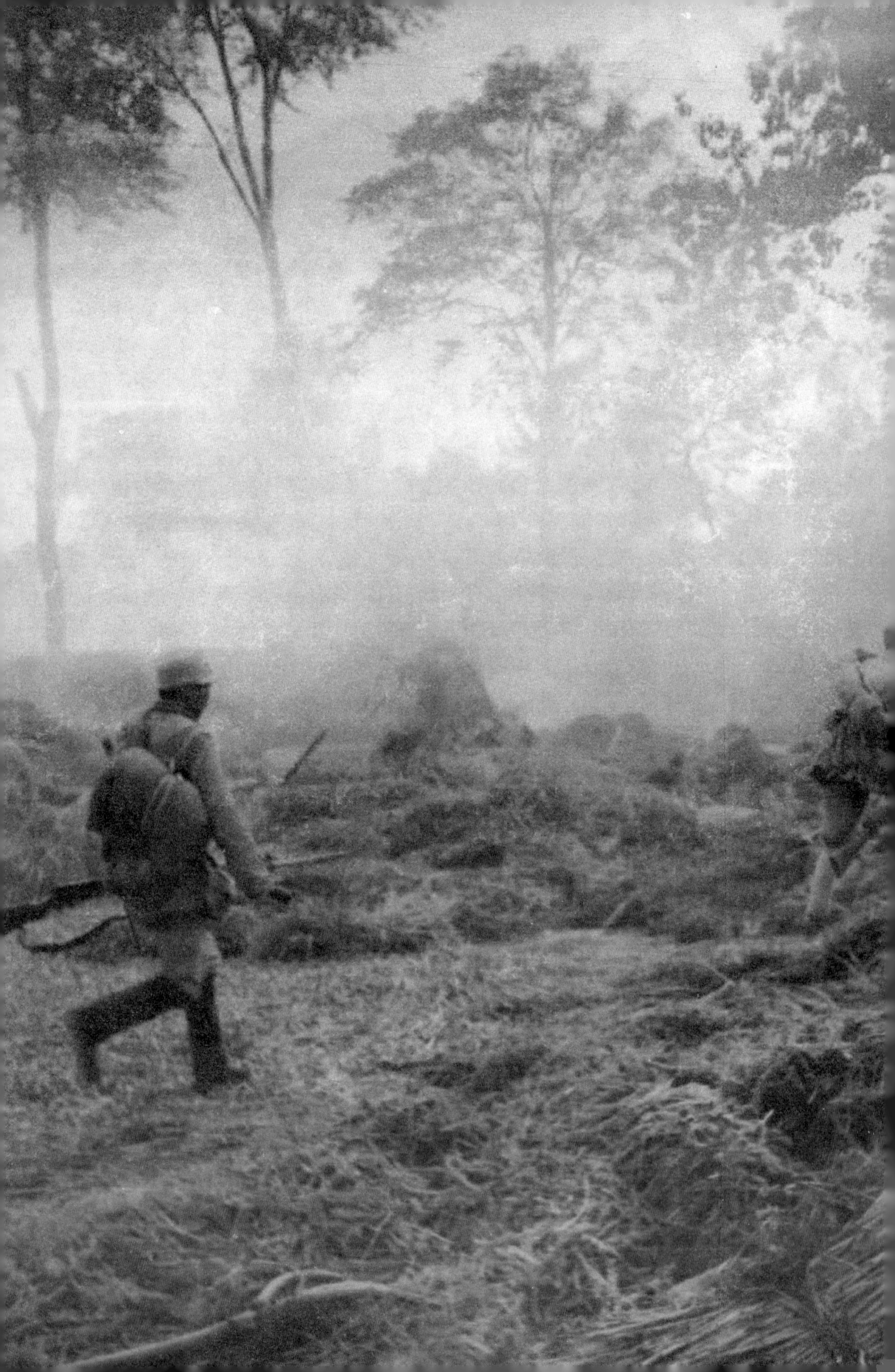

河，奔袭道州城，血战湘江边，沿途斩关夺隘，屡破强敌，有力地掩护了中央纵队和主力红军突破敌四道封锁线。红军进入贵州境内后，他率部在江界渡口强渡乌江，首夺天险娄山关，为中央纵队和大部队开辟了前进通道。

这一次，他又为敌人选择了一个理想的坟墓。

清风店以北是望都、保定，以南是定县、新乐（罗历戎当时的驻地），四周既是解放区，又都是平原，对于我军来说是个比较理想的战场。其南面还有一条唐河，只要罗历戎一过河，我军就可以迅速控制渡口，来他个关门打狗、瓮中捉鳖。只是罗历戎的第3军现在已经到达新乐，距清风店地区只有40多公里；而我军离清风店地区，最近者在70多公里，最远者在120公里以上，且主力部队还在继续西进，每一分、每一秒，敌我之间的距离都在拉大。

能不能打好这一仗，关键是看我军能不能以最快的速度赶在罗历戎的前边，到达清风店。瞬间，一切的一切都突然集中在了时间上！

按照正常的行军速度，一般每小时5公里，即使急行军每小时也超不过7.5公里。然而人毕竟不是铁打的，4个小时以上需要吃东西补充体力；十几个小时需要休息，缓解疲劳；就算不吃不喝，即使赶到了预定作战区域，巨大的体力消耗也难以保持战斗力。

沉思良久，杨得志果断地说道：

"对，就是要用我们的两条腿和国民党比一比！我看，敌人第3军是不敢夜行的，他们还没有那个胆子，这样便挤出了一夜的时间；况且，罗历戎根本不可能估计到这步棋，他一定以为共军主力仍被吸引在徐水城下，保南平安无事；即使他有所察觉，受辎重、眷属之累，速度也不会太快，他孤军深入我们解放区，一小时能走5公里就不错了，再加上徐德操的独立第8旅和地方武装的袭击、阻扰，第3军最早也得明天黄昏才能到达清风店。"

这样算来，罗历戎需一昼夜的时间才能赶到清风店。

也就是说，我军必须在24小时内走完75余公里至120余公里的路程。无论攻城还是阻援，我军战士已经连续激战了几个昼夜，极

< 我军正向前线运动。

度疲劳，现在急行军，战士们吃得消吗？"

"我看有把握，我军指战员的积极性很高，加上积极有效的战前鼓动，只要告诉战士们，这次行动是歼灭敌第3军，活捉军长罗历戎，部队情绪就会鼓动起来的。"杨成武说道。

耿飚接上话，说：

"另外，还有两个问题，一个是吃饭问题，一顿饭连吃带做，起码个把小时，三顿饭三四个小时，把它省下来，赶一赶能跑出二三十公里。另一个是救护问题，连续强行军，赶到战场就要开打，而且是硬仗，伤亡在所难免，如果让部队自己运伤员，势必影响战斗。我看这两个问题可以交给地方部队和民兵。"

耿飚不愧是个好军师，说得杨得志直点头。

"好，既然这样，兵贵神速，马上下达作战命令，开始行动！我看我们再来一次飞夺泸定桥，一天走它120公里！一定要抓住敌第3军！到嘴的肥肉不能让他跑了！"杨得志坚定地说道。

决心已定，耿飚蹲在田野里就地起草命令：

第4纵队于17日19时出发，经大因镇、范家桥于19日拂晓前进到望都以东的羊城镇地区；

第3纵队指挥本纵队第9旅及第2纵队第6旅立即出发，经满城、大固店于19日拂晓前进到方顺桥以东、以南地区；

第2纵队第4旅立即出发，于19日前进到温仁地区；

第2纵队统一指挥本纵队第5旅、第3纵队第7、第8旅和冀中军区独立第7旅，在徐水地区坚决阻击南下增援的敌人。

由于身边没有电台，只好采取最原始的方法，作战参谋们分头骑马出发，采取接力的方式，由近及远，一路传达。大家只有一个心愿：以最快的速度把命令传达下去。

三位将军收起地图，脸上都露出了微笑。他们回身上马，掉转马头，策马扬鞭，一路疾驰而去。

辽阔的冀中平原，空气潮湿而清新，放眼望去，平汉铁路贯穿南北，穿过原野伸向远方。就在这铁路北段的两侧，晋察冀野战军在同一时间里，展开6个旅的兵力向南疾进。4纵队的第10、11、12旅和2纵队的第4旅在路东；3纵队的第9旅和2纵队的

∧ 抗战时期,杨得志(中)与后任晋察冀军区第2纵队司令员的陈正湘(左)等人合影。

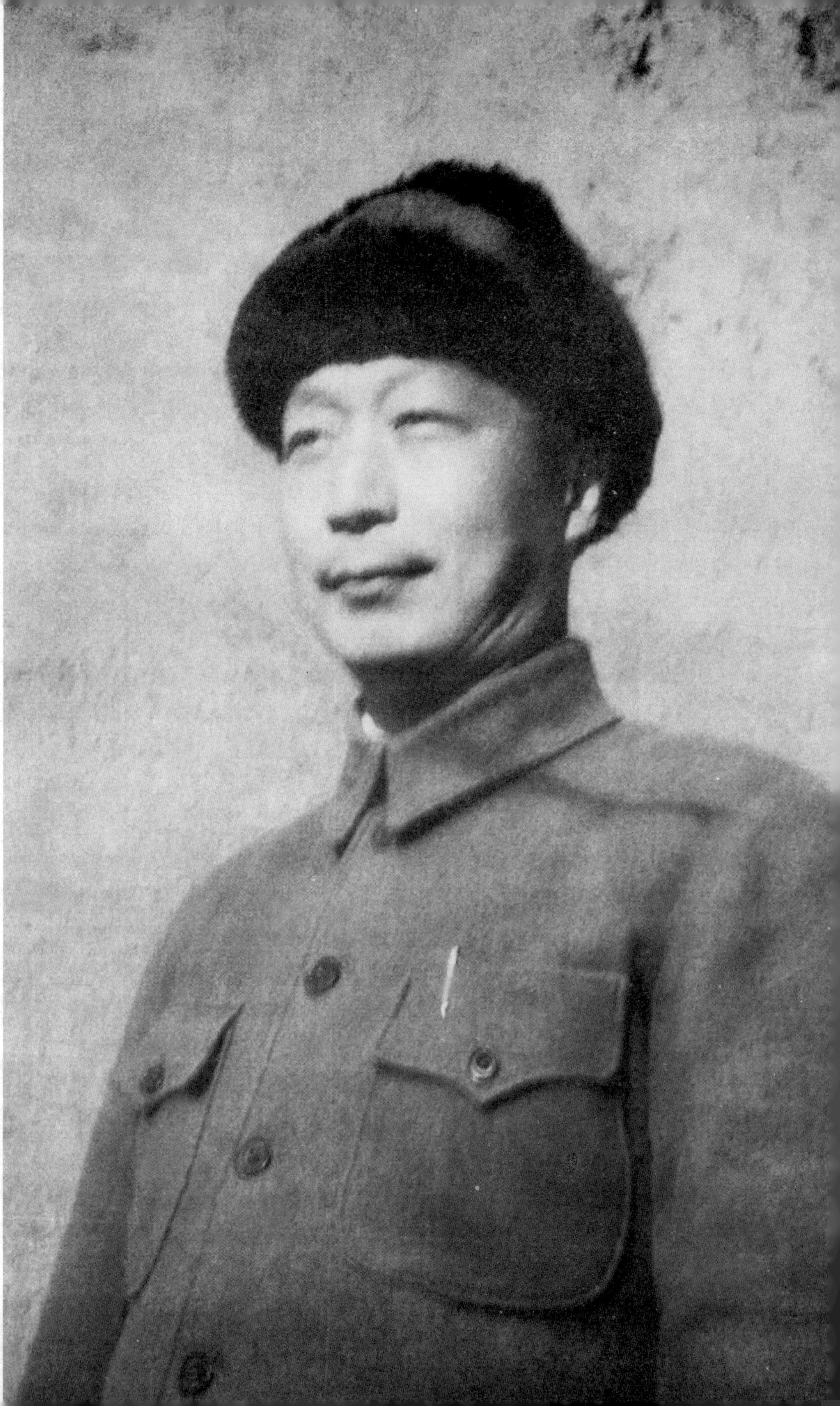

第6旅在路西。6路大军如同6支离弦的箭,沿着野司规定的路线,向着同一个目标前进。

3. 车轮子硬是跑不过铁脚板

10月17日晚,动员令传达到了部队:

前线全体指战员:

配合兄弟地区反攻,打大胜仗的机会到来了。我们面前就是蒋匪忠实走狗罗历戎。敌人轻率远逃,行军疲劳,孤军深入,心里恐慌,已经给我们造成了打大歼灭战的充分条件……。

为了打大胜仗,必须集中一切兵力、火力,猛打!猛冲!猛进!发扬我军的传统作风,狠打、硬打、拼命打,丝毫不顾虑,冲垮敌人,包围敌人,歼灭敌人!

必须不顾任何疲劳,坚决执行命令。不怕夜行军、急行军,不管吃不上饭,没水喝!不顾连天连夜的战斗!不怕困难,不叫苦!不许息慢,走不动也要走,爬着、滚着也要追!坚决不放跑敌人!

全体干部以身作则,共产党员起特殊作用。敌人顽抗必须坚决摧毁,敌人溃逃必须追上歼灭。号召打大胜仗,为人民立功!

哪里有敌人就冲向哪里,哪里有枪响就冲向哪里,哪里敌人没有消灭就冲向哪里!

活捉罗历戎!创造晋察冀空前大胜利!

动员令如同吹响的号角,激励着每个战士的心,长长的行军队列在无边无际的原野上疾进飞奔。

聂荣臻收到了野战军司令部发来的南下歼敌的电报,立即回电:

南下打敌如时间短促,可先派一个团急进至望都以南阻击,主力亦须急进,勿失良机。已令冀晋、冀中用一切努力滞阻该敌。

< 1947年,时任晋察冀军区司令员的聂荣臻。

聂荣臻同意野战军的作战部署后，立即发布命令，命独立第8旅和冀中、冀晋军区的部队，以及该地区的民兵，死死拖住北进的敌第3军，既要迟滞其前进，又要阻止其后退，防止他们缩回石家庄。

各部队接到命令后迅速向南疾进。

沙沙沙……

沙沙沙……

一个个战士汗流浃背。

一身身军装印满了白碱。

一个个脚底打满了血泡。

一双双眼睛布满了血丝。

队伍不停地前进，战士们机械地移动着脚步，脑子里只有一个信念："活捉罗历戎！打大胜仗！"

宣传队员们活跃在道边路口，竹板打得呱呱响：

全歼第3军，
先靠急行军；
活捉罗历戎，
双脚第一功。

部队昼夜兼程，连吃饭都是边走边吃。战争的残酷性在这种几乎超过人体极限的状况中体现得淋漓尽致。已经连续战斗了七天七夜的战士们，又投入了通宵达旦的急行军，战士们都边走边打盹。有的走着走着突然停住了，站在原地睡着了，等后面的人推了一把，醒来又快步跟上队伍；有的被石头绊了一下，"扑通"栽倒了，捎带把前面的人也撞了个跟头。

正在大家昏昏欲睡，机械似的往前走时，突然，队伍里有个战士扭起了秧歌，边扭边唱。

"嘿，那位干吗呢？"顿时，旁边的战士都有了精神。

"不知道吧？"旁边又有人嘿嘿地笑了起来。

"告诉你吧，甭看他扭得那么起劲，刚才还一拐一拐的，和我一样。"旁边的一个小战士一边拐着往前走，一边说道。

"还不是因为脚上磨了泡，拐着走难看。"又有人答碴了。

"原来是这样啊。"

战士们互相调侃着，又有了精神。

部队如江河急流般奔涌向前。

18日黎明，野司的主力旅——2纵4旅在大路上疾行。他们当时的作战地区，在所有南下部队中是最远的，如今，也赶了上来。从奉命攻打徐水以来，他们不是走就是打，一天也没有停下过。

这时，野司机关也来到了大路上。

看到野司领导骑马过来，一个战士高喊：

"让让，大家让一让，让首长们先过去。"

"大家闪一闪！让首长们先过去。"

声音依次向前传过去。

"呼啦"一声，部队齐齐地靠向了大路的一边，继续前进，旁边让出了一条可容一马通过的通路。

杨得志听到喊声，立即下马询问一位干部：

"你们是哪部分的？"

∨ 我军某部文化教员在部队行军途中做宣传鼓动工作。

"报告首长，2纵4旅。"

"这么快就赶上来了。你们走了多长时间了？"

这位干部抹了一把脸上的汉，说道：

"从赶到徐水围城到移防打援，再到南下——"他拜着手指头算了一下，说道：

"大概8个昼夜了。"

"8个昼夜？"杨得志不由自主地重复了一句。

"8个昼夜不光行军，中间还打了几仗呢，打仗总有空隙可以打盹的。"这个干部以为司令在为他们的体力担心，笑着说道。

"能坚持吗？"杨得志关心地问道。

这个干部"刷"地站正，行了一个军礼：

"首长们讲了，胜利就在我们的脚板子上。"说完大踏步前进了。

18日，太阳升到一竿子高的时候，三路大军分别绕过保定，陆续进入了解放区。

一进解放区，心里变得亮堂了，连出气都那么的舒坦。

村头上、大路旁，解放区的乡亲们早已在翘首以望，他们大多是半夜接到通知赶过来的。

男女民兵三个一组，五个一伙守护着道路桥梁。

军用电话线下，每隔一二百步就有一个民兵站岗。

大路旁每隔50米左右便放着一口大缸，盛着烧好的开水和黄澄澄的小米粥。乡亲们怕凉了，在每个大缸外面都裹上了厚厚的棉被。

缸与缸之间架起了许多锅灶，锅里热气腾腾，贴着黄澄澄的玉米面饼子。那饼子被老乡送到战士们的手里时，还有些烫手呢。

路边熙熙攘攘站满了人，挎篮子的，端笸箩的，捧陶瓷碗的……，各种各样的容器里装满了不同的食品：贴饼子、白馍馍、烙饼、鸡蛋、红枣……

还有堆成小山状的军鞋、毛巾、慰问袋和撕成绑带那么宽的新布条。

战士们匆匆地从乡亲们跟前走过，谁也没有停下。

乡亲们一边追着队伍跑，一边把手里的东西往战士的手里塞。

一个老大娘一边往战士们的口袋里塞鸡蛋，一边念叨：

"这是俺儿媳妇'坐月子'吃的，你们带上吧！多杀几个敌人，俺们也能过上好日子。"

一位老大爷把一个烧鸡撕成小块儿，小跑着跟随战士，把肉往他们的嘴里塞："孩子，吃吧，打起仗来就没工夫了，看给你们累的，多久没睡了，还都是孩子呢！"

那些大嫂们也一拥而上，看到有光着脚的，就争着给他们换新鞋。有的战士，脚肿得鞋都穿不上，她们就把战士的脚揽在怀里，轻轻地挑泡、挤水，然后一层层地包上布条。战士们含着泪花继续前进了，她们又紧走几步，追上去，把做好的新鞋挂在战士的脖子上，还叮嘱道：

"先泡水，再拆布，要不会疼。新鞋留着，脚好了，就穿上，走起路来快。"

儿童们也不甘落后，一边挥着小手，一边唱着儿歌：

解放军，吃饱饭，
紧赶路，上前线，
打它一个歼灭战！

歼灭战

全部或大部杀伤、生俘敌人，彻底剥夺敌人战斗力的作战。主要特点是集中优势兵力，各个围歼敌人。对于在战略上处于劣势的军队来说，只有在战役战斗上打歼灭战，才能有效地、迅速地减少敌人战略上的优势和主动，改变自己在战略上的劣势和被动。歼灭战是毛泽东人民战争思想中战略战术原则的核心，是贯彻积极防御战略方针的主要手段，是中国人民解放军迭挫强敌的最基本作战原则。

乡村剧团的演员们编排了秧歌、数来宝等小节目，欢迎慰劳战士们，他们一边扭一边唱：

蒋介石，靠老美，
我们胜利靠双腿。
同志们！快快行！
能走才算是英雄！
坚决消灭第3军，
活捉军长罗历戎！

而此时的罗历戎呢？进展缓慢。队伍简直不是在走，而是在爬。

原来，我军得到罗历戎北上的消息后，一边选战场，准备消灭第3军，一边派部队

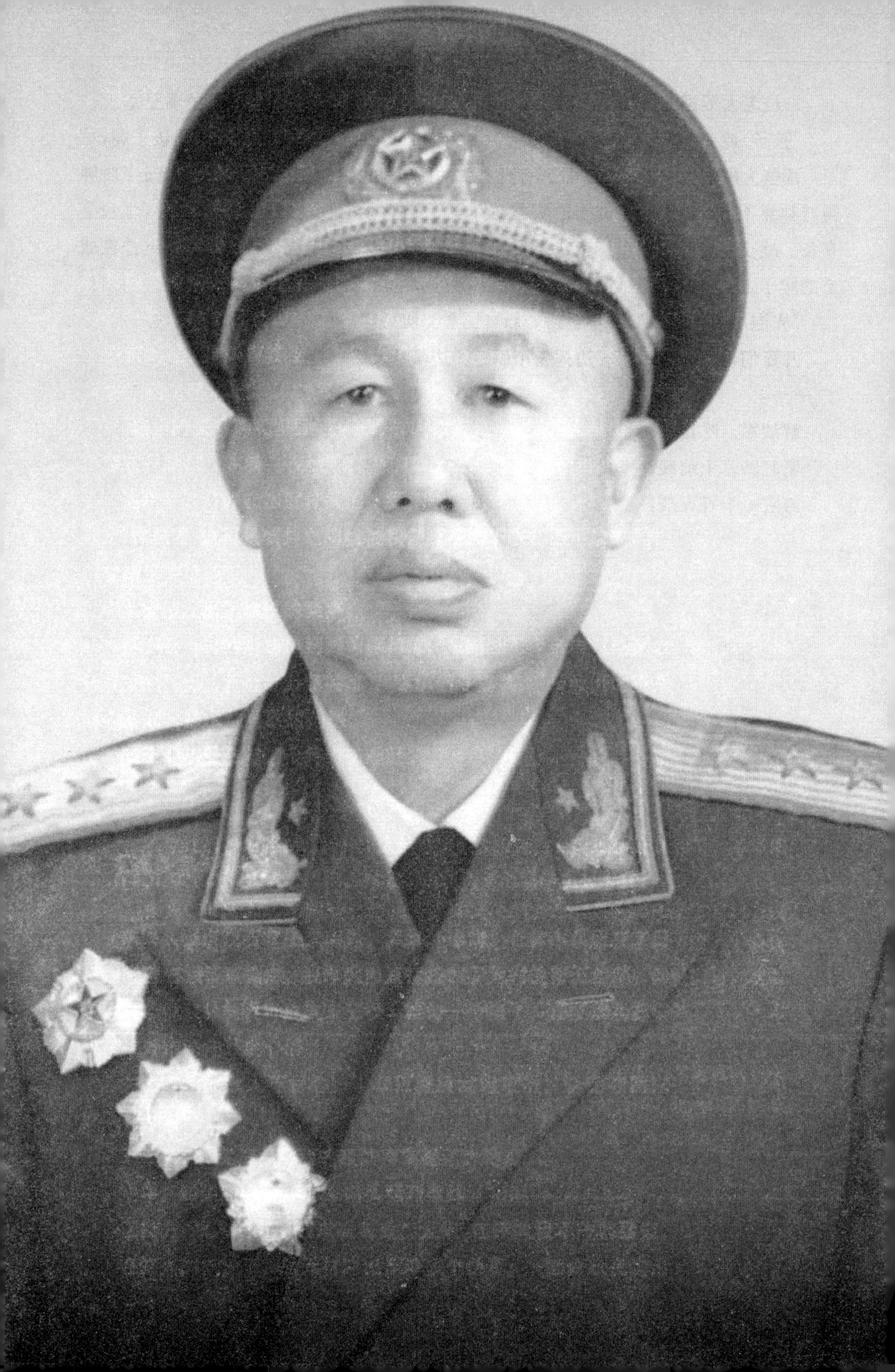

阻击第3军的行动，为我军到达预定战场争取时间。

接受阻援任务的是晋察冀军区政委王平。本来，他正在阜平参加晋察冀军区和华北局召开的土改会议。正开着会，聂荣臻司令悄悄地把他叫了出来。

聂荣臻的表情非常严肃。他郑重地说道：

"老王，刚接到的情报，石家庄的罗历戎正在北上向保定靠拢，我已经告诉杨得志，让他们相机处置。现在，最大的问题是，我们的主力都在徐水，石家庄和保定之间拉开了一个空档，只有冀中军区徐德操的独立第8旅和你们的一个团。你必须马上赶过去，指挥这些部队和广大的民兵，想办法迟滞罗历戎北上，为杨得志他们赢得时间。"

"好，我马上出发。"王平说着就往外走。

"等等，吃完饭再走吧，马上开饭了。"聂荣臻叫住王平。

"不用了。"

王平骑马一口气跑了100多公里，连停下喝口水的时间都没有。因为他深深懂得，在两军对垒的沙场上，时间就意味着战机，占得先机就意味着胜利。

临近清风店，王平骑的马竟然一头栽倒在地，被活活累死了。

到目的地后，王平立刻指挥部队骚扰罗历戎的部队，大大迟滞了他们的前进速度。

17日，国民党第3军到达新乐，18日傍晚，第3军才接近定县。新乐到定县近30公里，他们走了不止一昼夜。

第一天宿营，罗历戎率部队刚走进村子，就见村口的大槐树上吊着两个西瓜大的地雷，他示意工兵拆除。工兵小心翼翼地到了眼前一看，却原来是两个西瓜大的铁皮球，做成了地雷的形状，部队虚惊一场。走进村子里边，街口路旁，到处都栽着"小心地雷"的牌子。一开始，罗历戎以为是民兵故意以此来延误时间，于是命令部队不必理会，继续前进。走在前面的人放心大胆地踏了上去，可谁曾想"轰"地一声，炸飞了一片。罗历戎再也不敢大意，命令工兵只要看到标着"小心地雷"的牌子，就进行拆除。于是，工兵东挖挖西挖挖，挖出的却是一堆哑雷。最后，虽然没炸响几个，却搞得人心惶惶，部队行动缓慢。

< 王平，1955年被授予上将军衔。

王　平 ────────────────────────────────▲─

湖北阳新人。土地革命战争时期，任红3师教导大队政治委员、第6师16团政治处主任，第4师11团政治委员，陕甘支队第2纵队11大队政治委员，红4师政治部副主任，红27军政治委员等职。抗日战争时期，任八路军政治部组织部组织科科长，晋察冀省委军事部部长，晋察冀军区第3军分区政治委员等职。解放战争时期，任北岳军区第二政治委员兼第1纵队政治委员，北岳军区、察哈尔军区司令员等职。

＜曾思玉，1955年被授予中将军衔。
＞1944年聂荣臻在延安。

一路上，我民兵对敌人的骚扰一刻也没有停止过。敌人前进，民兵便放冷枪；敌人拉开阵势准备战斗，民兵便迅速隐藏。就这样反反复复，罗历戎的队伍被死死拖住。他虽然气急败坏，却也无可奈何。

这就为我军主力赢得了宝贵的时间。就在18日傍晚，我军4纵先头部队已经到达了方顺桥，这里距清风店还有25公里。

部队已经十分疲劳了，第4纵队司令员曾思玉又接到杨得志的命令，令部队继续急行，务必于19日拂晓前，赶到清风店，加入战斗。

19日清晨，空气异常清新，罗历戎却没有什么好心情。连日来，民兵的骚扰，搞得他心烦意乱。他在屋里走来走去，思索着如何摆脱民兵的骚扰。

正在这时，"吱扭"一声，门开了，情报处长走了进来。

"刚刚收到情报，大批民兵正向我方向云集。"

"民兵，又是民兵！"罗历戎的脑袋都大了。

"通知部队，立刻开饭，准备开拔！"

"军座，粮食还没着落呢。"情报处长小心翼翼地说。

从石家庄出发，罗历戎带了近两百辆大车的辎重，连沙发床垫都应有尽有，惟独没有带粮草。他认为当兵就应该走到哪儿吃到哪儿。他哪里想到，迎接他的是四壁空空。

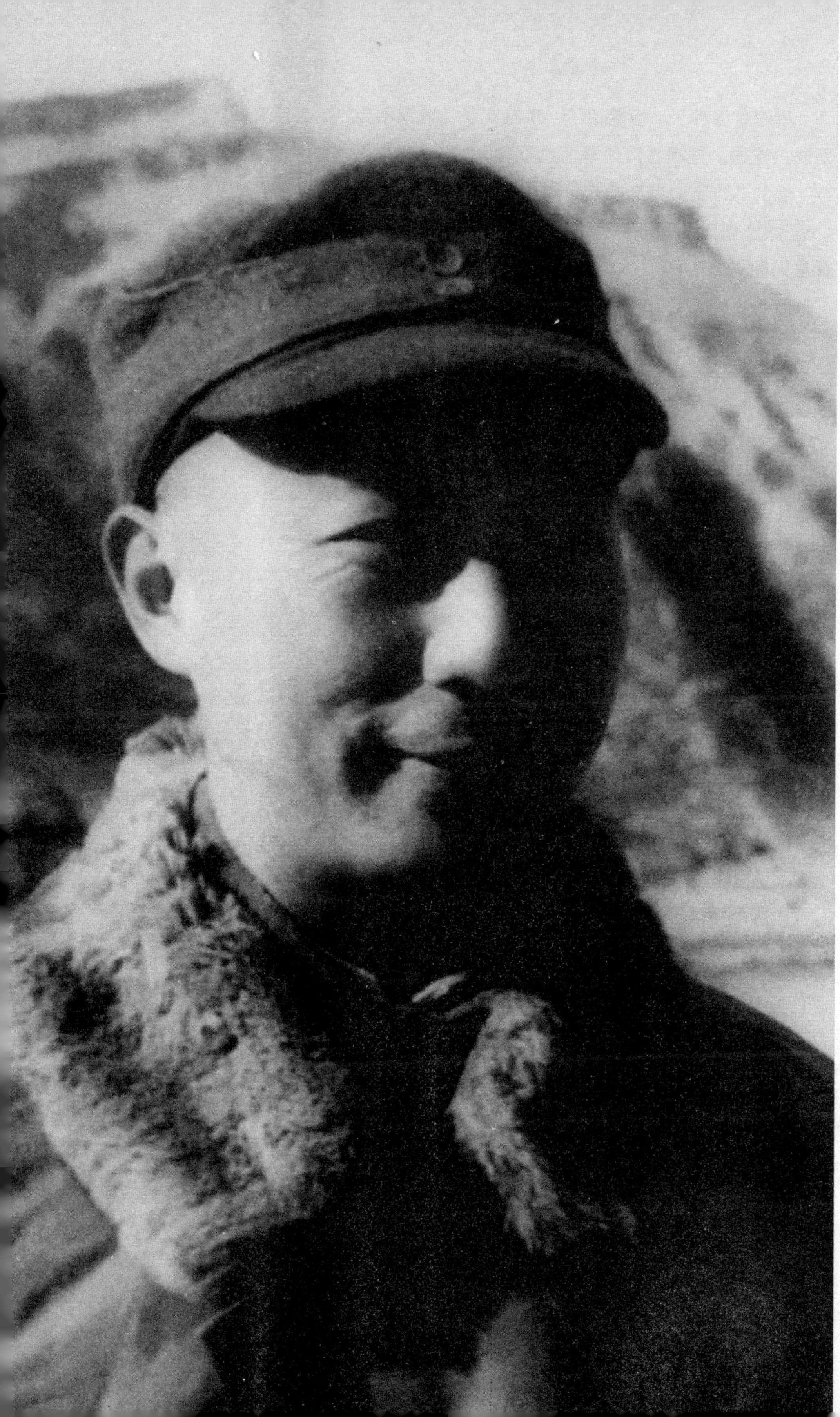

屋里炕席卷了，柜橱抬了，水缸空了，饭锅不见了，甚至有的地方水井都给填了。别说人吃的，连喂牲口的草都找不着。

他的耳边不由得又响起了蒋介石那恶狠狠的训斥：

"共产党走到哪里都有饭吃，你罗历戎身为军长，率领几万大军，连饭也混不上，真是无能，无能！"

他不由得无名火起：

"废物！还站在这里干什么！通知部队，找到什么吃什么，没吃的也要按时开拔！"

上午，罗历戎部到达了唐河南岸。

"去，试一下河水有多深？"罗历戎说道。

不一会儿，一个军官跑回来说：

"报告，河水不深，可以蹚水过河。"

"马上命令部队，下水过河。"

命令传下来，一个团首先下水。他们大摇大摆地向北岸走过去。

刚走到河中心，突然，一排子弹飞了过来，枪声响成一片。

顿时，水里的国民党士兵哀号一片，急忙掉头回蹿。

原来，早在敌人到来以前，晋察冀3分区副司令员白志文，便带着新组建的分区独立营和几个县的民兵1,000余人，埋伏在了河北岸。

第一次渡河失败了。

"传我命令，炮火掩护，强行渡河。"罗历戎喊道。

敌人的部队刚靠近岸边，我民兵又突然开火，敌人被逼无奈，又退了回去。

第二次渡河又失败了。

第三次强渡也没成功。

> 白志文，1955年被授予少将军衔。
< 民工破路队正开赴平汉路执行任务。

白志文

河北易县人。土地革命战争时期，任红三军团连长、团长，补训师师长等职。抗日战争时期，任八路军留守兵团警备第5团团长，两延河防司令部副司令员。解放战争时期，任北岳军区第3军分区副司令员兼后勤司令员、第1军分区副司令员兼后勤司令员、华北军区补训兵团第2旅旅长等职。

罗历戎顿时恼羞成怒，大喊道：

"命令部队，全部下水，强行渡河，炮火掩护。谁也不许后退，谁退回来，枪毙！"

由于兵力和武器悬殊，我民兵大量伤亡。白志文马上下令：

"迅速撤出滩头阵地，把大路让给敌人，我部队占领两翼，与敌人打运动战。"

阻击部队迅速撤出了滩头阵地，19日午后，罗历戎的部队渡过了唐河。

唐河临近清风店，渡过唐河，就望见保定南大门了。过河后，罗历戎计划当晚宿营望都城。

∨ 1947年，蒋介石与孙连仲合影。

正在这时，一架飞机从北飞来，低空盘旋飞行，投下通信袋，联络员递给罗历戎一个白色降落伞系着的绸布口袋。

罗历戎打开一看，口袋里装着一个牛皮纸信封，撕开信封，里面写着：

北上第3军指挥官请注意：

我们发现大部共军南下，距你们不远，即作战斗准备。

罗历戎看完，心中一惊：不好，果真麻烦了！

他打开地图，目光顺着平汉线向前移动，片刻，又摇了摇头，自言自语道：

"不可能，共军的主力不是在保北吗？这么远的路，难道他们是飞过来的吗？"

又一架飞机飞临上空，盘旋了两圈之后，白光一闪，又投下一个通信袋：

第3军指挥官：

现已查明，共军大批密集部队南来，距离你们很近，请第3军紧急做好战斗准备。

罗历戎一下子怔住了，这场意外太突然了。但毕竟久经沙场，良久，他稳定心绪，问道：

"附近有些什么村子？"

"前面不远就是清风店，有一片村落。"

"命令部队跑步前进，迅速占领村子，构筑工事，准备战斗！"

此时的罗历戎方如大梦初醒，知道自己的第3军已经成了对手的猎物。他急忙与孙连仲联系，告之当面敌情，未想遭来孙连仲一顿痛骂：

"就是昨天，徐水守军刚刚击退共匪重围，共军连辆汽车都没有，他们靠什么在二十几小时内从保北赶到保南的清风店？他们会飞吗？他们是神行太保吗？"

训完后，孙连仲缓了口气说：

"不要神经过敏，放心北进吧，尽快实施蒋委员长制定的南北夹击计划。"

∨ 我军连夜奔赴集结地围歼敌军。

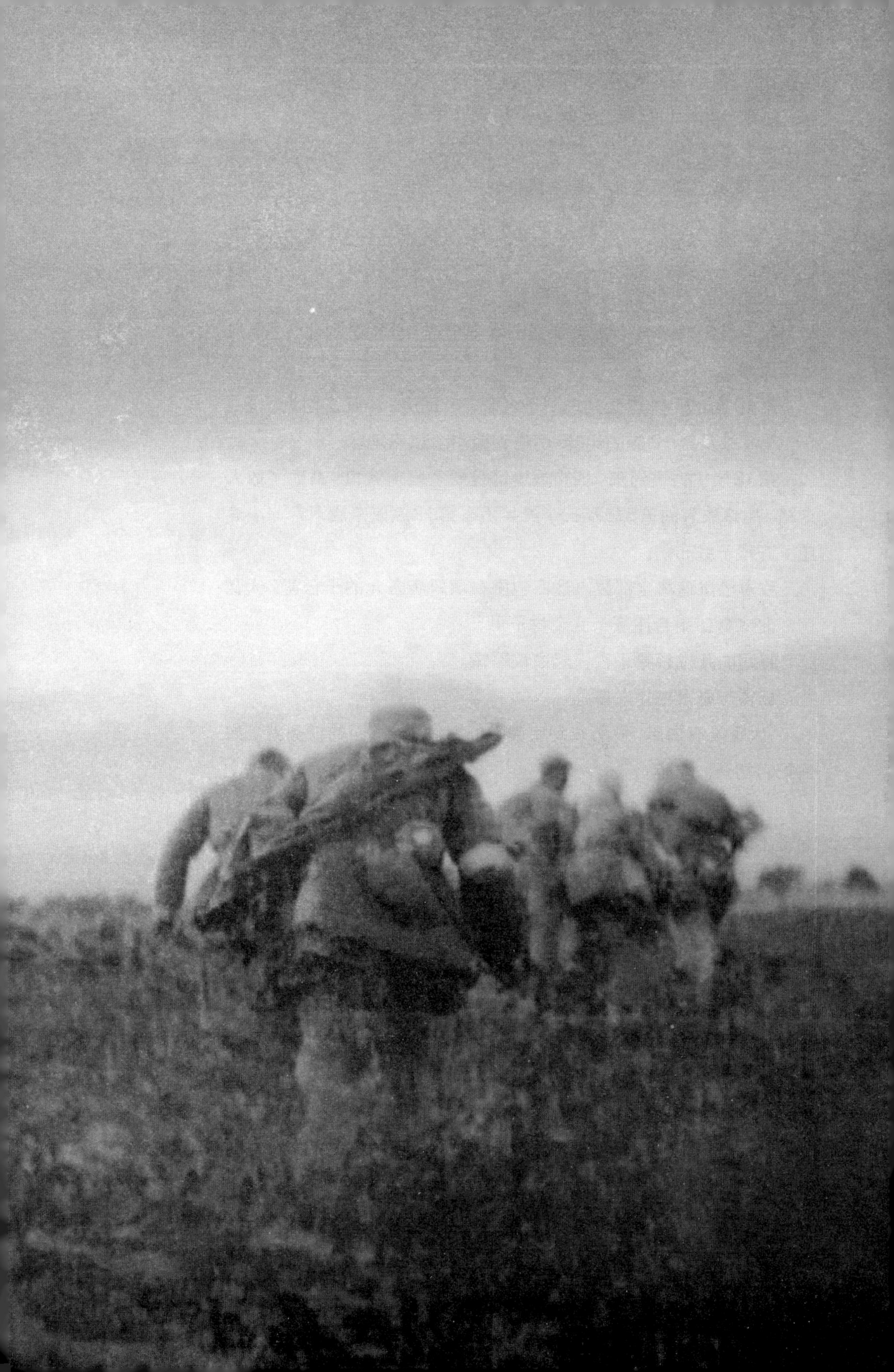

北进！北进！往哪儿进啊？罗历戎哭笑不得。

19日晚，唐河南岸，晋察冀野战军司令部。

墙上挂满了地图，参谋们正在把象征各个纵队的箭头，用红笔标在上面。

从那红蓝相间的箭头可以看到：

我军第6、第9旅各配属加强山炮一个连，分别进到北合、清风店附近地区；

第10旅、第11旅分别进到于合营、大瓦房、小瓦房附近地区；

第4旅及第12旅的第35团进到西南合以南地区；

第12旅主力进到东、西市邑地区控制了唐河渡口，截断了敌人退路，尾追敌人的第8旅及三个民兵团在第12旅以东唐河南岸小鹿庄、齐堡一线布防。

我军已迅速将全部敌人迂回包围在清风店东北的于合营、大瓦房、北支合、南合庄等十几个村子里。

野司的几位领导正在一起商议军情。

杨得志显得格外兴奋：

"大家没有白跑，罗历戎到底被我们围住了。下面的任务就是如何把它切开、吃掉！"

"部队连续几天作战，又连续夜行，体力消耗很大，马上作战，困难不能不考虑。"杨成武说道。

"困难肯定有，但敌人的困难比我们更大。他们事先没有料到这场战争，不但准备仓促，且士气低落。"杨得志自信地说道。

"对！我同意司令员的分析，我的意见是早打！快打！时间长了，保北的敌人肯定会南下，稍微一拖延，我军就有可能被敌人夹击。"耿飚说道。

"所以，我们就更不能掉以轻心，一定要把主动权紧紧抓在手里，告诉战士们，要发扬不怕疲劳，不怕牺牲的精神，咬牙打好这一仗。"杨成武坚定地说道。

意见一致，杨得志、杨成武、耿飚发布战斗命令：

北面阻援兵团应用一切有效手段，求得在敌前进中歼灭其一部，大量杀伤消耗敌人，坚决阻敌南援，待我南面将敌第3军4个团歼灭后，再放敌南来；

南面各兵团，坚决歼灭北进之敌，集中兵力、火力，发扬三猛战术。对北面不要顾虑，即使北面之敌进到望都，我军仍要继续打下去，一直到歼灭这股敌人为止。

黑夜里，静悄悄的，没有月亮，天黑得伸手不见五指。

战士们肃静地在树林里坐着，命令已经下来了，明天一早就发起进攻。此刻，大家都在静静地等待着天亮。

一会儿，滴滴嗒嗒地下起了雨。不知谁说了一句：

"八路军是一个水龙，一打仗就要下雨。"

旁边有人应道："下雨才好呢，下雨不来飞机。"

"来飞机咱也不怕，照样给他打下来。"一个战士笑着说道。

"对！说得对！"旁边的人纷纷附和道。

正在这时，远处传来了机枪声，有的部队已经和敌人交上了火。

"听，美式机枪的声音听起来就是不一样，真带劲！"战士们又讨论开了。

"立功的机会到了，看谁能缴获美式机枪。"

"好，咱们就比比看。"

战士们都跃跃欲试。

夜雨中，战士们的身影模糊。偶尔有刺刀碰响的声音，战士们就压低了声音说："轻点，刺刀不要弄出声音了。保持安静。"

西南合，国民党第3军指挥部。

罗历戎烦躁地在屋里来回走动着。

"报告，李文司令长官来电，答应即调援兵南下。"副参谋长吴铁铮进来报告。

"知道了。部队的情况怎么样？"

"主要兵力部署在西南合、东南合、南合营、东同房、西同房，第66团在高家佐。每个村子外面都挖了战壕，村里结实一点的房屋，都被改造成了碉堡和火力发射点，村外的开阔地，炮兵都周密计划了火力。"

罗历戎满意地点点头。正在这时，译电员送来一份孙连仲拍来的急电：

本部已达徐水，决于明日摧破当面之匪，向方顺桥挺进。

罗历戎连续接到两份电报后，心情顿时好转，由原先的恐慌转为窃喜，决心乘此之机，立一大功。

战争宽银幕

❶我军强大兵团坚守阵地,顽强地阻击敌人。

❷ 我军猛打猛冲，在原野上展开了规模巨大的围歼战。
❸ 群众欢迎子弟兵归来。
❹ 战斗前，我军某部正在作战斗动员。
❺ 战斗中被我军俘获的敌官兵之一部。

[亲历者的回忆]

聂荣臻

（时任晋察冀军区司令员兼政治委员）

  向南疾进的部队，任务十分艰巨。最关键的是他们要在一昼夜多点的时间里，用双脚走完200里以上的路程，如果让这股敌人（国民党第3军）赶在前头，就会越过方顺桥钻进保定，使我军歼敌计划完全落空。

  由于时间紧迫，各部队接到命令后，于当天晚上立即出发，以便行进，一边进行鼓动。

  指战员们听说要打大仗，一个个战斗情绪很高，一直保持飞快的行进速度。

  各部队都以令人敬佩的毅力，分别提前赶到指定的集结位置。

  当我军到达方顺桥以南的时候，罗历戎带领的14,000多人马，由于一路不断受到我地方武装和广大民兵的阻击、袭扰，像蜗牛一样刚刚爬过定县城。

——摘自：《聂荣臻回忆录》

杨得志
（时任晋察冀野战军司令员）

罗历戎果然不出我们所料，在新乐宿营了。新乐的群众向我们报告，从敌人号房子贴的"贴子"了解到，3军仅直属单位就有参谋处、副官处、军务处、军法处、军医处、新闻处、人事室等十几个，另外还有一个全套的野战医院。更可笑的是罗历戎还带了一个由十三四岁的娃娃们组成的魔术团。我们有位参谋说："罗历戎要在新乐唱三天大戏才好哩！"

罗历戎可以宿营做"美梦"，但我们却是枪不离肩，马不卸鞍，日夜兼程地往南赶……

——摘自：杨得志《横戈马上》

第四章

瓮中捉鳖

抗战时期，杨成武在前线指挥战斗。

聂荣臻说：内战是蒋介石逼迫我们打的。

清风店一战，晋察冀野战军不但打出了一场漂亮的翻身仗，打出了华北战场的新形势，也为石家庄的解放打出了一个好开端。

1. 激战清风店

10月20日拂晓，东方刚刚泛白，我军便对敌人发起了猛烈的攻击：

第6旅攻击北合；

第9旅攻击清风店；

第10旅攻击于合营；

第11旅攻击大、小瓦房；

第4旅及第12旅第35团攻击胡房。

双方部队刚一交火，罗历戎让部队稍作抵抗，便命令部队迅速撤退到以西南合为中心的几个村子里，构筑了梅花形防御工事，把主要兵力、火力都集中到这里，企图在此负隅顽抗，以待援军到来，两面夹击我军。

2纵队4旅前卫营营长胡立达蹲在一堵齐腰高的小土墙后面，两只眼睛都快瞪出血来了。打了这么多年的仗，还没见过这么难啃的，突击队都上去4批了，上去就没下来。现在手里只有一个残缺不全的机动连了，心疼啊！

9旅27团第3营，在北支合民兵引导下，于20日拂晓偷袭高家佐。9旅把进攻的道路选在一片茂密的棉花地里，结果整块地被敌人打得七零八落，几个正准备跃出战壕的战士纹丝不动地伏在地上，手里端着枪，眼睛注视着前方，依然保持前进的姿势。几分钟前，3架轰炸机从这里经过，5颗炸弹投下来，他们被活活震死了。

各个旅的作战情况不断地汇报到野司指挥部，攻击南合营、南合庄、高家佐、西南合村的战斗打得十分英勇顽强。战士们冒着猛烈的炮火和飞机的轰炸扫射，向预定目标猛扑，一批批冲上去，一批批倒了下去，打了一天，也没什么进展。

杨得志焦急地踱着步子，打得太艰难了。他深知战役的每一分钟都十分宝贵，一旦敌人发觉罗历戎被围，会从保北调来大批部队，尽管目前北面有陈正湘阻击，但能顶多久,很难说。围歼罗历戎必须要速战速决。

下一步,该怎么办呢?

杨得志把耿飚和杨成武叫过来,三道目光同时凝聚在了作战图上。

最后,三人决定改变战术,采取分割包围,集中兵力,各个歼灭。

20日晚,野战军领导研究决定:

以第10旅并指挥第11旅第31团攻歼南合营守敌;

第11旅主力攻击东、西同房;

第9旅攻击高家佐;

第4、第6旅攻击西南合。

主要攻击目标直指南合营,如该点被我军攻破,敌人指挥中枢和核心阵地西南合就会暴露其侧翼,失去了北面的屏障。

∧ 我军在清风店外围用迫击炮轰击敌人。

21日4时,第10旅集中35门大炮,向据守南合营之敌第7师第19团猛烈轰击。迫击炮万炮齐发,轻重机枪喷出一道道火舌,手雷如同雨点般地落到敌人阵地上。顿时,敌人阵地上火光四起,爆炸声震耳欲聋,在我军猛烈的强攻下,大部分敌人的前沿工事被摧毁了。第29团7连和5连的战士们在炮火的掩护下,伴随着喊杀声,一个个如同猛虎般扑向了敌人。

好消息不断传来:

29团7连从西面突入;

29团5连从北面突入;

28团从东面突入;

30团从东北面突入;

前后仅40分钟,南合营战斗即结束,守敌全部被歼,俘敌团长以下官兵1,100余人。

21日中午，基于我军强大的攻势，东南合的敌人，开始向西南合全面退缩。

4纵队指挥部的电话铃声不断。

"报告，敌人逃回西南合，请示我军能否乘胜追击。"

"报告，敌人溃败，逃回西南合，我军士气正旺，请把突击的任务交给我们。"

4纵队司令员曾思玉回答道：

"你们的心情可以理解，但是不要着急，各部队加紧准备，遵照野司的意图，明日拂晓前开始进攻。"

驻扎在西南合的敌第3军军部，由于失去了南合营的庇护，完全裸露在晋察冀野战军的火力之下。

罗历戎气急败坏。自从接到李文的电报后，他就竭力拖延时间，渴望奇迹的出现。然而，一直未见援军到来，南合营的失守，又给了他沉重的一击。

罗历戎急忙频发电报：

飞机赶快来助战！

弹药给养投入共军阵地上去了。

形势紧迫！再延迟一天，全军就要殉国了！

电报发出去了，好久没有回音，罗历戎烦躁地走来走去。

突然，头顶传来一阵轰鸣。

"飞机！"罗历戎惊喜地仰望天空。

21日，孙连仲在罗历戎连番催促下派飞机来了。一时，天空中十余架P－51型战斗机、蚊式轰炸机、B－25型轰炸机，有恃无恐地在我军阵地上空轮番轰炸，我军阵地上顿时硝烟弥漫。

> 清风店战役中，被我军击落的国民党军B－25型轰炸机。

蚊式轰炸机

英国德·哈维兰公司于1940年研制成功的一种双发活塞式轰炸机，是第二次世界大战中著名轰炸机之一。许多国家都有使用，中国也曾少量购买。该机（以MK6为例）并列式双人座舱，张臂式中单布局，木质硬壳结构，机上装有4挺机枪，载弹量为907千克。该机翼展16.51米，机长12.34米，机高3.81米；最大起飞重量10,092千克；最大平飞速度611千米/小时，实用升限10,050米，最大升限10,050，航程2,970公里。

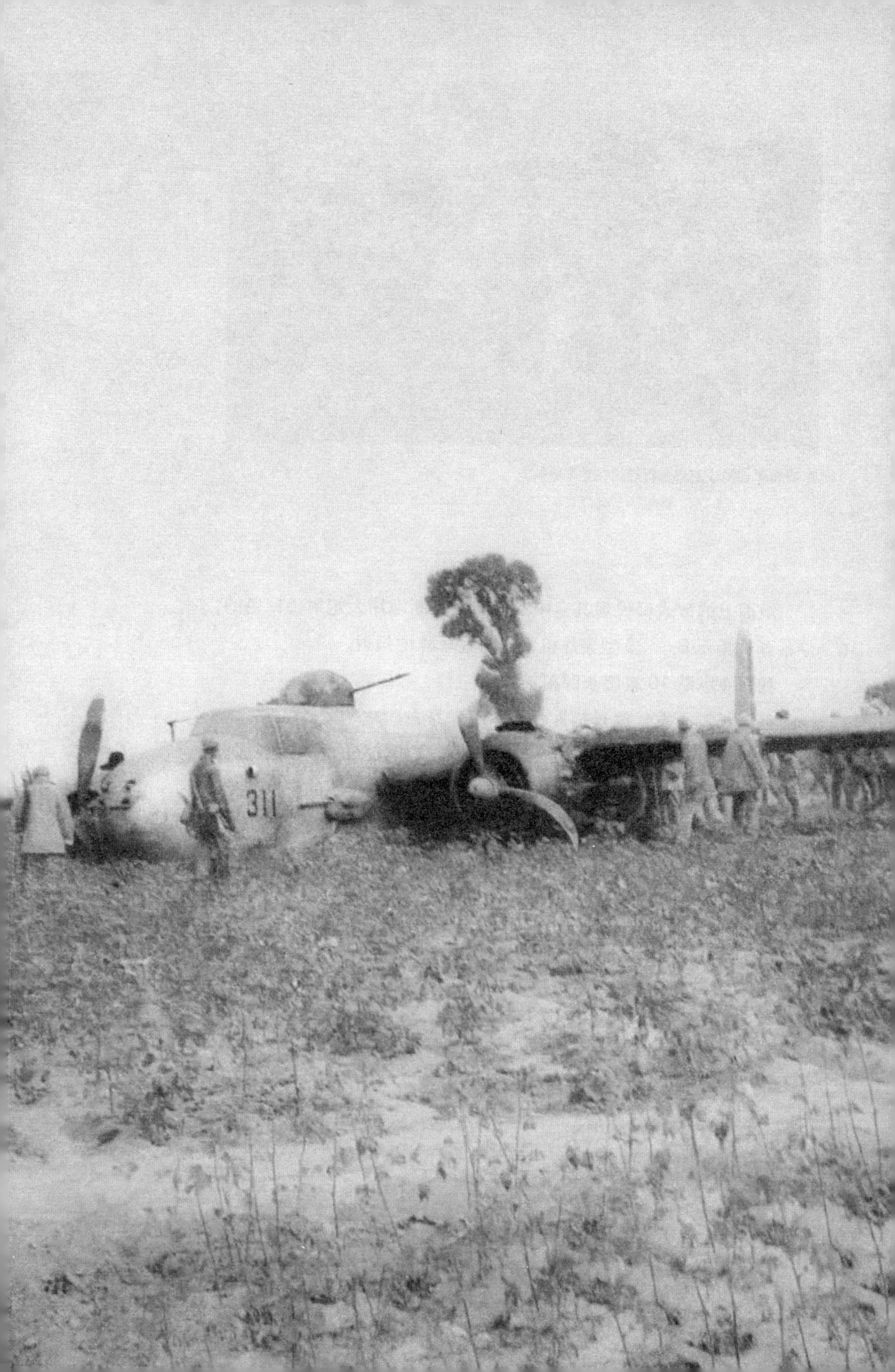
311

∧ 我军某部围攻西南合村的国民党军部队。

地面上的敌人仰仗着其空中的优势，不断地用大炮射出白色的烟幕弹，指示Ｂ－25型轰炸机低空向我军阵地扫射。

我军4纵队10旅旅长邱蔚被炸伤。

参谋长钟天发代旅长指挥，不幸中弹身亡。

消息传到4纵队指挥部，司令员曾思玉被突如其来的噩耗震惊了。

"为什么不打飞机，越不打它，它越猖狂！"曾思玉的拳头狠狠地砸在桌子上。

傲慢的敌机俯冲而下，成吨的炸弹从天而降，轰炸声不断。

战士们愤怒了。

6旅一个重机枪连，将重机枪架在屋顶上开始对空射击。几个回合过后，战士们摸到了Ｂ－25型飞机的飞行规律。

"兔崽子！你给我下来吧！"

轻重机枪集中射向一架飞机，地面上喷出一道道火舌，一架Ｂ－25型飞机被击中了，像扫帚星似的摇摇晃晃，拖着一股浓浓的黑烟，被迫降落在战场附近。

"看你Ｂ－25型飞机有多大本领，看你开飞机的怕死不怕死。"战士们都兴高采烈地说道。

紧接着，2纵队6旅又击落了一架飞机，活捉了机上的6名飞行人员，缴获了14挺机枪。敌机再也不敢放肆，把剩余的炸弹胡乱甩掉,仓皇而去。空投的粮食和弹药也大部分落在我军阵地上。

战斗进行到21日晚上,周围的几个村庄都被我军攻占,罗历戎剩下的10,000多人马,被我军围困在西南合村。这是个不满400户人家的村子,地方小,一下子涌进这么多的人,自然乱成一团。

21日深夜,我军收紧了对西南合的包围,并重新调整了部署:

第6旅由村北面攻击;

第10旅由村东北夹击;

第9旅由村西攻击;

第4旅及第35团从村南攻击;

第12旅第34团为预备队,配置在南同房附近地区,该旅第36团推进到望都以东九龙河南岸,阻击由保定可能来援之敌。

22日3时40分,随着3颗红色信号弹腾空而起,向西南合的总攻开始了。

4时整,四面八方的炮火激烈起来,轻重机枪响成一片,手雷、手榴弹声一排排不中断地响着,野炮、迫击炮向纵深射击,烟雾笼罩着西南合上空。

在我军炮火猛烈袭击下,敌前沿工事被摧毁,火力被压制。

杀声四面八方,浪潮滚滚,惊天动地。

罗历戎彻底绝望了。

"军座,这里不是久待之地,快突围吧!"副军长杨光钰和副参谋长吴铁铮跌跌撞撞地走了进来。

"往哪儿突围?谈何容易啊?"罗历戎的脸上浮现出一丝凄然的苦笑。

"这……"杨光钰和吴铁铮也都没了下文,两人的表情一片茫然。

22日上午10时,战斗进入尾声,我军占领了罗历戎的最后一个据点西南合。

罗历戎虽连连向北平发求救电报,可直到22日凌晨,仍不见援兵到来。他万万没有想到,派来的援兵已被我军阻援部队给拦住了。就在保南清风店激战正酣时,保北的一场恶战也在进行。

2. 英雄的防线

保北地区,指南靠保定的徐水至涿县一段的铁路沿线地区,战略地位十分重要。保定一带,西有险峻的太行山,东有群川河谷,宣化、大同是它的外围屏障,倒马关、紫荆关是它的内地阻隘。它们互相联络,共同护卫着京师,是敌人在华北的战略基地。

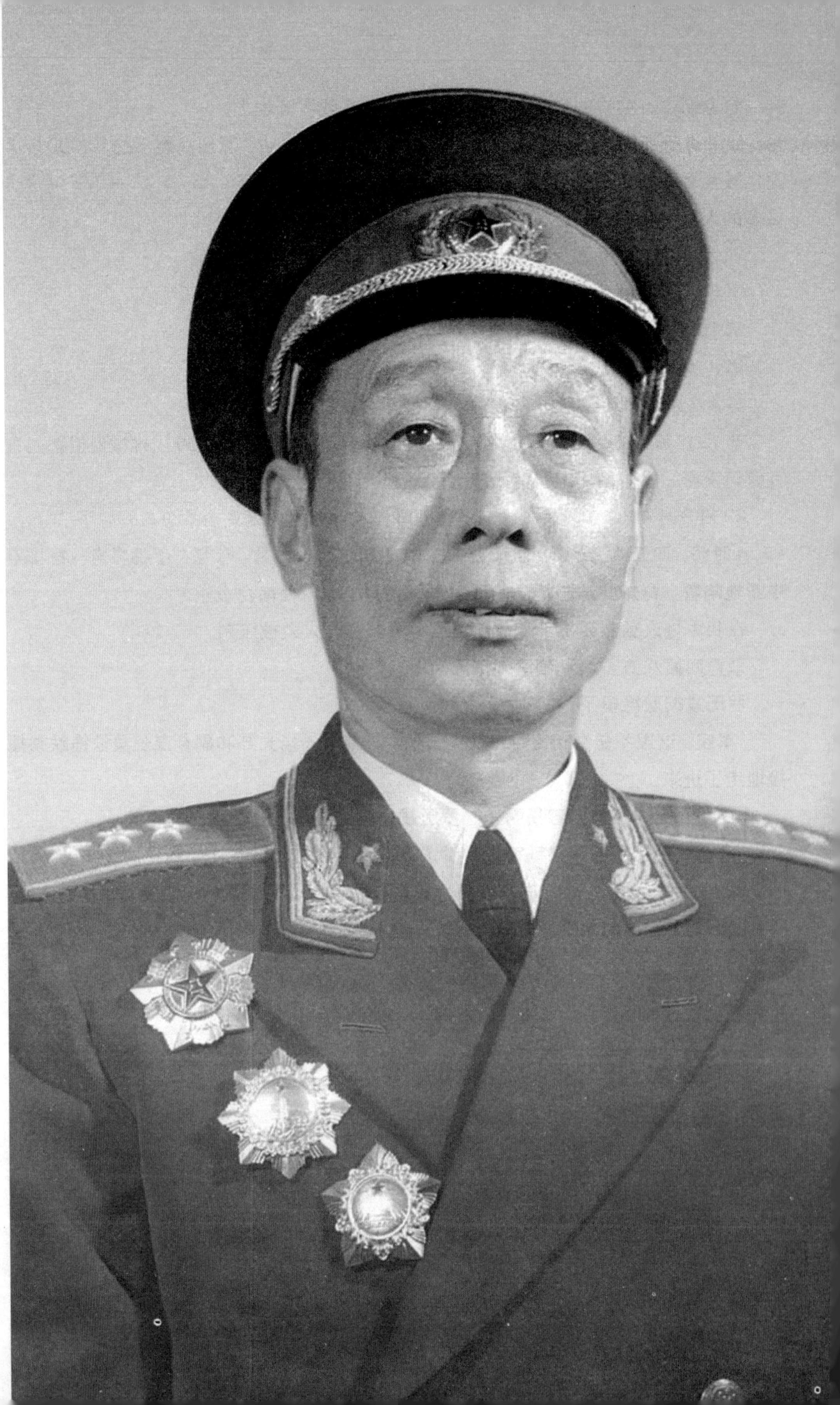

< 李志民，1955年被授予上将军衔。

我军主力南下后，留在保北的只有2纵5旅、3纵7旅、8旅及冀中军区独立第7旅，共12个团；而对面的敌人却是紧紧扭在一起的5个美械装备师，共19个团。

2纵司令员陈正湘和政委李志民、3纵司令员郑维山和政委胡耀邦留在这里负责阻援指挥。他们心里都非常清楚：保北的阻击战与清风店的歼灭战是同一个战役的两个战场，密不可分。如果19个团的敌军主力突破我军的阻击南下，不但敌第3军之危顿时可解，而且势必对我军南下的部队形成南北夹击之势。只有在保北战场拦住增援的敌人，才能确保在清风店的战役取得胜利，彻底歼灭敌第3军。

野司特地给留在北线指挥的陈正湘、郑维山发来电报：

必须用一切有效手段，大量杀伤敌人。必须不顾一切伤亡、消耗、疲劳，坚决阻敌南援。如有个别动摇犹豫者，实际等于帮助了敌人，应受到军纪制裁。

陈正湘、郑维山即刻回电：

请野司放心，决不让这里的敌人南下一步！

10月18日，留在保北战场上的晋察冀野战军4个旅摆开决战架式，照样围攻徐水。

英勇顽强的野战军战士们依靠一道又一道防线，沉着地抗击国民党

李志民

湖南浏阳人。土地革命战争时期，任红2师7团政治委员、红2师政治部主任，红三军团保卫局二科科长，军委直属第81师政治部主任，红27军政治部主任等职。抗日战争时期，任抗日军政大学组织部部长、第二分校政治部主任，晋察冀军区组织部部长，第4军分区政治委员，冀中军区副政治委员兼政治部主任等职。解放战争时期，任晋察冀野战军第3纵队、第2纵队政治委员，第20兵团政治部主任，第19兵团政治委员等职。

军的猛烈攻击。

激烈的战斗已经连续进行了两天两夜,每个人的神经都如绷紧的弦,丝毫不敢大意。

旷野里敌人的尸体越来越多。

堑壕里我军的战士也越打越少。

坦克沿着防护沟爬过来。

我军战士一个又一个冲上去。

敌人的进攻一次又一次被顶了回去。

敌第34集团军总部。

司令李文狠狠地把刚吸了一口的烟扔在地上,用脚捻灭。

此时的他早已六神无主。罗历戎的呼叫,孙连仲的督战,让他疲惫不堪。

各种武器都用了,飞机、坦克都上了;各种方法也都用了,车轮战、正面佯攻,侧面迂回。共军的身体难道是铁打的,怎么就是冲不出去呢?

> 曾任国民党军第34集团军司令的李文。

8旅指挥部。此时,郑维山正在翻动着8旅送来的阵亡名单。一个个名字从眼前淌过,认识的,不认识的,一条条鲜活的生命永远地沉睡了。

正在这时,野司又发来了电报:

为确保南线歼敌,阻击保定敌人南援,特调第7旅星夜南下,由胡耀邦同志带领,与19日晚先期南下的独7旅协同,在保定与方顺桥之间布防。

郑维山一愣,7旅也要被拿走了。敌人的兵力一直在猛增,而我们的兵力却在递减,接下来的战斗会更加艰难。可野司是从全局考虑的,不能因为局部情况而动摇野司首长的决心。

21日,阻援到了最紧张的关头。

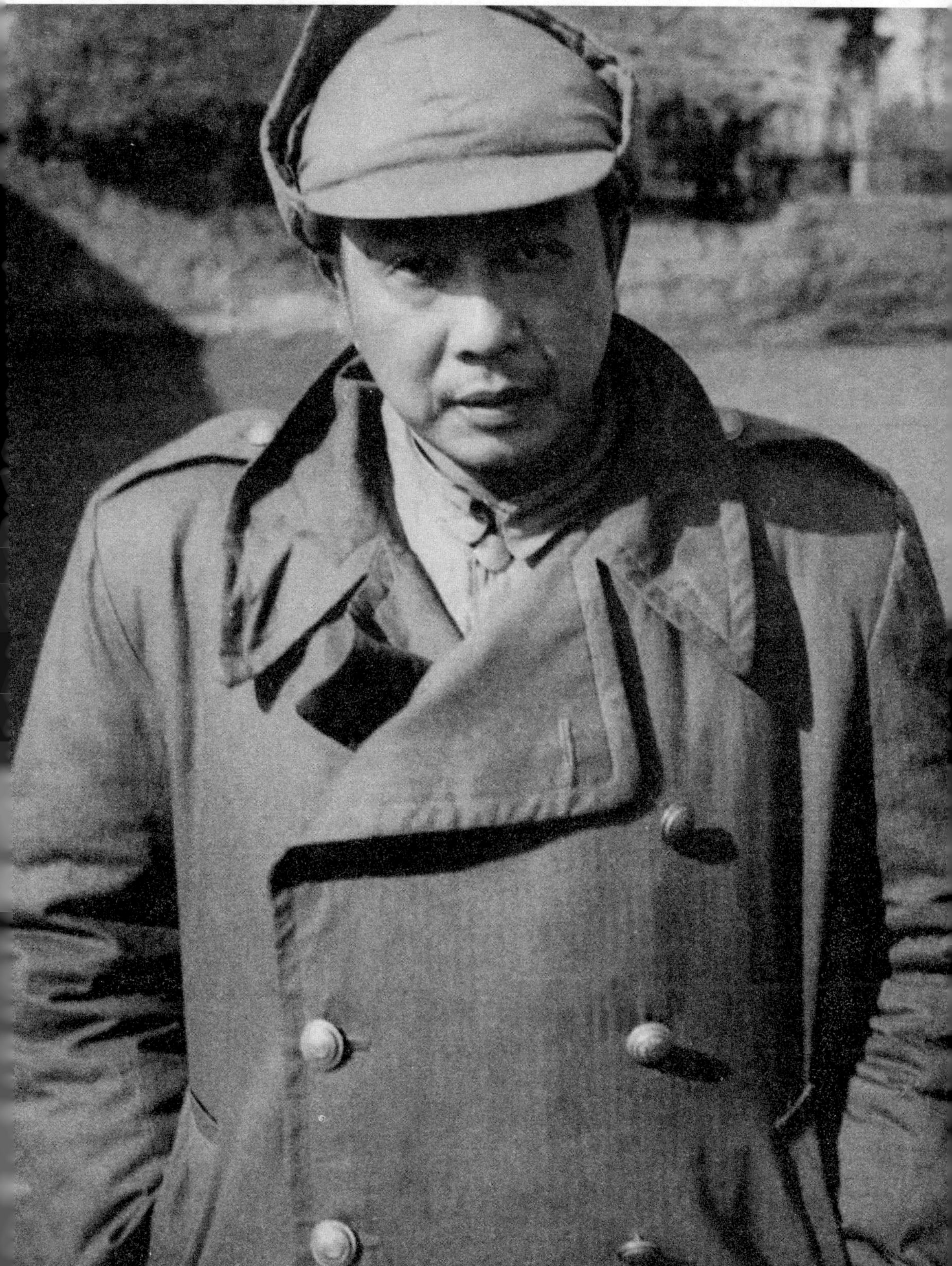

∧ 宋玉林，1955年被授予少将军衔。 　　　　　　 ∧ 黄文明，1955年被授予少将军衔。

宋玉林

江西会昌人。土地革命战争时期，任红一军团第1师1团排长、连长等职。抗日战争时期，任晋察冀军区第1军分区第1团连长、营长、代团长，中国人民抗日军政大学第二分校高干队队长，晋察冀军区第4军分区教导5团团长等职。解放战争时期，任东进支队队长，晋察冀军区第3纵队第8旅旅长，第19兵团63军188师师长等职。

黄文明

江西兴国人。土地革命战争时期，任红5师团政治处技术书记、连政治指导员等职。抗日战争时期，任晋察冀军区第1军分区政治部组织科科长、第2团政治委员，中共完县县委书记兼支队政治委员等职。解放战争时期，任晋察冀军区第3军分区政治委员，第3纵队9旅、8旅政治委员，第19兵团政治部组织部部长等职。

双方激战至中午，北线之敌突破了5旅驻守的半壁店、山东营阵地；相继，又突破了8旅驻守的史各庄、西留营阵地。

保北之敌，趁我军与北线敌人纠缠之际，向我军侧背猛攻，漕河以南的阵地也随之陷落。

郑维山向身边的参谋问道：

"清风店的情况怎么样？"

"敌第3军已经全部被围困，正在分割聚歼。"

"怪不得李文这么疯狂！告诉第8旅旅长宋玉林、政委黄文明，罗历戎马上就要完蛋了！现在，我们很困难，但是敌人比我们更困难！我们一定要咬紧牙关熬下去！"

孙连仲、李文调集10个团的兵力猛攻我军前沿阵地。孙连仲为了鼓舞士气还亲自飞临上空进行督战。在南下必经的公路上，有我独8旅扼守这一咽喉要地。国民党派出约3个团的重兵，在强大的炮火和机枪的掩护下，实行集团冲锋，一排接着一排向我军阵地袭来。敌人一次次的进攻都被我顽强的战士击退了，敌人想在这里前进一步比登天还难，在交战的阵地前沿，遍地是敌人的尸体。

我军战士心中只有一个信念：我们就是一个钉子，牢牢地钉在这里，死守阵地，只要守住阵地就是胜利！

诗人魏巍特意为这场战斗写了一首震撼人心的诗，名为《英雄的防线》：

∨ 清风店战役中，我军某部"飞雷组"的战士们冲向突破口。

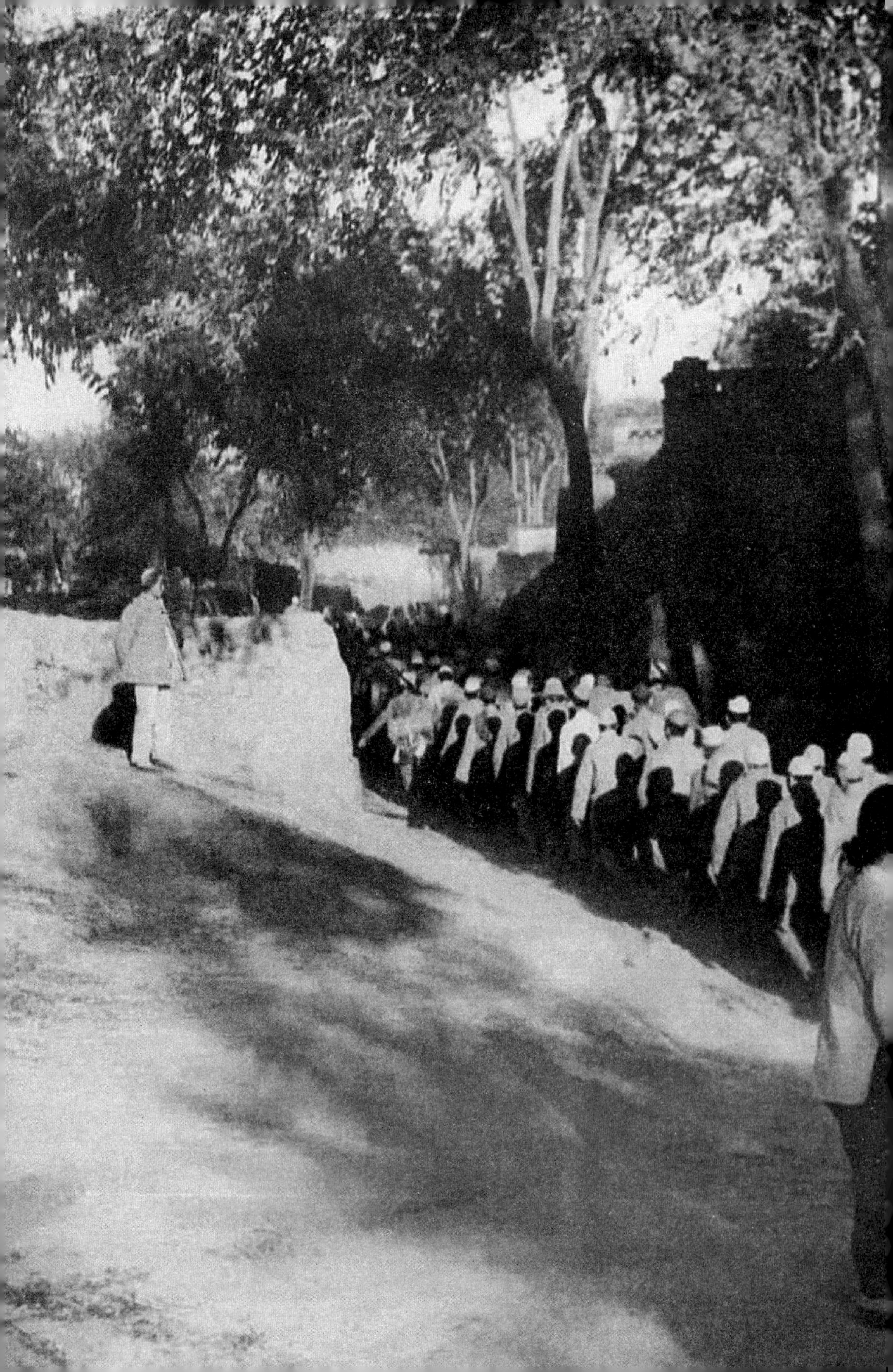

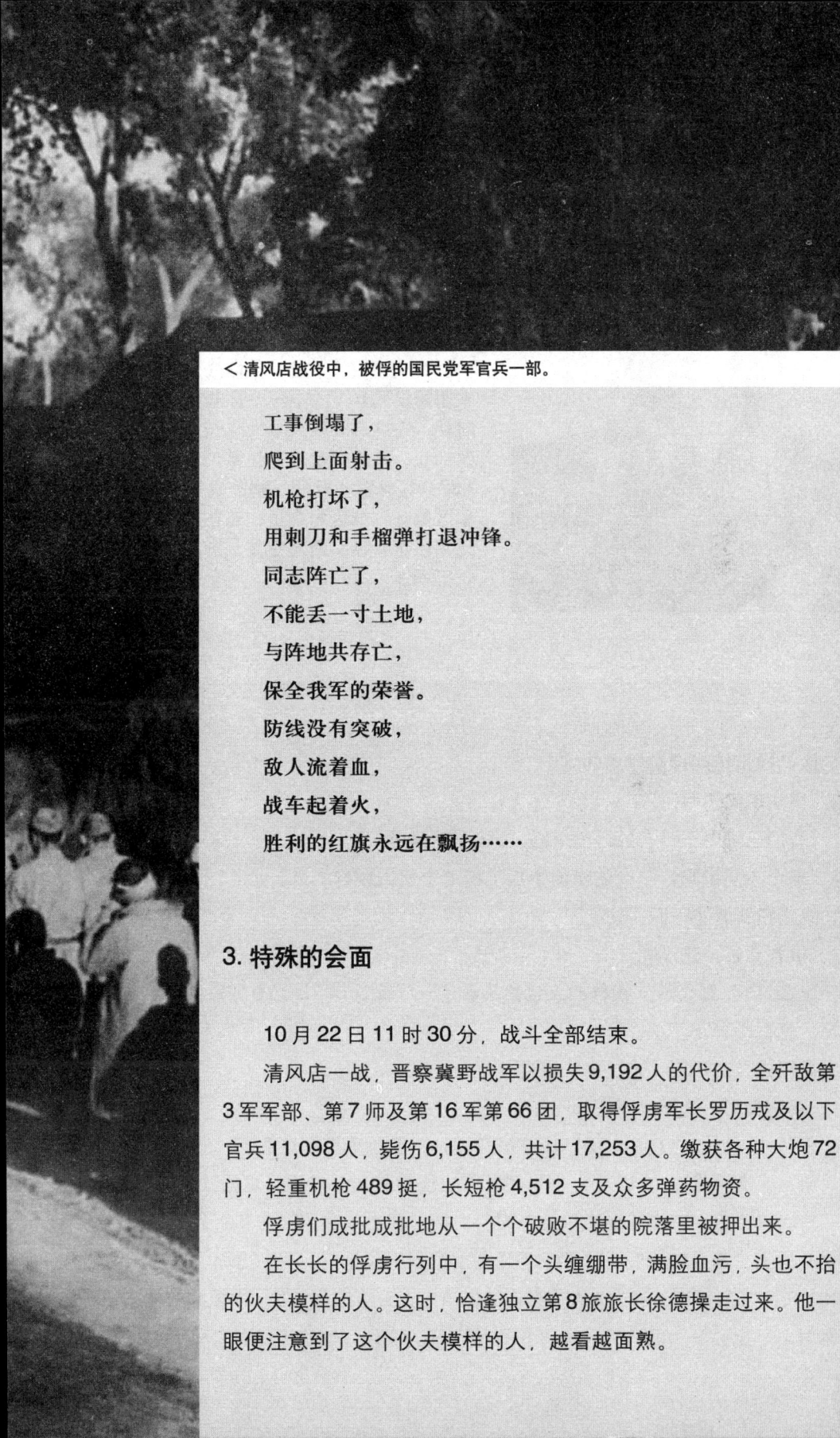

< 清风店战役中，被俘的国民党军官兵一部。

工事倒塌了，
爬到上面射击。
机枪打坏了，
用刺刀和手榴弹打退冲锋。
同志阵亡了，
不能丢一寸土地，
与阵地共存亡，
保全我军的荣誉。
防线没有突破，
敌人流着血，
战车起着火，
胜利的红旗永远在飘扬……

3. 特殊的会面

10月22日11时30分，战斗全部结束。

清风店一战，晋察冀野战军以损失9,192人的代价，全歼敌第3军军部、第7师及第16军第66团，取得俘虏军长罗历戎及以下官兵11,098人，毙伤6,155人，共计17,253人。缴获各种大炮72门，轻重机枪489挺，长短枪4,512支及众多弹药物资。

俘虏们成批成批地从一个个破败不堪的院落里被押出来。

在长长的俘虏行列中，有一个头缠绷带，满脸血污，头也不抬的伙夫模样的人。这时，恰逢独立第8旅旅长徐德操走过来。他一眼便注意到了这个伙夫模样的人，越看越面熟。

< 徐德操，1955年被授予少将军衔。

徐德操 ————————▼

湖南平江人。土地革命战争时期，任红三军团第5军10团参谋长、团长等职。抗日战争时期，任抗日军政大学大队长、第二分校训练部部长，冀热察挺进军参谋长，晋察冀军区第1军分区参谋长等职。解放战争时期，任冀中军区第8军分区司令员、独立第8旅旅长，华北军区第6纵队副司令员，第20兵团68军军长等职。

徐德操悄悄问押解俘虏的战士：

"俘虏审问了吗？"

"有的已经审了，有的还没审问。"战士回答道。

"那个人问了吗？"徐德操伸手指了指那个伙夫模样的人。

战士扭头看了一眼，说：

"报告首长，还没呢。"

正在这时，那个伙夫模样的人也抬头看了一眼徐德操，目光有些慌乱，与徐德操对视后，慌乱地低下了头。

徐德操微微一笑，走过去，说道：

"真巧真巧，这不是罗军长吗？"

罗历戎一惊！抬起头，看了徐德操几秒钟，尴尬地点了点头。

原来，徐德操在1946年上半年国共停战谈判时，曾与罗历戎见过面。

日本投降后，蒋介石妄想依靠美国的支持，霸占人民用鲜血和生命换来的胜利果实。一方面，声言谋求和平，要求毛泽东主席到重庆谈判；另一方面，又在和平烟幕的掩护下，加紧军事部署，为大规模内战做准备。面对这种情况，中国共产党采取"针锋相对、寸土必争"的方针，同蒋介石进行政治谈判，争取实现国内和平与民主。

> 时任国民党保密局局长的郑介民。

国民党保密局局长郑介民

海南文昌人，国民党一级陆军上将。黄埔军校第二期毕业。曾任广西省政府委员兼国民党广西省党部整理委员，参谋本部第二厅第五处处长等职。抗日战争期间，任新加坡盟军军事会议代表，军委会调查统计局局长，军令部第二厅厅长。抗日战争结束后，任国防部第二厅厅长，国防部保密局局长，国防部常务次长、参谋次长，行政院物资供应委员会副主任委员等职。1949年后去台湾。

1945年12月16日，周恩来率代表团再赴重庆。

12月27日，双方达成停止内战的书面协议，遂即组成由张群（后为张治中）、周恩来和马歇尔将军参加的军事三人小组会议，开始停战谈判。

1946年1月5日，国共双方代表达成《关于停止国内军事冲突的协议》，1月10日，双方代表又签定了《关于停止国共冲突的联合声明》以及《关于建立军调处执行部的协议》。根据协议，在北京成立了以叶剑英、郑介民、饶伯森（又译作罗伯逊）三委员为最高领导的军调处执行部。军调部先后向全国派出36个小组。因为石家庄是军事重镇，国共争夺激烈，因而军调部一成立很快组建石家庄执行小组到石进行调处。

1946年1月，中共太行一地委副书记马芳亭首先到石家庄，为中共代表打前站。2月5日，军调处石家庄执行小组国民党代表胡屏翰、共产党代表徐德操（冀中8分区司令）、美方代表葛瑞波一行10人乘飞机由北平抵石。国民党方面则以驻石的国民党党政军负责人罗历戎为主，组成谈判小组，主要工作人员由国民党第3军政治部和司令部人员组成。石家庄执行小组的国共谈判断断续续进行了三个多月，由于美国支持的国民党方面没有诚意，致使谈判没有取得什么结果，但它用事实揭露了美蒋假和平真内战的阴谋，争取和教育了群众，扩大了反美反蒋的统一战线，提高了共产党和八路军的威望和地位。为后来的自卫反击战准备了力量。

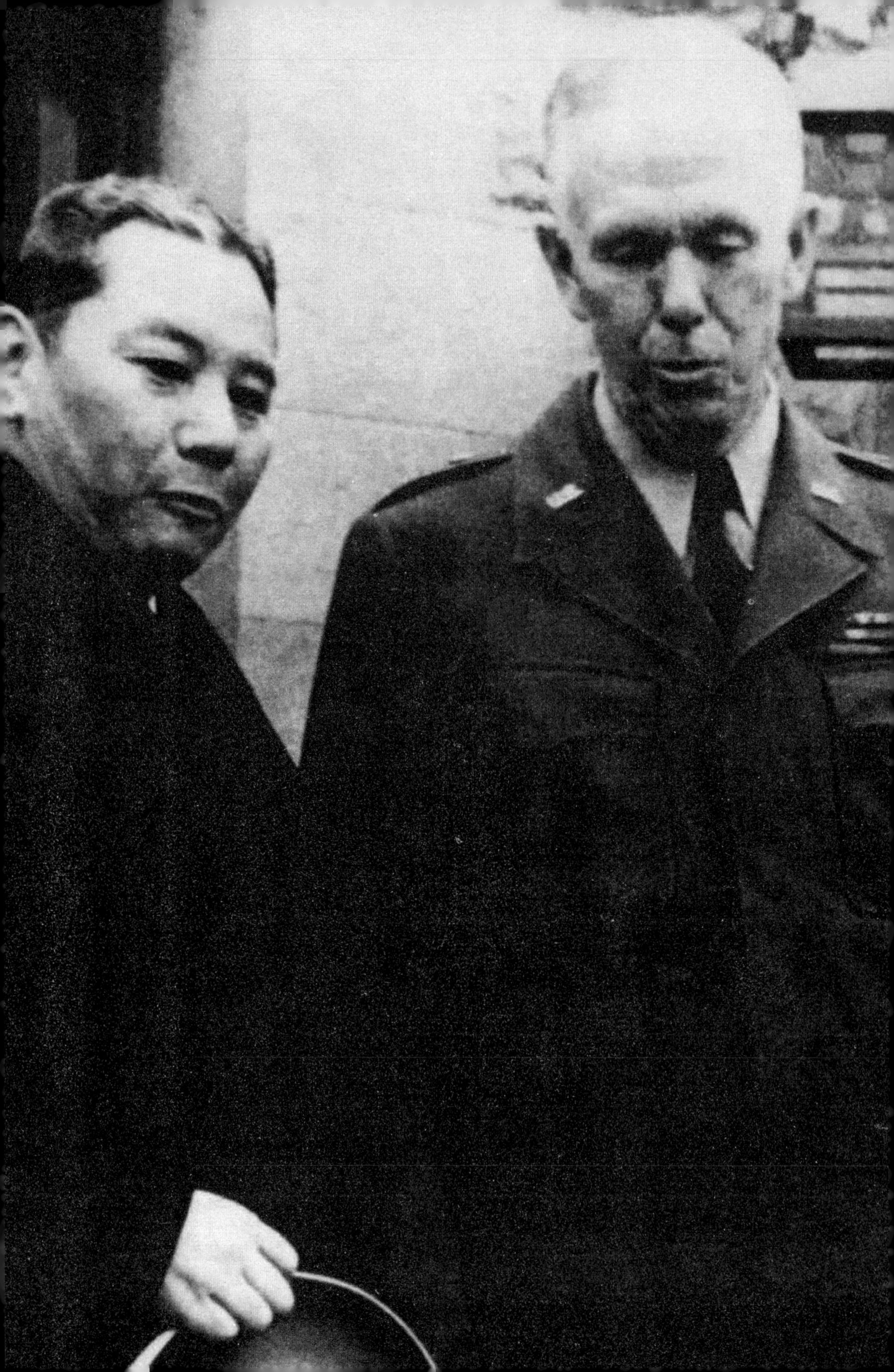

∧ 国共谈判期间,三人谈判小组成员。自左至右:张群、马歇尔、周恩来。

一天，罗历戎以东道主的身份，请徐德操和美国人看戏。

到了剧场，罗历戎问：

"今天演什么戏啊？"

随从回答说：

"是《战濮阳》。"

罗历戎脸一沉，马上煞有介事地说：

"和平时期怎么老唱武戏呢？改，改一出文戏。"

徐德操嘴上没说什么，心里却想：戏台上，你不让唱武戏；戏台下，你跟着蒋介石一直打内战，武戏可是从来没断过。

山水轮流转，没想到，这位不可一世的军长，如今竟然成了解放军的俘虏。

同敌第3军军长罗历戎一起被俘的，还有副军长杨光钰、副参谋长吴铁铮、第7师师长李用章、第19团团长柯民生等。

听到清风店战役全歼罗历戎部1.7万多人，无一漏网的消息后，聂荣臻和晋察冀军区副司令员萧克、晋察冀野战军第一政委罗瑞卿等立即乘车赶到了南合庄野战军指挥部。

中共中央召开土地会议

1947年7月17日，中共中央工作委员会在河北省平山县西柏坡村召开全国土地会议。此次会议的主要内容是制定土改政策的有关法律。会议在刘少奇的主持下，分析研究了中国土地制度和以往土改的经验，制定了《中国土地法大纲》。《大纲》规定，废除封建性及半封建性剥削土地制度，实行耕者有其田的土地制度。同年10月10日，《中国土地法大纲》由中共中央批准公布实行。此次会议另一项重要内容是：决定结合土改普遍整顿党的组织。

中山舰事件

又称"三二〇事件"。1926年3月18日晚，时任黄埔军校校长的蒋介石指使亲信下令海军局代理局长、共产党员李之龙速派中山、宝璧两舰开赴黄埔候用。随后，他们污蔑共产党"阴谋暴动"。接着，于3月20日逮捕李之龙等共产党员50多人，又强迫以周恩来为代表的全体共产党员退出国民革命军第1军。蒋介石等人制造"中山舰事件"，目的是夺取在粤海军实力，清除军队中的共产党力量。此举背叛了孙中山制定的"联俄、联共、扶助农工"三大政策，是国民党右派势力分裂国共合作、企图夺权的信号。

聂荣臻司令员一行人一见杨得志他们，就高兴地说：

"啊呀，你们怎么搞的嘛。我可是好一段时间找不到你们了！"

杨得志笑着说："聂总，这可不能怪我们呀，实在是罗历戎来得太急了点，他那么急，我们可不能失礼怠慢了他们噢。"

说完，大家都笑了起来。

聂荣臻听说活捉了罗历戎，说：

"好，把他们送到后方正开着的土地会议上去。让大家都看一看，也是鼓舞呀！这叫前方打老蒋，后方挖蒋根嘛！"

南合庄。

"聂司令，我给你带来个客人。"杨成武人未进门，声音先传了进来。

"啥子客人？"聂荣臻把埋在书堆里的头抬了起来。

"看了就知道了。他说是你的学生，还说是你的老乡呢。"杨成武神秘地挤挤眼。

罗历戎似乎有些迟疑，缓缓地抬起脚，一步一步地挪进屋里。

一看是罗历戎，聂荣臻站了起来，说道：

"罗先生受惊了！"，

和罗历戎握完手，示意他坐下。

"罗先生是哪里人？"

"四川渠县。老师府上可是江津？"

"是啊，离得不远。"聂荣臻笑了笑。

正说着话，萧克、罗瑞卿、耿飚、杨得志以及被俘的第3军副军长杨光钰和副参谋长吴铁铮也进来了。

屋子里顿时热闹起来，大家相互寒暄过后，围绕一张红木桌子坐了下来，警卫员用细瓷茶碗给每个人倒了一碗茶。

杨光钰和吴铁铮站起来，恭恭敬敬地给聂荣臻鞠了个躬：

"老师，有二十多年没见面了。"

当年，他们都是黄埔军校第一期的学生。因为聂荣臻在黄埔兼过政治教官，他们都称呼聂荣臻为老师。

聂荣臻说：

"现在不是又见到了吗！"

"败军之将，惭愧惭愧。"吴铁铮显得十分羞愧。

吴铁铮是黄埔军校第三期学生，他原来是共产党员，在"中山舰事件"之后退了党，此刻见了聂荣臻，显得更加无地自容。

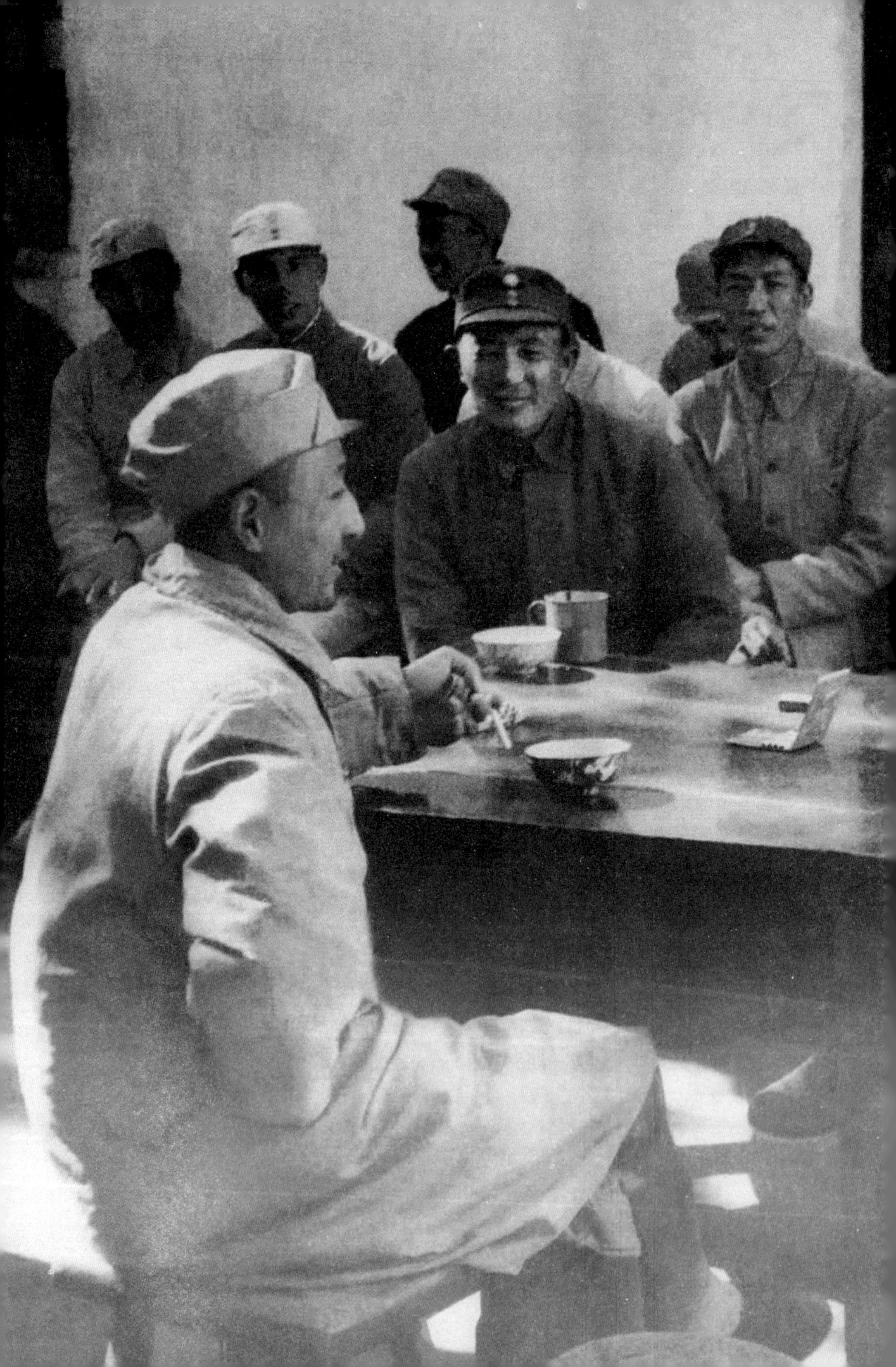

∧ 清风店战役结束后,晋察冀军区司令员聂荣臻与军区领导在前线接见被俘的国民党军第3军军长罗历戎。

"胜败乃兵家常事，自古不以胜败论英雄。但这场战争，注定你们是要失败的。因为这场战争完全是蒋介石逼我们打的，正义在我们这边，你们为蒋介石卖命是毫无意义的。"

聂荣臻的话，让罗历戎等人脸上一阵红，一阵白的。

聂荣臻又问吴铁铮：

"你看今天蒋介石的军队，和1925年大革命时的国民革命军有什么不同呀？"

吴铁铮长叹一声，说：

"现在这个军队，军心涣散，和那时孙传芳的军队一模一样了。"
清风店战役取得重大胜利后，整个晋察冀沉浸在一片欢乐之中。

中共中央致电祝贺，称"此举创晋察冀歼敌新记录。"

朱德当即赋《贺晋察冀军区歼蒋第三军》诗一首：

南合村中晓日斜，
频呼救命望京华。
为援保定三军灭，
错渡滹沱九月槎。
卸甲咸云归故里，
离营从此不闻笳。
请看塞上深秋月，
朗照边区胜利花。

清风店一战，晋察冀野战军不但打出了一场漂亮的翻身仗，打出了华北战场的新形势，也为石家庄的解放打出了一个好开端。

战争宽银幕

① 我军涉水过河向前线进发。
② 我军冲上敌城头的场景。
③ 我军某部首长亲临阻击阵地，鼓励战士英勇歼敌。
④ 我军战士正伺机向敌进攻。

[亲历者的回忆]

聂荣臻
（时任晋察冀军区司令员兼政治委员）

　　清风店战役胜利之前，我们在大清河北，以及在保定以北都与敌人打成了对峙。

　　因为蒋介石急于想合围我军，罗历戎就从石家庄出来了，造成了清风店歼灭战的机会和条件。

　　在军事上，就是要"动"，用"动"造成"变化"，再从"变化"中寻机歼敌。

　　因此，我们不要怕走路，不要怕"泡蘑菇"，要在运动中捕捉战机，积极地扩大战果。

　　可是，那时候，我们有的同志不懂得这个道理。在大清河没有打好，本来没有什么，却有人说："肉没有吃上，反把门牙咬掉了。"

　　我们出击保北，围城打援，事前就有精神准备，或者是敌人不来，或者是敌人来多了，我们吃不了，不一定就能打出名堂来。

　　啃不了敌人怎么办？走就是了，又有什么？事实上，正因为保北的苦战，我们在清风店才取得了重大的胜利。

　　这就是在"动"和"变化"中，及时捕捉战机取得了成果。

——摘自：《聂荣臻回忆录》

傅崇碧
（时任晋察冀军区第4纵队第10旅政治委员）

　　清风店战役歼敌一个军直属队、一个整师加一个团，共1.7万余人，给华北敌人以严重的打击和震撼，为解放石家庄创造了有利条件。

　　中共中央于10月23日致电杨得志、杨成武，称誉清风店战役"创晋察冀歼灭战的新纪录"。

　　毛主席为中央军委起草给聂荣臻司令员等军区领导的电报称："清风店大歼灭战胜利，对于你区战斗作风进一步转变有巨大意义。"

——摘自：《傅崇碧回忆录》

兵临城下

第五章

∧ 抗战时期，聂荣臻与晋察冀军区司令部部分人员合影。

华北战场上的战火越烧越旺，随着我军一系列有效的军事行动，敌我双方的局面已经彻底扭转。

解放战争打到这时，解放军还没有拿下一座坚固设防的大城市。现在要攻打石家庄，能否取得成功，许多人表示怀疑。

1. 石家庄历来为兵家必争之地

正太、清仓、保北三战三捷，使石家庄成为解放区的"陆上孤岛"；清风店大捷，又使石家庄门户洞开。

石家庄地区，早在原始社会末期，便有人居住；至晚商已经出现城市的萌芽；春秋战国时期，一大批城垣陆续崛起。号称"千乘之国"的中山国，从春秋后期迁徙到太行山东麓和河北平原开始，就以石家庄、保定西南部为中心，在诸侯争战的夹缝中生存，数次灭国，又数次复国。

历史沉浮，石家庄地区许多著名的城邑，烟消云散，石家庄也沦为获鹿县的一个小村庄。全村只有6条街道，6座庙宇，4眼井泉。到20世纪初，全村也不过200户人家，600余人口。1900年平汉铁路修建，途经这里，设车站；1903年正太铁路修建，经过此地，1907年通车后又设路局于石家庄。于是商贾云集，居民骤增，逐渐繁华起来，名字也由石家庄村改为石家庄镇。

民国初年乱世，占据北方的奉军为了向南扩张，将镇改市，把石家庄镇与休门镇各取一字，定名为石门市。以后石德铁路通车，石家庄便成了东去山东，西往山西，北向平津，南下中原，连接北平、保定、太原、大同、郑州、武汉、德州、济南等重要城市的交通枢纽。随着铁路和公路的发展，石家庄这个不名之地迅速膨胀起来，到解放前夕，人口已达28万，城市面积20平方公里，一跃成为华北重镇。

石家庄的发展如此神速，始于其优越的地理条件。宋朝有位叫宋祁的工部尚书曾经说过："黄河以北是天下的根本，而真定（今正定）一带又是黄河以北的根本。"这里有山川关隘可以扼守，有广袤的平原便于屯兵，有河道纵横便于通行。它西临太行山，可以控守井陉、娘子关；北通京都，处于京都左腋；南控华北几百里平原。天然优越的地理条件与四通八达的交通枢纽结成一体，使其成了各派军事势力激烈角逐的一个必争之地。

七七事变后，日寇分三路入侵华北，其中一路沿平汉路南下直取石家庄。为割断我晋察冀和晋冀鲁豫两大根据地的联系，扑灭根据地军民的抗日烈火，日寇将侵占华北日军的1/3兵力摆在石家庄。石家庄成了日军在华北的一个兵营，一个侵略和掠夺华北的重要基地。

日本投降后，蒋介石也深知石家庄战略地位的重要性。急令胡宗南部进驻石家庄。为了抢占石家庄，国民党第一战区司令胡宗南，急令大汉奸侯如墉率领新编第5军第12旅，打着第一战区先遣军的旗号，从河南汲县北上，昼夜兼程，于1947年8月28日进驻石家庄。

护国军 ────────────────────────────────── ▶

护国运动中组织的讨袁军。1915年袁世凯复辟帝制的活动遭到全国人民反对，12月25日，蔡锷在云南发起讨袁护国运动，组织护国军，与唐继尧、李烈钧联名宣布云南独立，并率军向北、向东进攻。次年形成全国规模的反袁斗争。1916年6月，袁世凯病死，护国军遂撤销。

广东国民政府 ──────────────────────────── ▶

其前身是孙中山于1918年7月在广州建立的军政府。1925年，孙中山在北京病逝。为了统一全国，中国国民党政治委员会决议筹组"国民政府"。1925年7月1日，国民政府在广州正式成立，采取委员制，以汪精卫为主席；并设置军事委员会，以蒋介石、汪精卫、谭延闿为常务委员，汪精卫兼任主席，并取消各地方部队名称，统一称作国民革命军，计划北伐。北伐军攻克武汉后，国民政府于1927年初迁往武汉。

2、国民党的统治暗无天日

侯如墉部队进驻石家庄后，一方面，派人接管了伪华北治安军的石家庄市防守司令部，正式成立先遣军指挥部和石家庄市警备司令部，指挥部就设在中华大街原日伪华北建设总署石家庄河渠工程处办公大楼内；另一方面，加紧收编各县伪军，扩编军队，在几天时间内，竟然由当时自己带进石家庄的两个半团，扩编成了9个旅共18个团，两万人的队伍。

为了解决队伍的吃饭问题，侯如墉命令部队到处搜刮，强行接管了日军留下的衣粮厂及仓库，又从伪准备银行金库里强行提取现钞5万元。并派人对其他部门进行"接收"，冻结资金，清查仓库，接管厂矿，进行赤裸裸的掠夺。

1947年10月，胡宗南派嫡系李文率国民党第34集团军司令部及所属的第16军、第3军，从山西开到了华北。当时河北属于第十一战区司令孙连仲管辖。孙连仲原计划将石家庄交由他的副司令长官马法五接收。谁曾想，马法五率部队沿平汉线北上时，在邯郸被我军晋冀鲁豫部队聚歼，马法五被俘。孙连仲无奈，只好将石家庄交由李文接收。李文到石家庄不久，便率第16军北上，只留下以罗历戎为军长的国民党第3军守备。

第3军在国民党的序列中，可以称为元老。它的前身是蔡锷、李烈钧、唐继尧等

> 时任国民革命军第3军军长的朱培德。

朱培德

云南盐辛人。国民党一级陆军上将。云南讲武堂毕业。曾任中央直辖滇军总司令。北伐时，任中路前敌总指挥。东征时，任军长兼大本营参军长并代军政部长。1925年后，任国民政府委员，军委会委员，第3军军长，江西省主席，第1集团军预备队总司令，前敌总指挥，湘赣"剿匪"总指挥等。1929年后，历任参谋总长，军委会办公厅主任兼代训练总监，代理参谋总长等职。

人为讨袁护法组编的护国军。北伐之前，广东国民政府将该部编为第3军，第一任军长为朱培德。在国民党军队中，这是惟一保持着北伐时授予番号的部队。抗日战争中，第3军曾经在中条山惨败于日军，后编入胡宗南部。

罗历戎到达石家庄后，四处招兵买马，并且用日军投降时留下的武器来装备自己，新成立了军属炮兵团、汽车连、战车连等，同时收编伪军、加强防务、抢修工事，妄图把石家庄变成一个现代化要塞，扬言"要与石家庄共存亡"。

胡宗南、罗历戎原来只想利用一下侯如墉，没想到他几天时间就变成了掌管两万人马的司令。罗历戎一当家，马上把石家庄的警备工作交给了第3军的32师，由师长刘英、副师长李文定分任警备司令部的正、副司令。只允许侯如墉成立一个师，其余部队统归34集团军作为补充师。然而，侯如墉重兵在握，哪肯俯首贴耳。在这期间，第二

∧ 集河北军政大权于一身的孙连仲。

战区的阎锡山和第十一战区的孙连仲,又趁机派高参给侯如墉写信送礼拉拢,孙连仲甚至封官许愿,允许侯如墉编3个保安师,因而出现了一番明争暗斗。当时,孙连仲一身兼三职,既是第十一战区司令长官,又是河北省主席、保定绥靖公署主任。因河北省属第十一战区,故孙连仲派来许多行政人员接管石家庄。因而,也使得石家庄军政之间,省与市之间的矛盾此起彼伏。

罗历戎率部进石家庄后,新官刚升任一个月,就出现了一个戏剧性的大笑话。一天夜里,专员高挺秀监守自盗,亲自带人盗窃了自己负责监守的仓库里的白布5,000匹,正好被警备司令李文定当场抓获。人赃俱获,一干人犯被押往北平,给孙连仲脸上抹了黑。但终因官官相护,轰动一时的贪污盗窃案,很快不了了之。有意思的是,抓贼的竟也成了小偷,原来李文定在抓高挺秀的混乱中,自己也拿走一批布匹,结果事情败露,也被撤了职。

同时,罗历戎为了发大财,还利用职权派兵到山西阳泉等地抢运煤炭,借口军用,向上海运销,牟取暴利。罗历戎的投机行为,令阎锡山大怒,限令正太路局干涉制止,规定没有二战区的出境运输证,不许煤炭出境。

国民党在"接收"的名义下,对石家庄人民实行了空前的经济掠夺:铁路、交通、煤矿以及银行、邮电等企业,无一例外。除此之外,他们还借通货膨胀、征税征粮和各项经济统治之机,大规模地掠夺人民的财产,吮吸人民的血汗。石家庄的百姓处于水深火热之中。

石家庄是个新兴城市,市政建设基础差。军阀混战时,人们称:石家庄有"三宝",破鞋、饼子、大山药。日军占领后又变成"六多",即特务多、失业多、娼妓多、毒品多、伪钞多、地痞流氓多。国民党来了后,这些"宝"和"多"不但没有减少,反而更加严重。党政军警特控制一切,加上名目繁多的特务组织及周围20几个县的流亡政府和大批地痞流氓,千方百计地搜刮民财,随时随地敲诈勒索,破坏了城市建设,打乱了社会秩序,尤其是粮食危机更为突出。1947年10月,石家庄解放前夕,小米每斤涨到8,000元(法币),相当于日军投降前夕每斤120元(伪币)的66倍还多。粮食缺乏,价格昂贵,老百姓买不起,也买不到。石家庄的人民在饥饿和死亡线上挣扎,人口剧减。

3."三道防线胜过马其诺防线"

解放军发动石家庄外围进攻后，为了使石家庄成为联结冀晋，保障平、津、保的稳固的战备基地，国民党军不顾人民的死活，竭力搜刮民财民力，每日驱使两万多民工，在日寇修筑了八年的防御体系的基础上，继续修建，把这方圆30多公里的偌大城市，修筑成了一座碉堡林立，沟渠纵横，明堑暗壕如蛛网的坚固设防城市。6,000多个碉堡，分布在石家庄的主要街道和路口上。三道防线，形成三道地下城墙，石家庄成了一个火药桶。

三道防线中，第一道为外市沟，周长30公里，深约7米，宽约6米，沟外沿有铁丝网和布雷区，沟内设有高堡、伏堡1,000多个，并设有电网。沟外一些大村镇都建有据点，分别由各县还乡团、保安队防守。外市沟内铺有环形铁路，6辆铁甲列车，载着步兵和大炮昼夜不停地巡逻。

第二道防线是内市沟，沟长18公里，深、宽各约5米，沟内设有尖木桩，沟外有铁丝网、挂雷，沟沿设有比外市沟更稠密坚固的高碉、低堡、伏堡和野战工事。每隔20米设一地堡，40米设一中心堡，80米设一大碉堡。内外市沟之间的各村庄，都构有坚固工事，是重要的支撑点。其中以振头镇、城角庄、西里村、西焦村、北焦村、柏林庄、范村、元村、花园村等较强。两道市沟之间由交通沟或地道联结，沟内广设削桩，是国民党在石家庄的重点防守地段。

第三道防线是以市区的大石桥、火车站、正太饭店、铁路大厂、发电站等坚固建筑组成的核心工事。而核心工事的核心则设在大石桥下，这里是刘英的指挥所。核心工事同重要碉堡之间，以明堑暗道相通，核心工事周围也有一条环形铁路，由装甲列车作机动火力。

三道防线之外，还分别在大郭村、东西三教、南北翟营和市东北的制高点云盘山等地，构筑了大量工事和火力点，作为警戒阵地。

有了这样坚固稠密的工事，国民党自信可以万无一失了。虽然当时城内的兵力空虚，仅有刘英的32师及2个保安团和19个县的保警队，总兵力仅两万多人。但南京、北平的宣传机器却吹嘘说："三道防线胜过马其诺防线"，"石家庄的工事，国军可坐守三年"。石家庄守敌32师师长刘英更是得意地扬言："没有飞机、坦克，共军休想拿下石家庄。"

解放战争打到这时，解放军还没有拿下一座坚固设防的大城市。现在要攻打石家庄，能否取得成功，许多人表示怀疑。国民党的新闻局长董显光更是得意地叫嚣："共产党说全面反攻好久了，但还未打下一座大城市。"就连刚当了俘虏的罗历戎，也断定解放军攻不下石家庄。

可是，朱德、聂荣臻等却不这么看。他们分析：石家庄的敌人不过是虚张声势而已，实际上它已经成了一个"陆上的孤岛"。1947年春，经过保南、正太战役的胜利，石家庄与保定、太原之间的联系已经被割断了，守备石家庄的第3军只能靠空中这一条

> 时任国民党新闻局局长的董显光。

国民党新闻局局长董显光 —— ▲ —

浙江宁波人。1913年后，先后担任上海英文《民国西报》、北京英文《北京日报》等报社的主笔。1925年，在天津创办《庸报》，并任天津《日日新闻报》主笔。1930年，任英文《大陆报》总经理兼总编辑。1935年，主持国民党军事委员会驻沪办事处外国新闻电讯的检查工作。抗日战争期间，历任国民党军事委员会第五部副部长、中宣部副部长等职。1947年，任行政院新闻局局长。1949年后去台湾。

路解决所有的补给了；10月，经过清风店战役后，我军无论在兵力对比上，还是在攻坚能力上，都具备了打下石家庄的把握。强攻石家庄，是一次依靠手中武器、战胜固守坚固设防城市之敌的实际练兵。如果这一着成功了，蒋介石的一张王牌也就没有了。

"前途只能是我军必胜，蒋军必败！"朱德充满自信地说。

1947年10月22日12时，清风店上空的硝烟还没有散尽，聂荣臻与萧克、刘澜涛、罗瑞卿便联名向中央军委发电，提出"乘胜夺取石家庄"的意见：

∧ 清风店战役中，我军炮兵向敌阵地轰击。

现石门（即石家庄）仅有三个正规团及一部杂牌军，我拟乘胜夺取石门。军委是否批准此方针，请即复。不管怎样，提议太行准许有力部队抓住元氏敌人，以减弱石门防御力量。

23日，朱德和刘少奇连续发出两份电报。

一份是建议中央军委批准晋察冀野战军打石家庄的作战计划，指出：

我们意见亦以打石门为有利。石门无城墙，守兵仅3团，周围有20公里长的路线，其主管官被俘，内部动摇，情况亦易了解。乘胜进攻，有可能打开，亦可能引起平、保敌人南援。在保、石间寻求大规模运动战的机会。

另一份电报是打给晋察冀野战军的,电报中提出:

请你们预为准备各种补充。等军委批准后,用全力来进行此战役。

电报还告知,"朱拟即去野司"。
23日,中央军委发来了毛泽东亲拟的电报:

22日12时电悉。清风店大歼灭战胜利,对于你区战斗作风之进一步转变,有巨大意义。目前如北敌南下,则歼灭其一部。北敌停顿,则我军应于现地休息10天左右,整顿部队,恢复疲劳,侦察石门(即石家庄),完成打石门之一切准备。然后,不但集中主力几个旅,而且要集中几个地方旅,以攻石门打援兵姿态,实行打石门计划……

战争宽银幕

❶我军某部在山区行军。

❷ 我军某部正向敌军发起猛攻。
❸ 我军某部占领有利地形消灭敌人。
❹ 我军与敌人进行激战。
❺ 我军向敌人发起猛烈攻击。

[亲历者的回忆]

聂荣臻
（时任晋察冀军区司令员兼政治委员）

经过清风店歼灭战之后，我认为打石家庄的时机已到，不论从敌人的兵力上看，还是我军的战斗力和攻坚能力上看，打下来的可能性很大。

所以，我们就定下了攻打石家庄的决心。

当时讨论有两个方案，一是围点打援，一是全力攻下它。

围点打援是个好办法，既能把石家庄打下来，又能歼灭它一部分援兵。

但是，也估计到敌人援兵不敢来的可能性很大。

因为北面的敌人被死死地阻击在保定以北，连清风店都援救不了，怎么敢来解石家庄之围。

西面的阎锡山，正太战役后惊魂未定，估计也不敢来，何况他们还有军阀之间的矛盾。

所以，我们的决心是，如果援兵来了，就集中主力打援，回头再打石家庄；如果援兵不来，就一直打下去。

但基本的决心是把石家庄包围起来，一举攻克。

——摘自：《聂荣臻回忆录》

杨得志
(时任晋察冀野战军司令员)

　　石家庄的防务，在日寇侵占时就比较强。蒋介石派重兵进驻后又不断加固，逐步形成了周长60华里的外市沟，30多华里的内市沟和市内坚固建筑群组成的三道防线。名目繁多的碉堡达六千个以上。

　　内、外市沟深宽在5至7米左右。沟外有铁丝网、布雷区，沟内有电网、碉堡。外市沟内沿还有一条50多里的环市铁路，铁甲车平时可巡逻，战时便是活动堡垒。虽然没有城墙，但深沟层层，暗堡林立，也算得上是"地下城墙"了。难怪敌人气焰嚣张地叫喊："石门是城下有城，共军一无飞机，二无坦克，国军凭着工事可以坐打三年！"

——摘自：杨得志《横戈马上》

第六章

城外布阵

∧ 抗战时期的朱德。

胡耀邦说：石家庄是"石"家庄，不是"钢"家庄、"铁"家庄，也不是"泥"家庄、"土"家庄。石头虽不似钢铁坚硬，可以捣碎，但也不像泥土那样一触即溃。要捣碎石头，是需要下苦功夫，用大力气的。

1. 攻城前的"诸葛亮会议"

攻打石家庄的消息传开后，在晋察冀野战军指战员们的心底卷起了一股狂澜。

1947年10月25日，河北安国一间农舍里。晋察冀野战军各路虎将济济一堂。大伙儿兴奋得你拍拍我，我拍拍你，议论着清风店的辉煌战果，摩拳擦掌，期待着更振奋人心的消息。

农舍的墙上挂着一张《石家庄半永久防御工事、兵力部署及火力配系要图》，格外显眼。

司令员杨得志、政委杨成武主持会议，旅长以上干部全部到场参加。朱德总司令也专程从西柏坡赶来出席了这次会议。

憨厚朴实的朱德出生在四川仪陇县一个贫苦农民的家庭里。这位大山的儿子，具有山岩般坚强、刚毅的性格。他热爱人民，憎恨敌人，对革命事业充满了无限的忠诚。青年时代的朱德，曾经在一无盘缠、二无同伴的情况下，只身徒步数千里，费时两个多月，从四川去昆明报考，考入云南讲武堂。后参加过辛亥革命、昆明起义、讨袁护国之役和护法战争等，战功显赫，威震川滇，成为爱国名将。五四运动后，他在柏林光荣地加入了中国共产党。南昌起义的队伍，在潮汕一带被敌击败后，他受

南昌起义 ────────────────────────────── ▲

大革命失败后，周恩来、朱德、叶挺、贺龙、刘伯承等共产党人率领2万多部队于1927年8月1日在江西南昌发动武装起义。经过激战，全歼国民党守军，占领南昌城。随后，起义部队按计划撤出南昌。在南下广东途中，起义军遭遇挫折。朱德率领一部分幸存部队辗转进入井冈山地区坚持战斗；另一部分转移至广东海陆丰地区，保存下来的部队成为工农红军的骨干之一。南昌起义向国民党反动派打响了第一枪，是中国共产党独立领导武装斗争和创建革命军队的开始。从此，8月1日成为我国的建军节。

任于败军之际，屹立于危难之间，勇挑重担、力挽狂澜，与陈毅同志率领一支仅剩七百余人的孤军，转战千里，保存了革命力量，传播了革命火种。长征途中，他年已半百，但仍像年轻人一样爬雪山、过草地、吃青稞、野菜、树皮、草根。在长期的革命战争中，朱德同志的名字与毛泽东同志的名字，密切联系在一起。他是我们的红军总司令、八路军总司令、人民解放军总司令。他不因挫折而灰心，不因胜利而骄傲，总是那样沉着从容、坚定不移、举重若轻，领导革命闯过了一道道难关，夺取了一个个胜利。

会议开始，耿飚首先发言。

"攻打华北大城市石家庄，中央已经下定决心了。现在我们来讨论一下为什么要攻打石家庄，也就是此次作战的理由和依据。

"我认为，石家庄是华北的门户，是敌人控制冀南、冀中的重镇，也是连接华北、山东、中原的要冲。因此，石家庄的地理位置非常重要。拔掉这颗钉子，对稳定华北形势，孤立华北守敌，促进解放区发展，推动解放战争进程，都有十分重要的意义。

"对于现在攻打石家庄，不少同志有很多顾虑。一方面是出于对现实条件的考虑，认为石家庄的战略地位非常重要，若是我军攻打，敌人必然会增兵援救；另一方面考虑石家庄是一座严密防守的城市，我军没有实施大规模阵地攻坚战的经验，担心我们万一攻打不下来怎么办；再有一方面是出于对历史条件的考虑，我军过去一直是执行农村包围城市的方针，到目前为止，还没有夺取中等以上城市的先例。特别是有些同志对当年撤离张家口的记忆犹新，担心再搞成被敌人两面夹击，被迫撤离的局面。

"现在，我们不妨分析一下目前的情况。早在1946年10月，聂司令员就曾说过，石家庄不可久在敌手，一旦时机成熟，就要坚决夺取之。当时，敌我力量悬殊很大，石家庄又有坚固的设防，不能轻易去打，要创造条件，只有消灭了敌第3军的几个主力团以后，才可以攻打。从那时起，我们就已经开始围绕石家庄作文章了。正太、青沧、保北战役，三战三捷，使石家庄成为晋察冀解放区的'陆上孤岛'；清风店大捷，又使石家庄门户洞开，兵力空虚。"

耿飚一边说着，一边展开了两张地图，挂在那张《石家庄半永久防御工事、兵力部署及火力配系要图》的两侧。

"从实力上看,城内仅有刘英的32师及两个保安团和19个县的保警队,总兵力仅两万多人;而我晋察冀野战军主力和地方部队加在一起,已经近6万人,兵力是敌人的近3倍。

"从地形上看,石家庄虽然有较为坚固的设防,但工事再坚固,也需要人来守,兵力不足是不行的。

"从装备上讲,石家庄守敌拥有的迫击炮、山炮、野炮、平射炮、步兵炮等数量都少于我们。清风店一战,我们补充了大量的装备。

"从士气上说,敌人和我们没办法比。清风店一战,战士们士气正旺;而石家庄的守敌士气低落,市区内已经混乱一团。再加上我军放回去的俘虏,一直宣传我军的对敌政策,国民党官兵已经军心涣散。"

国民党第32师

在国民党军历史上,第32师的番号先后出现过几次。中原大战后,原西北军孙良诚部梁冠英被改编为第32师,隶属于第31军。以后,该师曾先后隶属于第26军、第三战区第2突击纵队。抗战胜利后,该师番号被裁撤。1945年8月,原新编第34师改隶第3军,并改番号为第32师。1947年,该师在石家庄战役中被全歼。淮海战役后,第32师在第70军的编成内再度出现。1949年11月,该师在广东战役中被歼。

"最重要的是——"耿飚环视了在场的所有干部,坚定地说:

"目前,我军已经处于绝对的优势,我军占领石家庄后,敌人已经没有力量去重新占领它,石家庄将永远归于人民之手,而我军再也不需要像当年对张家口那样用许多兵力进行守备。相反地,拔掉了楔在解放区的这颗钉子,使我军有了辽阔巩固的后方,更有利于集中兵力向外机动作战。"

耿飚不愧是一个好参谋。他机智果敢,英勇善战,且才思敏捷。这样一场大仗,存在很多纷繁复杂的问题,各种各样的问题经他一梳理,立刻变得条理清晰。

耿飚一席话,使会场的气氛顿时活跃起来,大伙儿你一言、我一语地议论起来。

当罗瑞卿等人介绍石家庄敌人的部署情况时,朱德特别注意那张《石家庄半永久防御工事、兵力部署及火力配系要图》。这份《要图》的右上角标着醒目的"绝密"两字。

朱德问:

"这份《要图》是从哪里弄到的?"

"是清风店战役中缴获的。"

∧ 1946年10月，张家口保卫战后我军主动战略撤离。

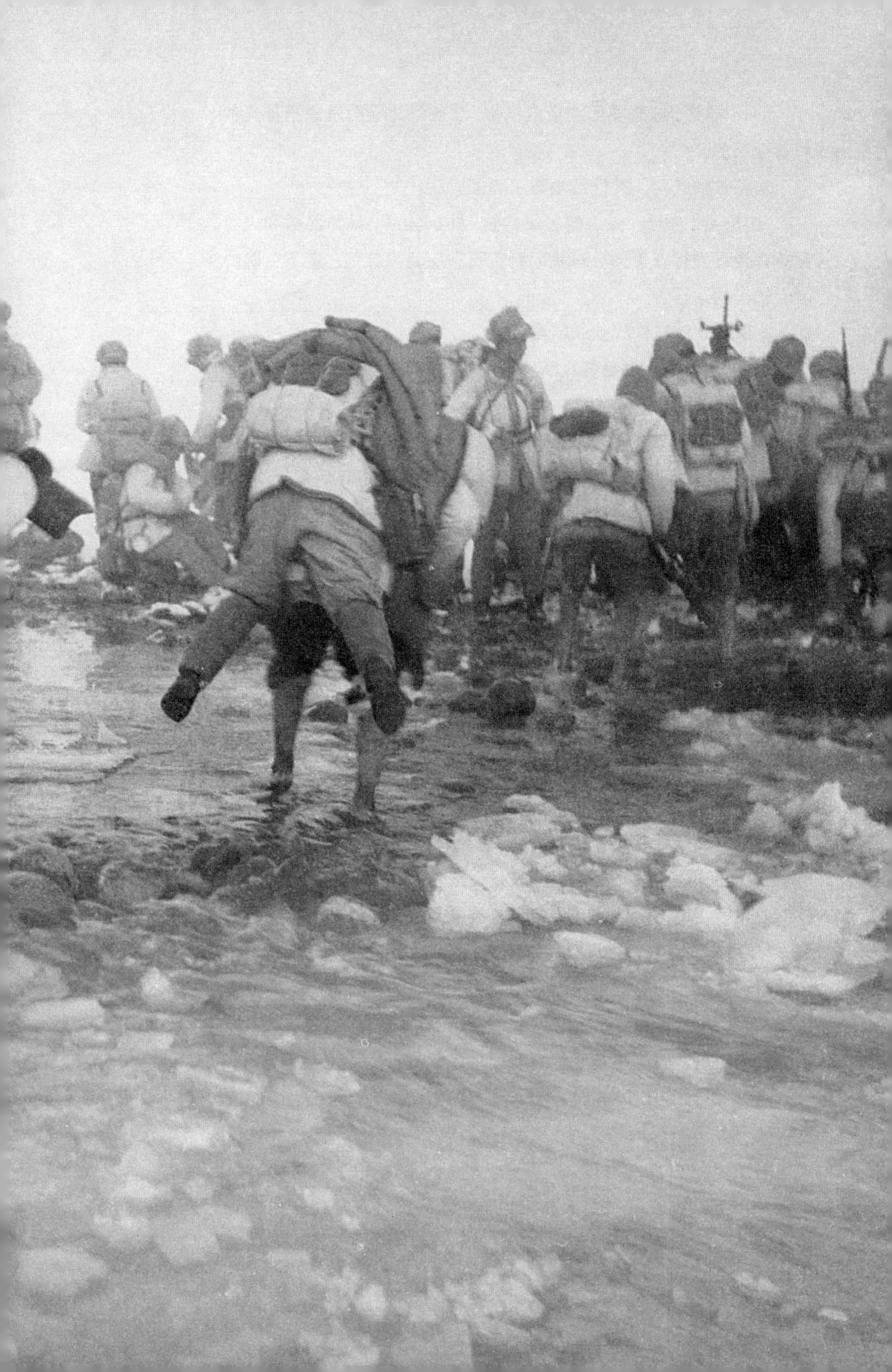

"据俘虏说,这是罗历戎亲自携带,准备到北平后呈送给孙连仲和蒋介石的。"

朱德微微点头,又仔细地看了看图,说:

"这份图很重要,敌人的工事构筑、防御体系、兵力部署和火力配置都详细地标在上面,对我们制定石家庄战役计划、定下正确的决心很有用途。"

罗瑞卿立刻对作战处长吩咐说:

"复制几十份,发给各纵队,以便于各部队更好地了解敌情。"

朱德接着说:

"打石家庄,我很赞同。今年春天的时候,聂荣臻同志就跟我谈起过打石家庄的设想和准备。蒋介石看不起我们,说我们是土八路,只配钻山沟、打游击。前一时期,国民党新闻局长董显光还说呢,共产党的'全面反攻'喊了很久,到现在还没有打下过一个大城市呢。

"你们当中也许有人会说,我们打下过张家口,那可是个大城市。可我们自己说不算,人家国民党不认账,说那是苏联红军帮着打的。就凭这一点,我们也要打下石家庄,给蒋介石看看!大家有信心没有?"

"有!"一声响亮的回答贯彻云霄。

"好!但是光有信心是不行的,石家庄战役毕竟和以前的战役不同。以前打游击战、运动战,我们是凭勇敢打敌人,打了就跑。现在石家庄是坚固的设防城市,我们打的是攻坚战,单靠猛冲猛打就不行了。今天,我就给你们提一个口号'勇敢加技术'。

"有些同志不相信战术,说'我什么战术也没有学过,还不是照样打胜仗'。这种观点不打破,迟早是要吃亏的。战术对你们来说就是一帖'补药',万分重要,忽视不得。你们的作战经验都很丰富,当然也很重要,但那就像一大篓子铜钱,是散的;战术呢,就是钱串子,可以把那些钱都穿起来,用的时候,要用哪个,就拿哪个。不要把经验老是散着装在篓子里背着,成了包袱,派不上用场。

"有些经验,几千年来就有了,成了战术,成了理论,你们有的人还不知道,反而骄傲地说战术是'教条'。在大清河战役时,还没有接近敌人就伤亡很多,就是不讲战术的缘故。怎样接近敌人呢?不是靠夜晚就是白天靠火力掩护,利用地形,或者挖交通壕。但有的人偏不这样,好像子弹打不死人似的。我们必须靠战术来解决这个问题。"

说到这里，朱德端起杯子喝了一口水。他的目光缓缓地扫过众人，发现大家都在一边听一边沉思。

"战术的道道很多，今天我重点说三个方面：一是土工作业。平原地区，大部队攻坚，怎么才能接近敌人呢？必须要有隐蔽点！否则就是等着挨打。敌人不是有沟壕吗？那好，我们也挖沟壕，一直挖到他们眼皮子底下，尽可能地缩短进攻距离。二是爆破作业，石家庄大大小小的碉堡加起来有6,000多个，全靠炮兵去摧毁，是不可能的。沟壕之间，街巷之间的暗碉，主要靠炸药。清风店战役中我们缴获了一批威力更大的黄色炸药，要让战士们学会使用，提高爆破技术。三是步炮协同。过去我们没有炮，小米加步枪，现在我们晋察冀有了自己的炮兵旅。有了炮，就要充分发挥炮的作用，特别是步、炮要协同好。总的来说就是以坑道作战接近敌碉堡，用炸药爆破、大炮轰击以后，迅速用步兵夺取敌阵地。

"下面，我还要说一个问题，就是怎样利用俘虏。战争是残酷的，伤亡在所难免。我们解放区的人民已经尽了最大的努力，短时期内再补充相当数量的兵员已经不大可能。日后，兵员来源很大程度上将取自教育好的俘虏。俘虏也是有很多长处的，特别是在战术、技术方面，如果加以引导，很可能成为我们的骨干。当然，凡愿意回家的俘虏，都放他们回去。这次在清风店战役中被俘的敌官兵1,000余人，已经准备分批释放。这本身对石家庄守敌也是一种动摇和瓦解。

"我们的指挥员要认真发扬军事民主，通过打石家庄学会攻坚战。打攻坚战，一是要精心计划，统一指挥；二是要加强组织性纪律性，规定民兵不进城，野战军不住城；三是要爱惜民力物力；四是要加强党委领导和支部工作的保证作用；五是要培养出能攻善守的作风。我们不仅要打下大城市，而且要能很好地管理大城市。"

聂荣臻司令对夺取石家庄也说得非常坚定明确：

"我们既然研究了各种因素，认为石家庄可以打下来，就不是盲动和冒险，就应当有信心。我们希望打运动战，但是情况变化了，条件具备了，我们就要攻坚，就要打石家庄，没有这个决心是不对的。少数干部信心不足，顾虑太多，就是不了解这一点。如果我们不打，失去战机，那就不是客观条件不许我们军事上翻身，而是我们不愿意翻身，不敢于胜利！"

石家庄是解放战争中我军进攻的第一个大城市，也是晋察冀军

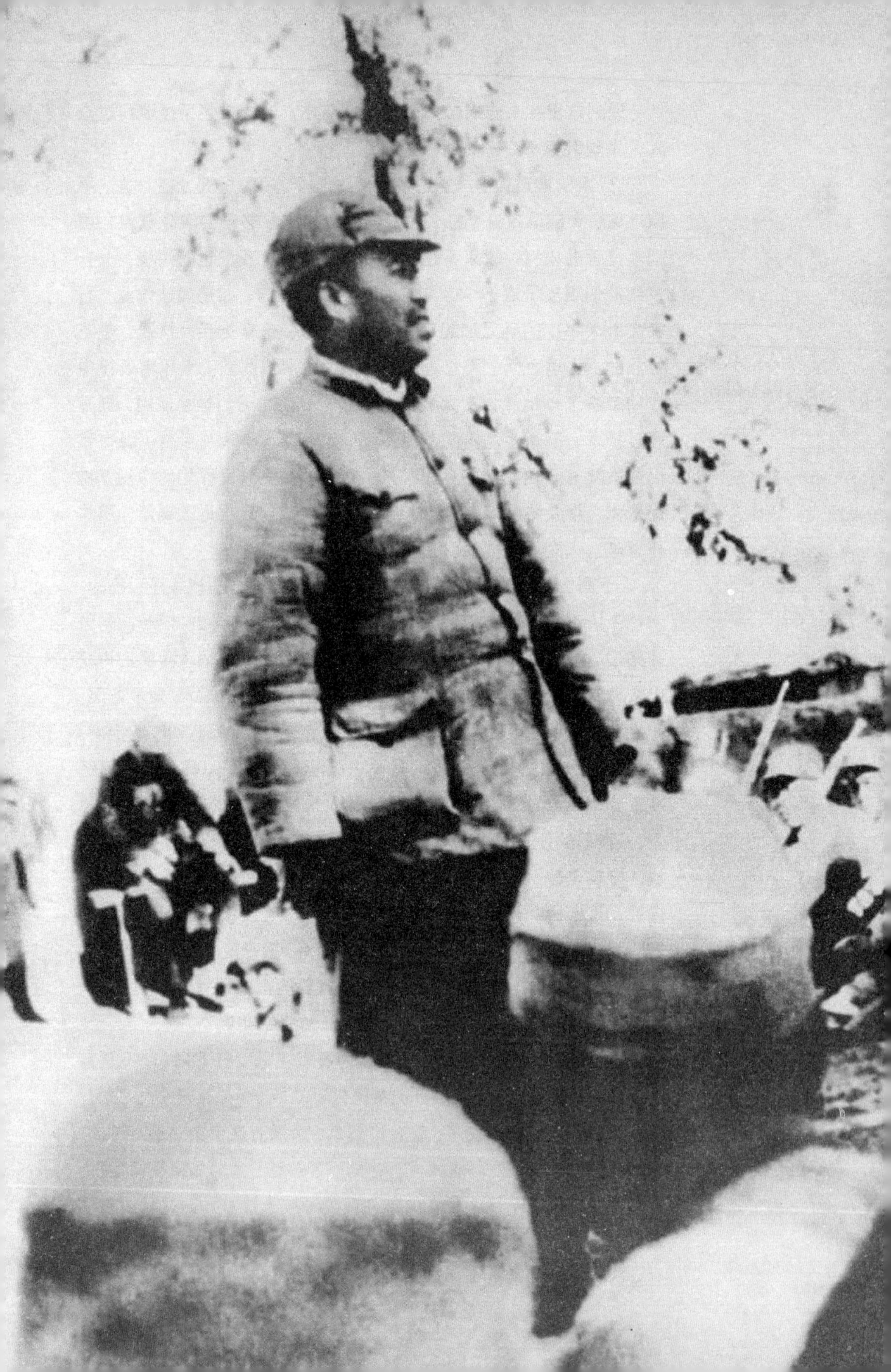

< 石家庄战役前夕，朱德深入我参战部队作战斗动员。

区打的一个大仗。聂荣臻司令员根据当年打进漳州的经验教训，特别提出了进城纪律和保护市内工商业生产的约法九章。明确提出：

"这次攻打石家庄，除全军一致努力完成军事任务外，入城纪律与入城工作关系亦极为重大。目前，力争解放石家庄与保证入城纪律优良，此为各参战部队的两大中心任务。

"严禁破坏机器、工厂、医院、电灯、自来水、电话电线、玻璃及一切城市建筑和设备（除军事行动必须）。不许自行动用与搬运一切物资资财及房舍用具，对仓库、储藏室只有爱护的任务，报告的责任，没有动用的权力。不侵犯城市工商业，不侵占学校，不私入教堂。尤其保护城市贫民的生命财产。严禁个别人员徘徊游荡茶楼酒馆，尤其娼妓地区，不许大吃大喝，注意军容风纪与军装整齐。……"

这个约法九章公布以后，在指战员和广大人民群众中引起了很大的反响，有的民族资本家私下说："当年项羽成霸业火烧阿房宫终取灭亡，刘邦占咸阳约法三章有汉室。如今晋察冀部队公布约法九章，石家庄不攻自破。"

军区扩大会议经过周密研究后定下了战役决心，具体计划为：

一是围点打援。战役发起时，北线之敌如抽调现有主力向南增援，我军除以晋冀、冀中两兵团继续对石家庄之敌围攻外，集中野战军全部，预期于保定、石家庄间先歼灭其援兵一部或击溃其援兵后，继续攻击石家庄。

二是如敌不增援，我军则集中全力攻克石家庄。

10月27日，第3纵队在定县同时召开营以上干部参加的作战会议和政治工作会议，尽快部署任务，统一思想。胡耀邦在会上风趣地说：

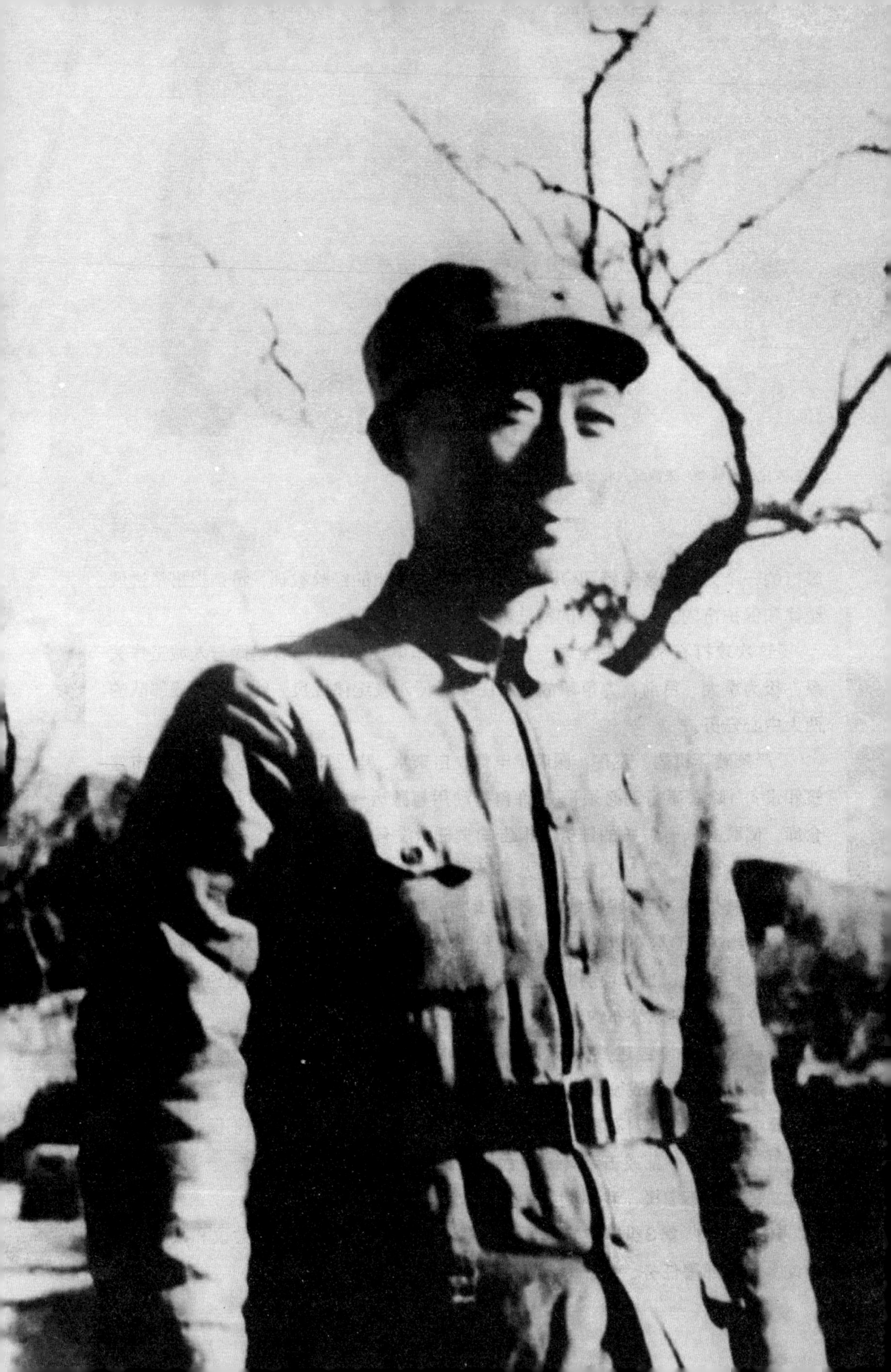

"石家庄是'石'家庄，不是'钢'家庄、'铁'家庄，也不是'泥'家庄、'土'家庄。石头虽不似钢铁坚硬，可以捣碎，但也不像泥土那样一触即溃。要捣碎石头，是需要下苦功夫，用大力气的。"

听罢，全场一片笑声。话虽简短，却对指战员有很大的启迪。

10月27日，朱德总司令又风尘仆仆地从野战军司令部到达安国县西北的炮兵旅驻地，先听取汇报，然后深入各炮团实地视察。有时骑马，有时步行，连续到了6个村庄，视察了两个团，两个营和4个连队。当天下午，他又给炮兵旅团以上干部讲话，指出："要研究运用炮兵为步兵打开突破口，把敌人碉堡打掉，支援步兵向纵深发展的步、炮协同作战的技法。"

接下来的几天，朱德总司令还分别召集部分连、排、班干部战士座谈如何打石家庄，还找俘虏兵了解敌方的情况。

10月30日，在朱德的提议下，晋察冀野战军司令部由参谋长耿飚主持，在安国召开了炮兵、工兵会议，集中研究阵地攻坚战；研究如何打低堡、找暗堡的问题；研究如何进行坑道作业和炮兵、工兵如何配合的问题。

他向第1团排以上干部说：打下石家庄，可以学会攻坚战，学会打大城市，还可以把晋冀鲁豫和晋察冀两大解放区连成一片，在军事上、政治上、经济上的意义都很大。

攻坚战就要打响了，朱德仍坚持留在野战军司令部，敌机不时飞来轰炸，同志们都为总司令的安全担心。远在陕北的毛泽东得知朱德到了前线，很是担心，致电刘少奇说："朱总到杨得志、杨成武处帮助整训一时期很好，但杨、杨举行石门或他处作战时，请劝朱总回工委，不要亲临最前线。"但当野司的同志们劝朱德离开时，他却摇头不肯，说："你们不都在这里吗？未必飞机就专来找我朱德。"杨得志说："我们会随时向您报告战役发展情况的。"朱德才笑着说："野战军司令向总司令下了逐客令，没得办法，我只好去找孙胡子了。"

11月1日，朱德离开安国，到达冀中军区所在地河间县。

11月1日，野战军司令部发出了石家庄战役作战命令。

< 抗战时期，出任晋察冀军区司令员的聂荣臻。

∧ 1947年10月27日，朱德到安国县西柏章村视察晋察冀军区炮兵旅。

2. 人民是靠山

兵马未到，粮草先行。在部队战前演练的同时，石家庄地区的人民群众和晋察冀边区各地军民也开展了广泛的支前运动。

一辆辆满载着各种炮弹、枪弹以及攻城器材的马车队行进在冀中平原上；

紧随其后的是长长的架子车和手推车队，车上结结实实堆放着老百姓从嘴边省下的粮食和连夜赶做的军鞋；

担架队里，都是清一色的棒小伙儿，两人一组，抬着担架，脚步轻盈；

一个个民工，肩膀上扛着铁锹，排着整齐的队伍，精神气儿实足；

最引人注目的是长长的牲口队，仿佛知道此行的重任，背上堆得千斤重，它们依然迈着稳稳的步子前行。牲口的主人不时地摸摸它们的头，在它们的耳边低语：

"老伙计，辛苦你了！"

短短的几天时间内，就动员了民兵11,000余人，民工82,000余人，担架10,000

余副，大车 4,000 余辆，牲口 10,000 余头。为前线部队运送炮弹 8 万余发，运各种枪弹 150 万发，运炸药 6 万斤，运攻城器材和主副食品 10 余万斤。

一辆草绿色的吉普车在支前队伍旁边停下，朱德从车上跳下。他被这种情景所感动，泪水模糊了双眼。

在解放战争的过程中，晋察冀根据地的乡亲们，以沸腾的热情，必胜的信念，全力支援战争。

他们铁一样的肩头，时时压着沉重的扁担，挑弹药，挑粮食，挑前线急需的各种物资。

他们抬着担架，在战场上负责运送伤病员。这些来自晋察冀根据地的质朴的民工，为了减少伤员搬动时的疼痛，转运途中总是用自己的搪瓷饭碗为伤员兄弟接小便。这是他们吃饭、喝水的用具啊！每每此时，伤员们总是热泪盈眶。

翻阅古今中外战争的史册，没有哪一支军队能像解放军这样得到广大民众如此的衷心拥戴与全力支持。

一切为了胜利！

3. 守敌军心涣散，刘英信誓旦旦

罗历戎部在清风店被歼的消息传到了石家庄，国民党守敌顿时更加恐慌。

早在罗历戎北上之前，石家庄便已经成了"陆上孤岛"。通往四周的交通已经断绝，市区内贸易阻塞，货物奇缺，物价飞涨，经济危机达到了顶点。

如今，市区内简直混乱成了一团。那些高级官员们，纷纷买票要乘坐中航公司飞机逃往北平。中航公司看到发财的机会来了，就故意把票操纵起来，制造航票黑市，使票价涨到了 150 万，洋财发得差不多了，就载了钞票来了个"集体开小差"，飞到北平去了。

石家庄向外的交通彻底中断，人们变得更加恐慌。官僚资本家们纷纷拿出东西变卖，诸如沙发、被子、桌椅等家具，在花园街一带摆得到处都是。市民们整日被迫修筑工事，怨声载道。市沟的卡子，无论什么人，绝对禁止出入。

蒋介石深知石家庄战略地位的重要性，不惜屈尊，几次给石家庄警备司令、第32师师长刘英发电：

共军若敢进攻石家庄，兄当率陆空大军前去支援。

刘英也信誓旦旦地回电：

有敌无我，有我无敌。

刘英哪里料到，他最终只盼得蒋介石派来的驻守保定的第3军野炮营和刘化南保定"绥署"的一个独立团，根本无济于事。

石家庄守敌士气空前低落，石家庄城内议论纷纷。

有人说："解放军歼灭第3军后，乘胜南下，拿下石家庄，简直易如反掌。"

也有人说："解放军歼灭第3军是在野战中，罗军无险可守，那是共军所擅长的；石家庄筑有坚固的工事，解放军决不会来攻坚。"

还有人说："是啊，何苦费那劲呢。解放军只要派一小部兵力将石家庄封锁起来，把时间拖下去，等你把粮食吃完，内部自然会起变化。"

最让刘英担心的，是我军在清风店战役后，放回的近千名国民党官兵俘虏。

他们回去后，见人就说：

"八路军不杀不辱，还优待俘虏！我们要求回来，就把我们放回来了。"

守在石家庄的国民党士兵的心都被说动了。他们经常挤在一起，背着当官的就说：

"咱们在这拼命，家里吃不上饭，有什么意思啊！"

"是啊！八路军捉住了不杀，打这个仗与咱们没关系！打急了，就放下枪！"

甚至，师部一个上尉军官也说：

"我大学毕业，当了几年连长，现在父亲母亲没饭吃，逼急了我也要翻身去了！"

加之石家庄四周解放区各县又开展了"擦黑点"和"救命运动"，要求凡家中有人参加国民党部队的，就在其家门口划个方框，中间划个黑点，让其家庭劝说当顽伪军的亲属早日返回家乡。谁家当兵的回来，就把谁家门口的黑点擦掉，带枪带子弹回来的立功受奖。这种全民性的瓦解敌人的工作展开后，不少伪军家属写信或进市，叫回了自己的子弟，不少人还携带轻重武器，仅石家庄东边的特区一带，就跑回伪军1,000多人。

> 河北省安国县支前民工李济林因屡次立功，荣获"支前功臣"称号。

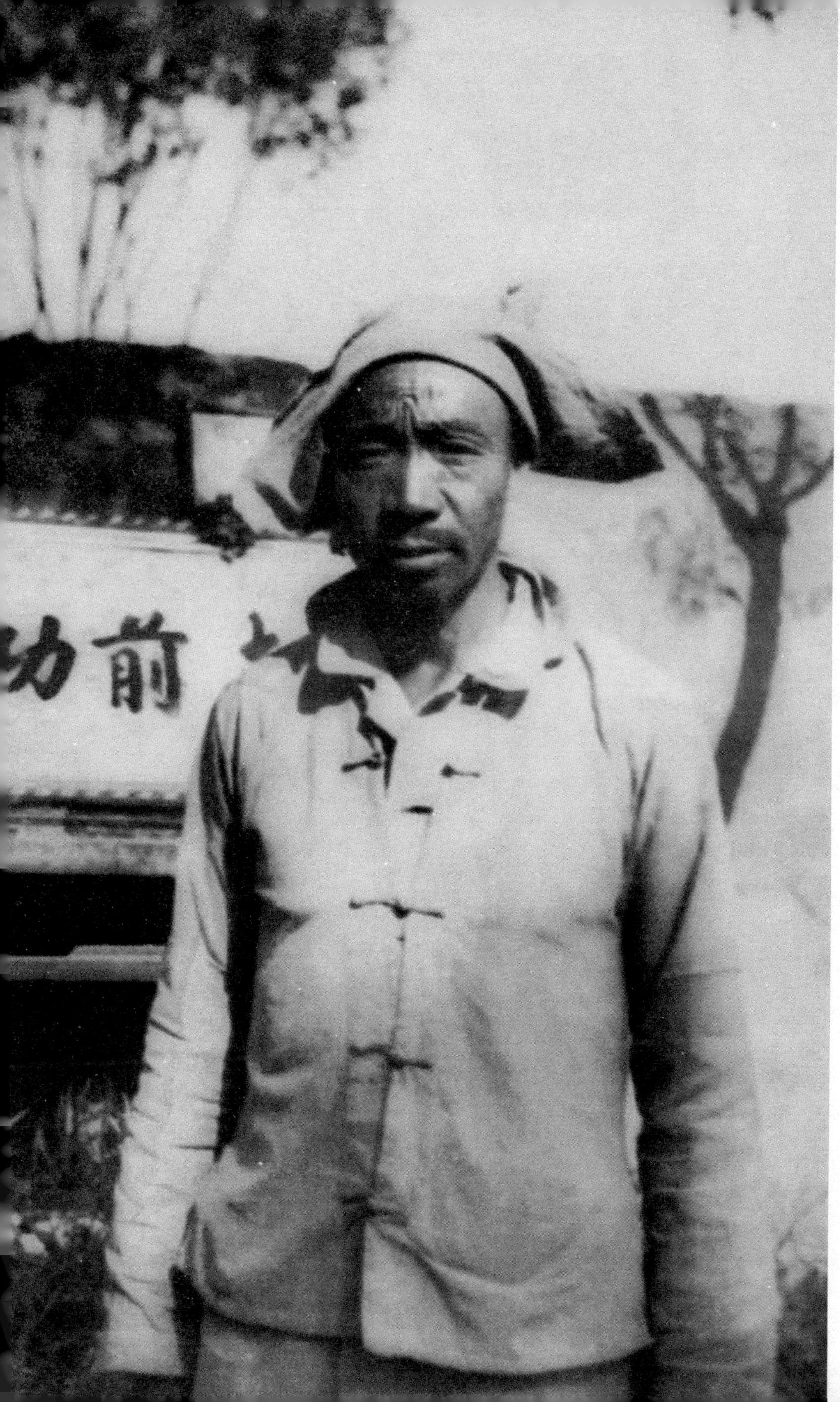
前

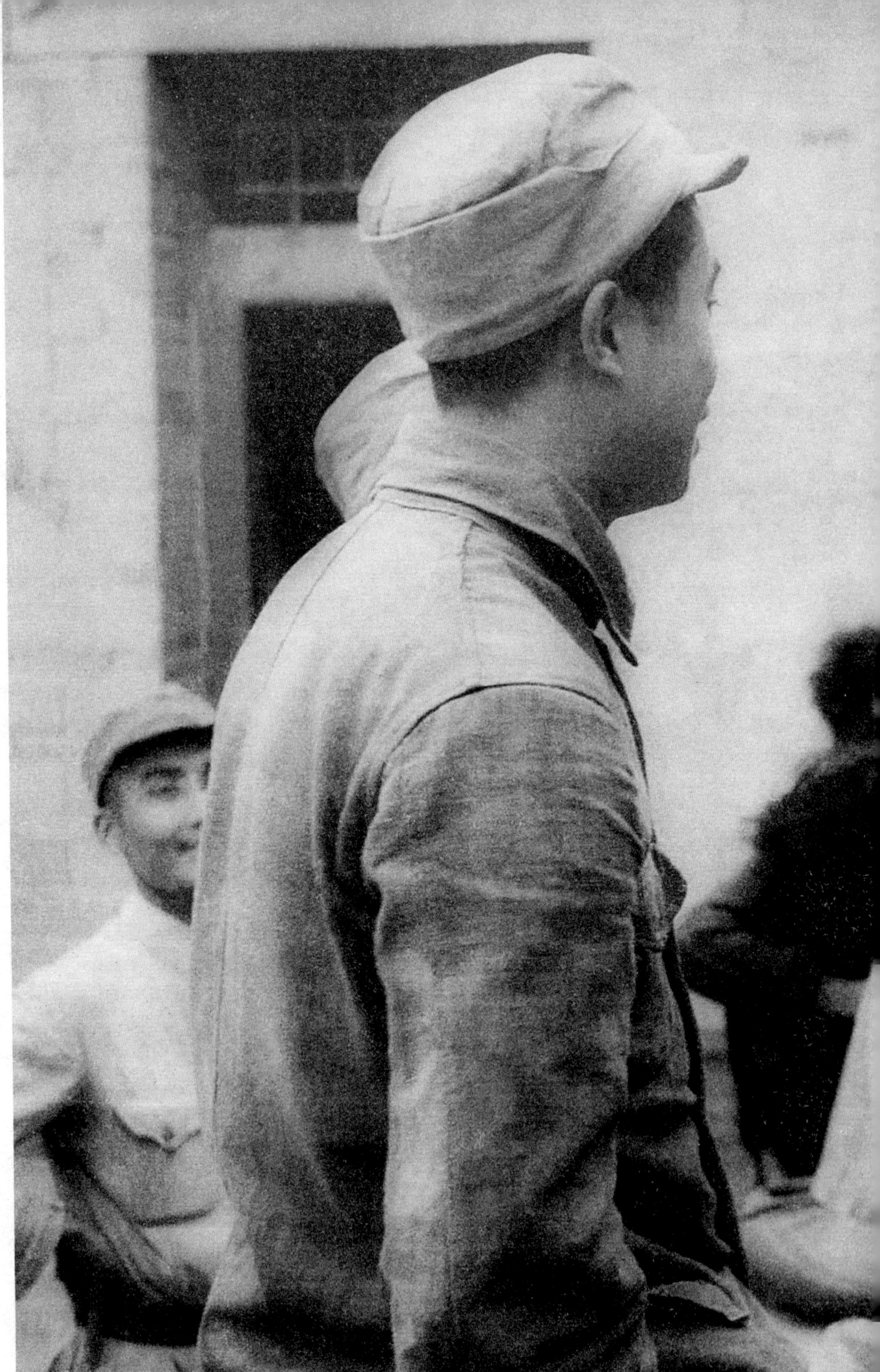

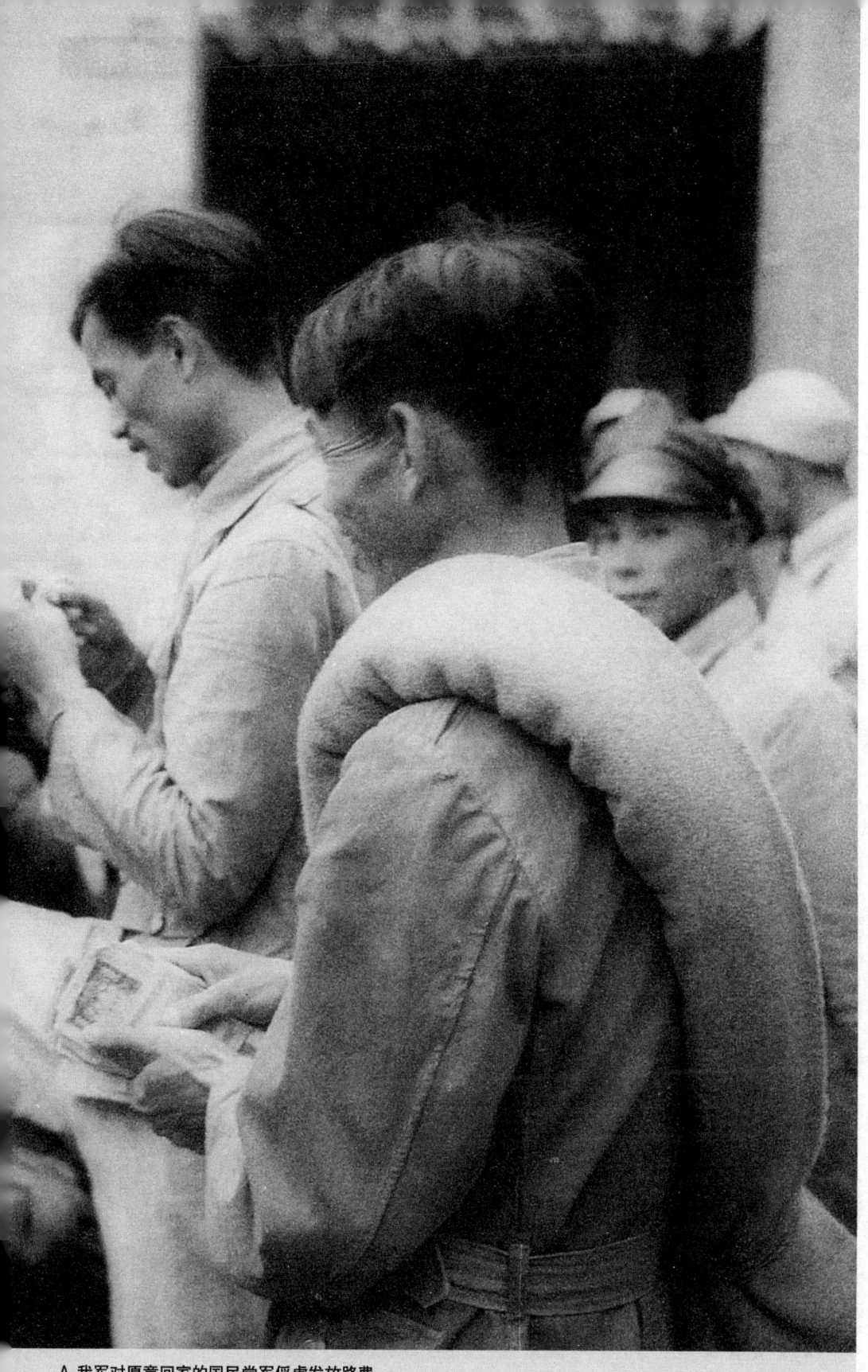

∧ 我军对愿意回家的国民党军俘虏发放路费。

战争宽银幕

❶我军先头部队涉水渡江的场景。

❷ 我军某部登船向前线挺进。
❸ 我军自制渡河木筏渡河作战。
❹ 我军炮兵部队夜渡黄河。
❺ 我军部队夜间渡河。

[亲历者的回忆]

聂荣臻
(时任晋察冀军区司令员兼政治委员)

石家庄敌人设防的坚固，引起了我们的重视。

我们要求前线野战军领导同志认真研究对策，避免形成久攻不克的局面。

但另一方面我们也看到，石家庄的防务，并非固若金汤。

它有设防坚固的一面，也有益于攻取的一面。它在周围40里的防线上，只有**24,000**多兵力，而且，军心动摇，士气沮丧，要守住石家庄，是相当困难的。

蒋介石也深知这一点，但还打肿脸充胖子，给第32师师长打气。

他在给刘英的电报中说："共军若敢进攻石家庄，兄当亲率陆空大军前去支援。"实际上，不过是一张空头支票而已。

——摘自：《聂荣臻回忆录》

萧 克
(时任华北军区副司令员)

在石家庄战役的准备中,朱德到安国视察炮兵旅,并亲自宣布打石家庄,说打下石家庄,可以学会攻坚战,学会打大城市,"要把石家庄当做一所难得的学校","要从这个学校练出一套能攻善守的本领来"。

他还提出了"勇敢加技术"的口号,要求指挥员认真发扬军事民主,通过打石家庄学会攻坚战。

强调要对部队进行入城教育,严格入城纪律;要用事实证明:我军不但能打下大城市,而且能很好地管理大城市。

——摘自:《萧克回忆录》

第七章

横扫外围

★★★★★

∧ 我军用重炮轰击敌军阵地。

黎明之前，黑夜是漫长的。胜利之前，等待是焦虑的。

战争是敌对的两个整体之间的较量。整体的战斗力来自每一个个体，但又不仅仅是个体之和。整体是力量与意志的凝聚，是智慧与勇敢的凝聚，是坚强与忠诚的凝聚。

1. 占领大郭村飞机场

11月1日起，各部队陆续向指定地区运动集结。至5日，各进攻部队渡过滹沱河向石家庄开进，包围了石家庄外围国民党军的各个据点。

5日晚，野司的几位领导罗瑞卿、杨得志、耿飚等乘坐吉普车于午夜到达石家庄东南的南高营，设立了野战军前线指挥所。

稍事休息，杨得志拿起了电话，给聂荣臻司令报告情况：

"我军主力部队，已经到了指定地区待命，一切准备就绪。"

电话的另一边传来了聂司令兴奋和期待的声音：

"好！要一个不漏，全部'报销'，我等着你们胜利的好消息！"

黎明之前，黑夜是漫长的。胜利之前，等待是焦虑的。

1947年11月6日零点整。

万炮齐发，一道道耀眼的弹迹，划过夜空，犹如一条条巨龙飞向天际，轰鸣声不绝于耳。

野司作战室内。

桌子上的几部电话一直没闲着，电话铃不停地震响：

"报告，3纵队已经占领了西郊和南郊的留营、张营、大车行、五里庄、西三教、北宋村，目前正在继续前进"；

"报告，4纵队已经占领了东郊和东北郊的柳辛庄、桃园村、小沿村、南翟营、北宋村"；

"报告，冀中兵团已经占领了东南角的尖岭、东岗头、东三教"；

"报告，晋冀兵团已经占领了西北郊的大郭村、马庄、西三庄"。

……

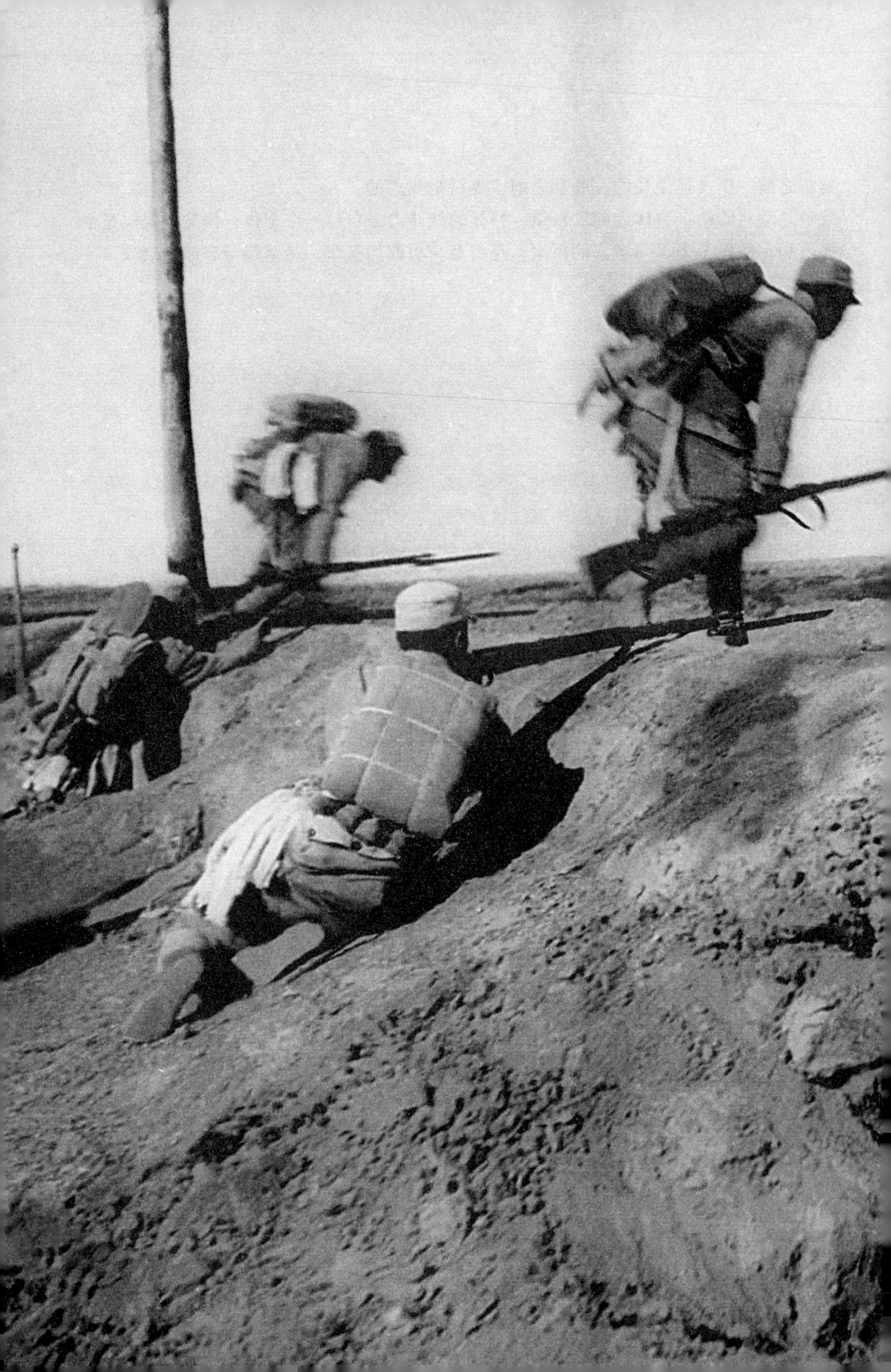

∨ 我军某部正向石家庄外围敌据点发起攻击。

看着这张红蓝曲线不断交织变化的作战图，杨得志的脸上露出了欣慰的笑容。

与此同时，刘英的作战室里也是铃声不断。

值班参谋左右开工，一手抓着一个电话筒，正在扯着嗓子喊：

"什么，大声点！你们遭到共军的袭击了？"

"啊？我听不清，被突袭？"

手里的电话还没有放下，另一部电话又响了起来。值班参谋气急败坏地把话筒狠狠地摔在桌子上。

"发生什么情况了？"被轰炸声惊醒的刘英来到了值班室。

"报告司令，刚才许多外围据点同时报告，都遭到了共军的突袭，炮击很猛烈，攻势很猛。"值班参谋焦急地说道。

刘英快步走到地图前，正要观察一下情况，屋内的灯突然灭了，屋内顿时漆黑一片。

"停电了，怎么回事？"刘英一边说着，一边摸索到了窗口。

透过窗户向外望去，茫茫黑夜已经笼罩了整个城市，只有远处时而闪过炮火的光亮，"轰隆隆"的炮响震得耳膜发颤。

此时，参谋拿着一只蜡烛走了过来，小心翼翼地说道：

"报告司令，是共军的远程炮火，炸毁了市内的发电厂。"

"没了电，我们就是瞎子了，快传我的命令，立即抢修，不惜一切代价！"刘英恼火地说道。

"是！"

突然，刺耳的电话铃声又响了起来。

参谋急忙抓起电话筒。

"又有什么情况？"刘英着急地问。

"报告司令，机场附近发现了大批的共军。"

"什么？"刘英心里一惊。

他赶紧示意参谋把蜡烛举到地图前，仔细观看，越看心里越慌。共军这是要炸飞机场，斩断我的后路啊！

"马上给我接机场守备部队！"刘英大喊道。

参谋拼命地摇着电话，里面却始终都是盲音。

"报告司令，机场联络中断了。"参谋无奈地说道。

"浑蛋！还不赶紧派人去联络，无论如何也要让他们守住飞机场。"刘英气急败坏地嚷道。

∧ 我军扫清石家庄外围国民党军阵地后，向石家庄守敌发起总攻。

自从石家庄被包围后，飞机场就成了国民党守军惟一的空中通道和增援命脉。因此，夺下飞机场，切断国民党空中支援，是我军夺取战役胜利的关键。国民党也很清楚这一点，他们紧紧地抓住这根救命的稻草，加派了重兵把守。

大郭村飞机场位于石家庄市西北角，东面是西三庄，西面是大郭村，北面是大、小安舍，西北面是康庄、岳村。飞机场的四周有壕沟和坚碉，守卫军是从保定运来的独立团和原第3军的高炮营。

大、小安舍两个村子相距不足0.5公里，一左一右，拱卫着机场北大门，小安舍则是敌人纵深堡垒阵地的中心。敌人在小安舍驻守一个营部两个连，在大安舍驻守一个连。其余大部分兵力都在小安舍南边的西三庄。

< 曾美，1955年被授予少将军衔。

曾 美 ———————————————▼—

江西兴国人。土地革命战争时期，任红军总司令部参谋。抗日战争时期，任晋察冀军区第2军分区4大队连长，营政治教导员，团政治处主任，大队政治委员，第26团团长，第4区队区队长，第2军分区司令员等职。解放战争时期，任北岳军区独立1旅旅长，第20兵团67军参谋长、196师师长等职。

主攻飞机场的是我军冀晋兵团独1旅，在旅长曾美的指挥下：

1团主攻机场及大、小安舍据点；

2团助攻，清扫外围的岳村、大郭村等据点；

3团作为预备队，为第二梯队。

战斗打响后，独1旅才发现碰上硬骨头了，飞机场久攻不下。

6日凌晨，1团突进到机场外围大安舍。

大安舍的东面、北面各有一个敌人的大碉堡，村西是敌人的大马村据点，村南紧挨着飞机场，是一连串的堡垒群，敌人的四面火力互相交叉，形成如蛛网般的交叉火力网。而此时，敌人占据村东、村北两个大碉堡正在顽抗。

我军部队突进村子以后，战士们以房屋为依托，进行了激烈的攻坚。在3营的连续猛攻下，14时，村北的大碉堡被打下来了，45名守敌全部被歼；村东碉堡里的敌人一看，大惊失色，急忙放弃碉堡向东南逃窜。在运动中，我军部队对敌人实施夹击，两面同时开火，敌人死伤大半。

第二梯队 ———————————————▲—

在军队纵深梯次排列的战斗队形、战役部署和战略展开中，配置在第一梯队之后，第三梯队或预备队之前的梯队。第二梯队通常编约占总兵力1/3的兵力；进攻时，主要用于扩展战果，发展胜利；防御时，用于反击突入之敌，扼守纵深阵地，接替或增强第一梯队，或应付意外情况。有时，只编第一梯队，不编第二梯队而编预备队。在立体作战，纵深打击思想的影响下，有的主张将重心由前向后移。

▽ 我军战士们越过壕沟，追歼敌人。

在3营激战的同时，主力部队开始集中火力向小安舍村东北实行强攻突击。

在炮火的掩护下，我军在村东北角占据了几处房子，并以房子为依托，与敌人展开了激战。

战斗异常激烈，杀声、轰炸声此起彼伏，火光冲天。

突然，一个炮弹飞到了房顶。"轰"的一声巨响过后，顿时火光一片。老百姓房上的柴火被打着了，在夜空里熊熊燃烧，院子里顿时明亮如昼，我军战士的位置眼看就要暴露了。

"快！灭火！"有人喊道。

一个，两个，三个……九个战士健步如飞，冲了上去。他们奋力地把火堆往房下推。

一排子弹斜穿过来，一个战士猛然间栽进了火堆里，再也没有站起来。

其余的战士忍着悲痛，齐心协力把火堆推到了房下，重新加入了战斗。

凌晨5点多，小安舍的敌人全部被歼灭。

6日8时，大安舍、西三庄、飞机场三地的敌人，在飞机的掩护下，从4个方向向小安舍我军独立第1旅1团1营拼命反扑，妄图夺回村庄，保障飞机场的安全。我突击部队的后路被敌人切断，与上级失去了联系。

上午10时，敌人的飞机由两架、4架增加到6架，在小安舍上方低空扫射，机场方向的炮弹也不停地射来，小安舍被封锁得像铁桶一般。

"死守阵地，坚持一天一夜，争取主力进入战斗。"

"哪怕只剩下一个人，也要坚持到最后！"营部给各连下了死命令！

飞机大炮轮番轰炸后，敌人开始冲锋了。

敌人的反扑非常疯狂，战士们的子弹打得所剩无几了，指挥员马上提醒道：

"要注意节省子弹！"

战士们纷纷说道："知道，我们一枪撂倒一个。"

机枪2连战士符秀奇，连发7枪，打死了6个敌人；乔万火更是弹无虚发，4枪打死了4个敌人。

有个小战士突出阵地几十米远，扛回来敌人两箱子弹，兴奋地说

"弟兄们，放开了打吧，瞧，这不有子弹了。"

当其他部队拔掉大安舍的碉堡，占领了敌人的外壕阵地，用手榴弹炸开了敌人的主要堡垒，攻下了大安舍后，这才减轻了小安舍的压力。

7日拂晓，冀晋军区独立第1旅、第2旅，分别由东北、西北两面夹击，歼敌保安第9团一部，占领机场，切断了敌人向外的惟一通道，敌人成了瓮中之鳖。

2. 占领云盘山

11月6日17时，第4纵队第10旅，在政委傅崇碧的指挥下，对云盘山发起了猛烈攻击。

云盘山位于石家庄东北角，距离外市沟仅600米，听起来气势不凡，其实并非是山，相传是西汉张耳的墓丘，高出地面约15米，顶部面积约240平米，虽无连云之势，在一马平川的石家庄东北部，倒也算是个庞然大物。

张耳曾在信陵君门下做过门客，后投奔揭竿而起的陈胜，被封为校尉，率军攻打今河北南部，后被项羽封为常山王。西汉建立后，被刘邦改封为赵王。公元前202年卒，葬于此地。人们为了纪念他，特地在山上修建了一座小庙。

日军占领后，此山便成为日军控制华北平原的一个据点，并修建了碉堡。

国民党第3军进驻石家庄后，以山上的一座庙宇为核心，用钢轨粗石构筑了三层工事火力网，在各工事间从山内以深沟地道秘密连接，能经受住各种重磅炮弹的轰击；并有暗道通石家庄第一道防线，以便随时增援接应；山下环设两道电网和深壕，壕沟深达10米，陡壁峭崖。守敌为保警队的一个加强连，有重机枪4挺、轻机枪9挺、六〇炮4门，构成交叉火网，三层火力网与外市沟炮火呼应。云盘山，可以直接封锁第一道防线外沿东北、西北开阔地，是石家庄有力的屏障，成为4纵队从东北方向进军的拦路虎。石家庄守敌曾炫耀："铁打的云盘山，坚不可摧。"

负责突破任务的是4纵10旅30团3营。

3营经过研究，把突击任务交给了9连，突破点选在云盘山东北面，距离敌人前沿约60米处。在9连冲击出发阵地的右翼，配置了5门八二迫击炮、3门山炮、4门重迫击炮、2挺轻重机枪；左翼配置了4门六〇迫击炮、3挺重机枪、5挺轻机枪。任务是集中火力分别封锁云盘山东北面的敌人火力点，配合9连战士的突击。

6日黄昏，在夜色的掩护下，3营营长李德昌、教导员曹荫蒲率领3营的战士们，沿着石津运河的河堤悄悄前行，进至距离敌人前沿60米地段进行沟壕作业。

7日清晨，云盘山的守敌忽然发现他们鼻子底下冒出一大片已经构筑好的进攻阵

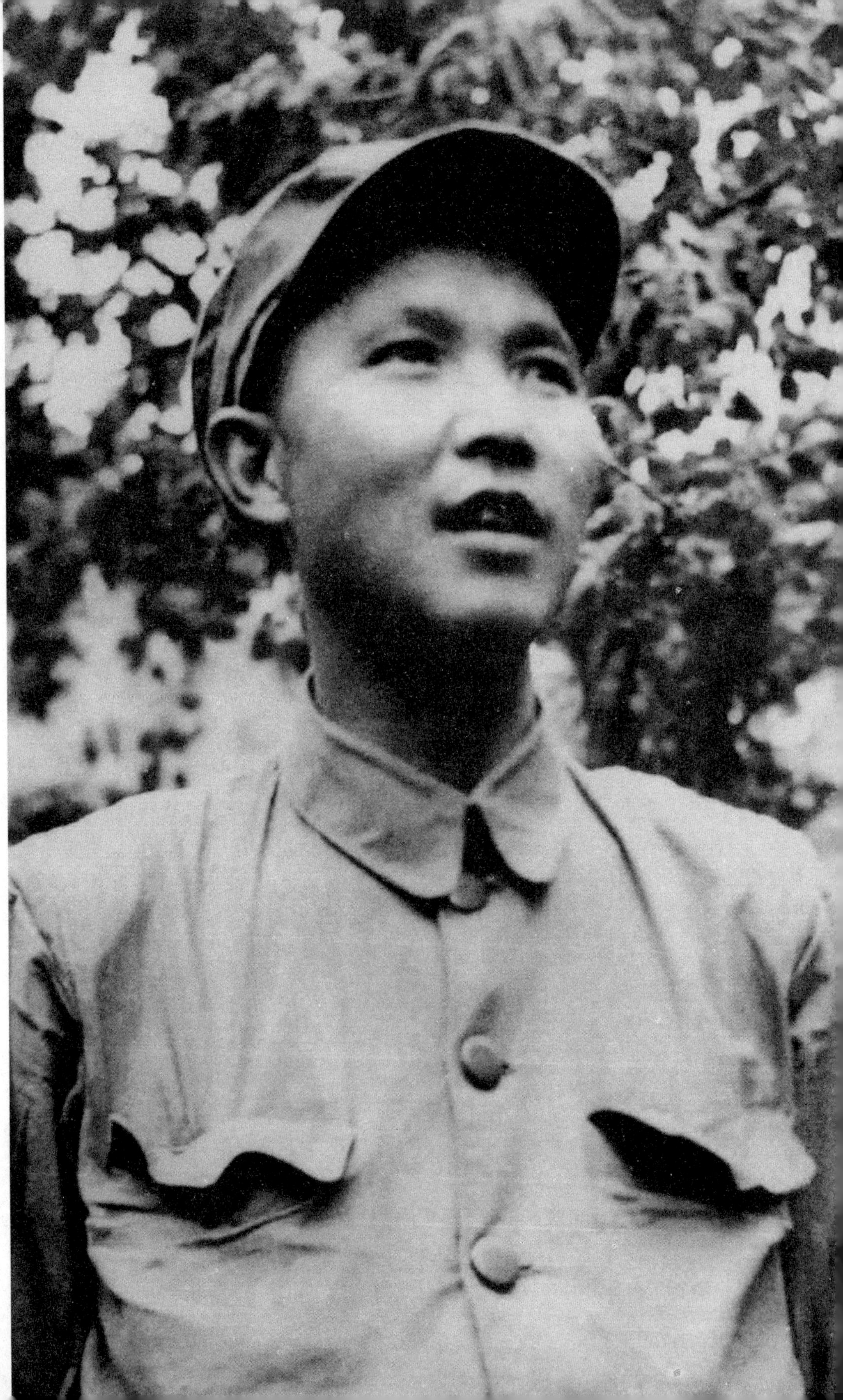

地,顿时惊慌失色,一边用炮猛轰,一边用机枪扫射,但为时已晚。

7日中午,经过16个小时的连续紧张作业后,我军战士基本构筑了由火器发射阵地、步兵掩体、战壕、交通壕等组成的冲击出发阵地。

7日17时,配属给第10旅的野战军炮兵群向云盘山据点及敌人支援云盘山的外市沟碉堡实施猛烈射击,云盘山的工事变成了哑巴,电网也丧失了作用。

在炮火的掩护下,9连迅速向云盘山发起进攻,并将事先埋在敌人壕沟外沿的25公斤炸药引爆。

"轰"地一声巨响,炮弹在核心工事上炸开了花,硝烟散尽,敌人外壕被炸开了一个缺口,突击组借着爆炸的烟雾冲进了壕沟里。

此时,一辆敌人的铁甲车沿着外市沟内的环形铁路开了过来,从前后车厢打来猛烈的炮火,犹如两条火舌不断地吞噬着我军的战士;同时,敌人用机枪火力封锁我军攻击云盘山的突破口,压制了后续部队的增援。我军战士一批接一批地倒在阵地前,9连连长也光荣牺牲了。

暮色降临,敌人阵地上的碉堡工事火力点模糊不清,我军支援炮火失去了准确目标,第一次攻击失利。

显然,第10旅碰上解放石家庄大战中第一块难啃的骨头。

政委傅崇碧来到前沿阵地,仔细观察。首次攻击失利,他深感肩上的担子沉重了许多。这颗钉子不拔掉,不仅直接阻碍着部队的进攻,对于迂回部队也构成了严重的威胁。

第一次攻击失利后,30团立即召开会议,仔细研究部署下一次攻击。

会上,3营营长李德昌说道:

"团长,再给我们营一次机会吧。"

"有把握吗?"团长问道。

"有!"李德昌坚定地回答,接着又说:

"第一次失利,是因为攻击之前的准备工作没有做好,我们一定吸取教训。请团长放心,3营的战士会用胜利来洗刷第一次的耻辱。"

大家经过研究,同意了李德昌的提议。

< 解放战争时期的傅崇碧。

命令传达下来：8连主攻，并调来3门山炮、4门重迫击炮、4门六〇迫击炮和10挺重机枪及大批爆破用炸药。

8连是在9连攻击失利的情况下，接受此次进攻任务的。一开始，战士们心中留有一定的阴影，从干部到战士，情绪都有波动。

有的战士说：

"9连的战斗力比8连强，都拿不下来，咱们也够拿的！"

也有的战士说：

"决心拿，固然可以拿下，恐怕8连打了这一仗，伤亡也就差不多了。"

支委会听到下面这些反映，立即决定召开支委扩大会，吸收班长以上的党员干部参加，首先研究9连失利的原因。

7日晚，傅崇碧参加了3营的会。

会上，大家议论说：9连对地形不熟悉，进攻时梯子准备得太短，足足差了3米多，战士们根本爬不上去。

有的说："支部党员在连长牺牲后，没有马上发挥领导作用。连长牺牲后，部队就乱了。"

还有的说："步炮协同的动作不够。炮兵轰炸后，步兵没有抓住有利的时机冲锋。"

接下来，大家又分析研究了敌人的弱点。最后，会议集中研究8连如何攻打。

经过分析讨论，战士们的积极性明显提高了，此时纷纷献计：

"我看，要接受徐河桥战斗的经验，进行爆炸。"

"不过，光爆炸是不行的，同时还要准备强攻。"

"两手都要准备，不过，最重要的是，会后必须派侦察兵去沟内进行侦查，了解详细的情况。"

讨论进行得非常热烈。最后，讨论决定：

3排7班爆破，然后靠梯；

2排4班破电网后以冲锋枪突击。

各指导员都纷纷提出，要亲自带领突击队冲上去，大家的情绪已经非常高昂。

在夜色的掩护下，8连副连长李长云带了几名战士，到前面察看地形；指导员朱文义也亲自装置炸药雷管，帮助各班组织小型的"诸葛亮会"。

石家庄战役中,民兵协助我军挖掘爆破敌外壕的地道。

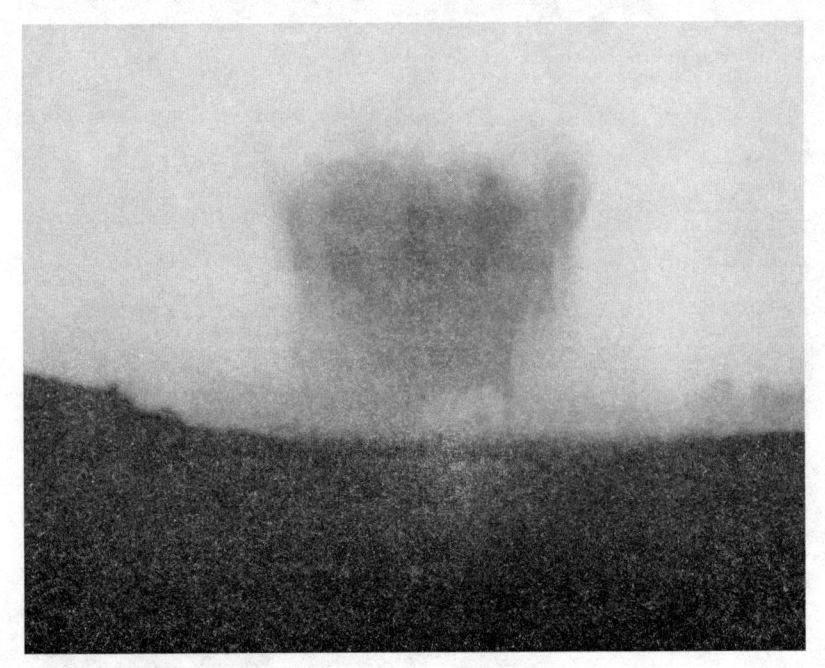

∧ 我军工兵爆破石家庄敌外壕沟。

7班接受爆破的任务后,7班班长杨占全马上召集全班战士,出主意,想办法。

战士梁玉保说:

"我干过爆炸,不怕!爆炸是我的事!"

副班长陈先高也说:

"靠梯子,我打头!"

"运梯子时,可以前面两个人使用绳子拉,后面一个人匍匐推着前进!"

……

夜,没有月光,伸手不见五指。

驻守云盘山的保警队队员,个个哈欠连天,又不得不瞪圆了充血的双眼。

尽管他们已经击退了"共军"的一次进攻,刘英也通令嘉奖,当官的每人赏了30块大洋,但他们依然觉得如坐针毡,片刻不得安宁,丝毫不敢大意。

敌人深知云盘山的重要性，在我军第一次攻击失利后，敌人又往云盘山增派了半个连的兵力，并派飞机在我军阵地上狂轰滥炸，以防我军趁夜色偷袭。

敌人哪里料到，我军战士已经悄悄地潜伏到了他们的鼻子底下。8连副连长李长云率领7班战士爬到了敌人外壕，组织冲进沟里的战士，搭人梯在沟内壁半腰上挖洞装炸药，这一次整整埋设了150公斤炸药。用土袋堵好药室口，安装好导火索后，战士们迅速撤离隐蔽。

马上就到进攻时间了，营长李德昌在8连阵地前作了简短的动员，鼓舞了战士的士气。指导员们提出了响亮的口号：

"坚决攻下云盘山，打开突破外市沟胜利的大门，为牺牲的战友报仇！"

7日晚，四野寂静无声，云盘山孤零零地暴露在我军阵地前沿，战士们都趴在堑壕、掩体内养精蓄锐。深夜降临，霜水把战士们头上、身上打得湿漉漉的，战士们一动不动，静静地等待进攻时间的到来。

8日6时，天渐渐发亮。

随着"轰"的一声巨响，我军的榴弹炮、迫击炮及各种轻重火器一齐开火，猛轰云盘山顶核心工事。

与此同时，隐蔽在外壕里的爆破手准时点燃了炸药，震天的爆破声随之响起，黑烟笼罩了全山，第一道壕沟被炸开了一个很大的缺口。

8连副连长李长云举起驳壳枪，大喊一声：

"同志们，冲啊，为人民立功的时候到了！"

喊杀声随即响成一片，战士们蜂拥而上，迅速包围了敌人的核心工事，手榴弹、手雷天女散花般撒到敌人工事上，工事内的敌人被打得鬼哭狼嚎，还没等他们清醒过来，我军战士已经炸毁了一个个的碉堡。

一个加强连的敌人转眼便被消灭得干干净净，战斗仅进行了10分钟，外市沟外面的最后一个据点拔掉了。

8连的战士们把红旗插到了山顶，山下山上同时高呼：

"拿下云盘山了！胜利了！拿下云盘山了！"

几十个俘虏被押往收容所，一个大个子俘虏兵纳闷地问道：

"长官，你们刚才用的是啥炮啊？大弹丸飞得慢慢的，掉下来威

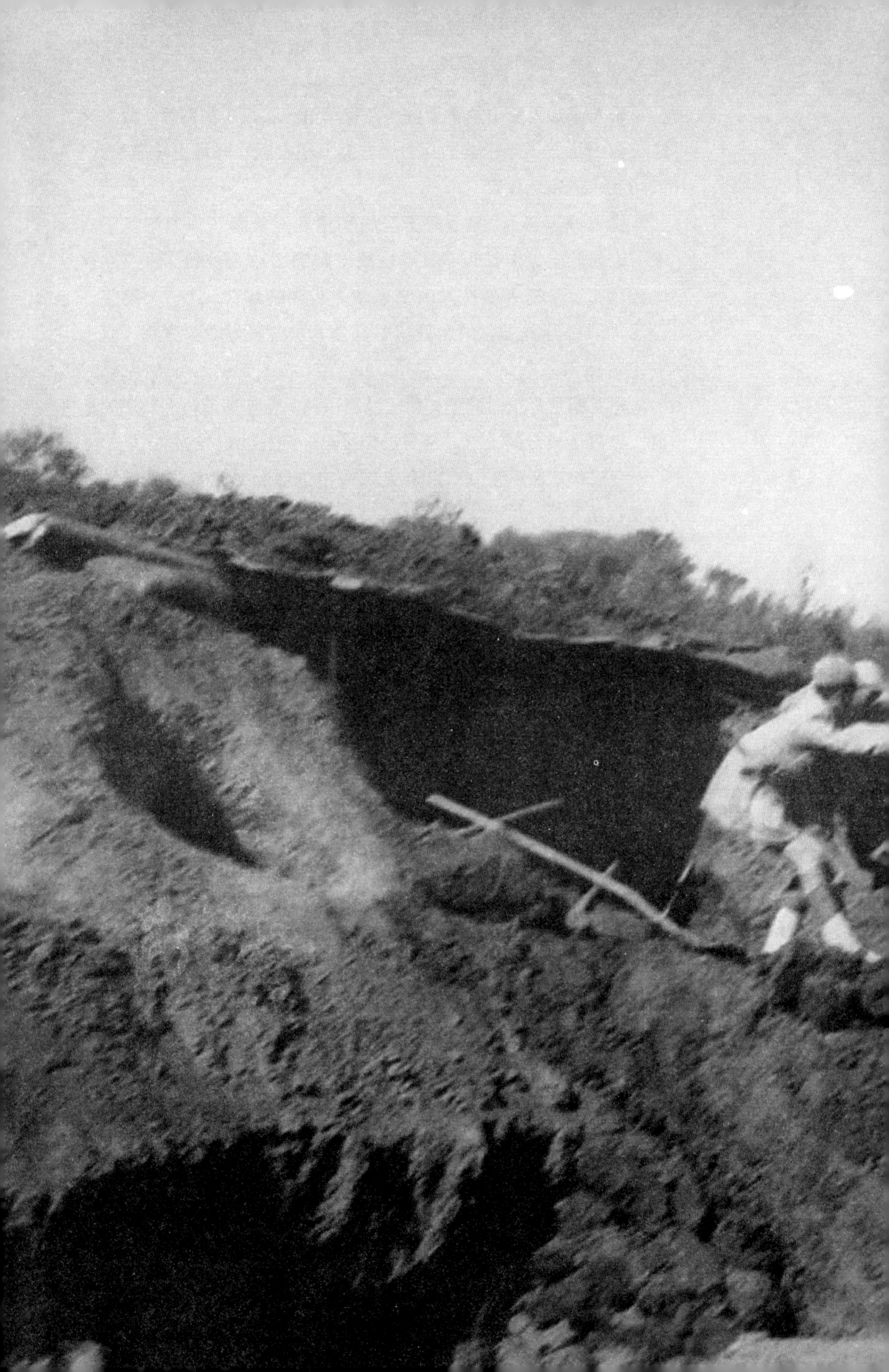

▽ 我军炮兵克服困难将火炮推入发射阵地。

力那么大,我们守在地堡里面最怕那家伙。"

战士们听完忍不住哈哈大笑:

"告诉你吧,那是用迫击炮抛射的炸药包!被你们当成新式武器了。"

俘虏吃惊得瞪大了眼睛。

政委傅崇碧登上云盘山顶,放眼望去,只见两条市沟、环行铁路以及壕沟之间密密麻麻的炮楼、碉堡、据点都暴露在眼前了。他又仔细观察了云盘山的工事:山顶碉堡是用钢轨作骨架,用水泥浇筑而成,炮弹打在上面,只炸了一点点小坑,像挠痒痒似的。看罢,傅崇碧说道:

"这里的工事确实坚固,怪不得敌人称它是'铁打的云盘山'。可不管它是铁打、钢铸,在我们英勇的战士面前是不堪一击的。"

他用手敲打露在水泥外头的半截钢轨,又说道:

"你们看,这不是顷刻之间就被我们踏在脚下啦?不可攻破的神话变成了笑话。"

大家都发出了愉悦的笑声。

打下云盘山的消息传到野司指挥部,朱德总司令亲自打电话表扬3营的战士"云盘山上显英雄";纵队通令嘉奖:"云盘山之役是精心计划,技术加勇敢的范例。"

战士们备受鼓舞,士气越来越旺。

3. 东岗头争夺战

东岗头据点在石家庄东南角,紧靠外市沟。我冀中兵团在7日夜里迅速占领了该据点,我军火力直接控制了元村的第五步哨,向东可进攻槐底,向西可进攻东三教,就如一个楔子,直接楔入石家庄南部外市沟守敌的心脏。

失去阵地的敌人不甘心,于8日凌晨发起攻击,企图夺回东岗头据点。

8日中午。突然,猛烈的轰炸声震撼了大地。

空中,四架敌机开始向东岗头猛烈轰炸、扫射;

正前方,敌人的装甲列车载着数门大炮,连续向我军阵地猛轰。

在炮火的掩护下,从元村冲出500多个伪军。一部分趴在沟沿上向我军射击；另一部分突出头道沟，分成了两股，一股由伪警大队长黄旭日率领，奔向我军西北口，另一股以一个连的兵力，进攻我村西南的三角高地。

虽然已经连续奋战了两个昼夜，我军战士依然精神抖擞，镇守在西北口阵地的我军某部7中队的战士们，静静地等候敌人的接近。

60米，50米，40米……

当敌人距离我军阵地30米远近时，机枪、步枪、手榴弹齐响，顿时，炮火连天，惨叫声四起，敌人纷纷倒地不起，死伤一片。

2排长刘健，瞄准提着手枪指挥冲锋的伪大队长黄旭日就是一枪。

只听"哎哟"一声，黄旭日一屁股坐在了地上。他的大腿被子弹打中。

还没等他反应过来，刘健马上又补了一枪，结果了他的性命。

7班机枪射手杨华堂，在阵地上给新战士上起了实战课。

"你可看准了啊！"

∨ 1948年，华北军区司令员聂荣臻与政治委员薄一波（右）、副司令员滕代远合影。

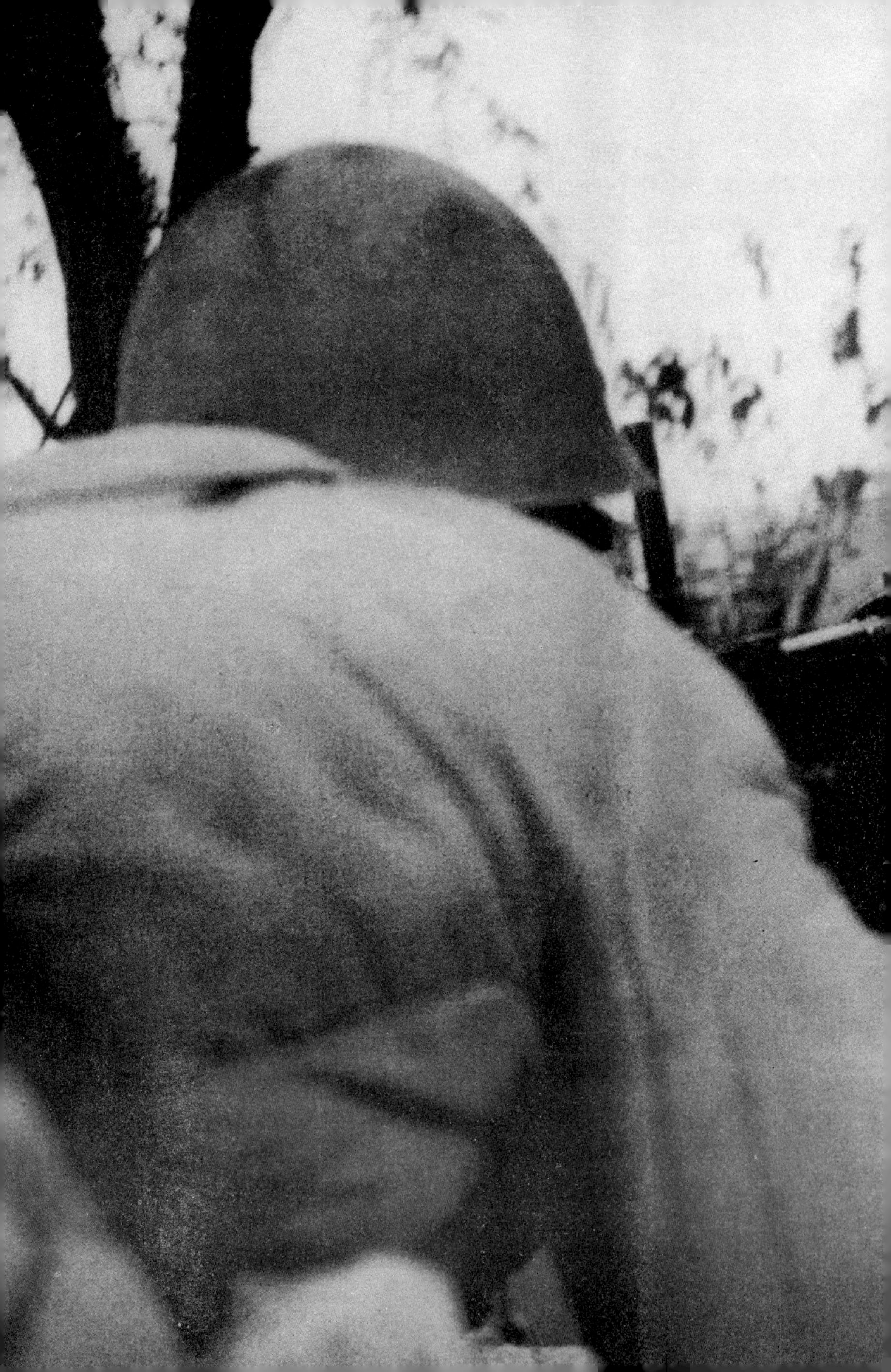

▽ 我军重机枪手向敌猛烈射击。

话音未落，一梭子子弹打出去，四五个敌人应声倒地。

旁边的小战士眼睛都瞪圆了。

8班射手李文奇也不示弱，看见一个骑马的伪军官顺着沟往东走，一枪就把他打下了马。

冲上来的敌人死伤大半，其余的都趴在了沟里，吓得直哆嗦。

敌人的冲锋号不断地吹响，指挥官气急败坏地大骂："冲，给我冲！谁不动，老子枪毙了他！"说着，在一个正往后退的伪军的屁股上，狠狠地踢了一脚。

可任凭冲锋号刺破了天空，任凭指挥官骂破了嗓子，沟里的敌人一动也不动。

与此同时，进攻三角高地的敌人，在激烈的炮火掩护下，向我军阵地发起了猛攻。

由于敌人火力过于凶猛，班长和机枪射手先后受伤，子弹将尽，剩余的战士被迫撤出了阵地。

三角高地是东岗头的屏障，如被敌人占领，东岗头就会暴露在敌人的火力之下。

"8中队第1排，马上把高地夺回来。"大队部下了死命令。

1排长张振乾马上布置作战任务，并对战士们作了简单的动员。

冲锋号吹响了。1排的战士们潮水般涌了过去。

1班机枪射手刘振魁，一面冲锋，一面端着机枪扫射敌人，气势不可抵挡，敌人一下子就被打倒十来个。

我军战士一次冲击就夺回了三角高地，竟无一人伤亡，可见敌军确实军心已经涣散。

我军于5日夜解放了获鹿城，7日下午占领大郭村飞机场，7、8两日继续攻占石家庄外围之大小安舍、云盘山、北宋、东西三教等数十个据点，并于8日16时，全线攻入外市沟。

至此，我军于6、7、8三日内，以极小的代价肃清了石家庄外围。

战争宽银幕

① 我军某部的骑兵部队。
② 我军正突破敌军防线，向纵深发展。
③ 我军某部机枪手在扫射敌人。
④ 被我军歼灭的敌快速纵队遗弃的汽车。

[亲历者的回忆]

杨得志
（时任晋察冀野战军司令员）

11月5日晚，野司运动到距石家庄只20多里的一个小村庄。

在这里，我与聂司令员通了战前的最后一次电话，向他报告了各部队的情况，告诉他刘英虽然已经手忙脚乱，但还是相信他的工事。

聂司令员说："事到如今，他不相信也得相信了，这叫自欺欺人。蒋介石给他发了电报，要他固守待援。

你们要反复向部队讲清楚，战斗会相当艰苦呀！"

我请聂司令员放心。

聂司令员说："我相信你们。战斗进展要力求快速，但指挥上不要太急。要特别向部队交代清楚，入城后要坚决执行党的政策。还有，"聂司令员停了停，然后充满感情地说："告诉罗、耿、潘，还有你，你们习惯靠前指挥，这我不反对，但是一定都要注意安全！你听见我最后几句话了吗？"我答应着，但是没有说出话来。

——摘自：杨得志《横戈马上》

聂荣臻
（时任晋察冀军区司令员兼政治委员）

我军解放石家庄有重要的战略意义。它地处平汉、正太、石德铁路的交叉点，是华北地区的重要交通枢纽。

所以，在抗日战争期间，日军就高度重视石家庄，不仅派驻重兵，而且连年加修工事，抢修石德铁路，成为必守之地。

解放战争开始，国民党也非常重视石家庄，它的第3军进驻以后，继续加修工事，一般不轻易出动，妄图长期固守。因为如果失去石家庄，就会割断他们各部分之间的联系。石家庄解放了，我晋冀鲁豫和晋察冀解放区完全连成了一片，平津地区敌人失去了重要的一翼。

石家庄这样的坚城被解放，也标志着我军攻坚能力已达到相当水平。这些，无疑对华北的战场形势产生了重大影响。

——摘自：《聂荣臻回忆录》

第八章

突破外线

∧ 土地革命战争时期,杨得志(前排中)与战友们合影。

蒋军官兵弟兄们：我们的总攻就要开始了。石家庄现在已经成为一座孤堡，弹尽粮绝，待援无望。你们不要再为刘英卖命了！解放军的政策是不杀俘虏，不搜腰包，愿意回家的发足路费，愿意参加解放军的，热烈欢迎。

离攻城的时间越来越近了，杨得志司令员无论如何也静不下来。他一会儿抬起手腕看看手表，一会儿看看挂在墙上的地图。红色的箭头又要向石家庄前移。

1. 把堑壕挖进外市沟

石家庄外围据点被肃清后，外市沟便暴露在我军部队的眼前。30多公里长，深而宽的外市沟，犹如一条巨蟒，蜿蜒盘踞在石家庄近郊的四周。沟外地形开阔，一马平川。

我军在广大民兵、民工的协助下，于11月6日夜开始土工作业，改造地形。各进攻部队都以第一梯队构筑进攻阵地，以第二梯队挖掘进攻阵地的交通壕，民兵、民工则挖后方交通壕。

听说要打石家庄了，附近解放区的老百姓们纷纷自动赶来，帮助解放军战士们构筑工事。

6日20时，天空下起了雨，一开始丝丝缕缕，后来雨越来越大，最后瓢泼一样。前线阵地上，无论是战士、民工，还是驻地的妇女、儿童，没有一个下去躲雨的。大家冒着大雨，干得风风火火，一直挖到了深夜12点钟。

第二天，天刚蒙蒙亮，战士们与民工便忙活起来，掘土的掘土，搬砖的搬砖，运板的运板……

民工班与班、排与排、连与连之间还自动相互挑战。

3班的正在向2班挑战："怎么样？比比，敢吗？"

"比就比，先说好了，不能光讲速度，深度、长宽一点儿也不能差。"

"没说的。3班的，听见没，咱们要和2班挑战，大家加把劲干啊！"

"2班的，可不能输给3班啊！大家加油啊！"

阜平葛家台村的民工还提出和某部2、3营挑战，保证坑道挖得整齐、彻底、够尺寸。30个小时内，这个村的100多个民工就完成了宽1米、深2米，长2,000多米的交通沟。速度之快，战士们都不得不佩服。

战士和民工们紧张作业，互相竞赛。驻地的妇女、儿童也不甘落后，自动参加挖掘、搬砖、运板。

还有一些老太太，怎么劝也劝不走，看她们蹒跚着脚步，搬运砖头，战士们实在于心不忍，就上去劝说：

"大娘，回吧。"

"是啊，天不好，回吧。我们年轻力壮的，让我们来干。"

"不容易啊，这也是为了我们能过上好日子，我们能帮点就帮点，别的也干不了什么了。"几个老太太都不肯离开。

一个战士冲妇女会的同志一使眼色，妇女会会长心领神会，叫了几个人，赶紧上前，一边拉着老太太往外走，一边劝：

"大娘，路滑，回吧……"

好说歹说，才把几个老太太劝走了。

可战士们刚投入作业，几个老太太一合计，又赶起毛驴车给战士们运开了门板、木料。

战士们都感动地说：

"这次，不把工事做好，就太对不起老百姓了。"

"是啊，说什么也要尽快解放石家庄，让老百姓都过上安生日子。"

经过一天两夜的土工作业，至8日清晨，我军的交通壕已经伸展到距离外市沟百米以内，隐蔽的坑道则挖到了外市沟外沿，完成了进攻准备。

这项土工作业工程虽然浩大，但很有实效。我军每个团都有两三条长约5公里的交通壕，这样便可以把战士和马匹都转到地下。战士们在交通壕里运动自如，敌人的火力和飞机也难以发挥作用。

2. 我们的总攻就要开始了

战士们进行土工作业的同时，还向敌人展开了强大的政治攻势。

一封封传单飘到了敌人阵地，一封封书信被投到了敌人前沿。

蒋军官兵弟兄们：

我们的总攻就要开始了。石家庄现在已经成为一座孤堡，弹尽粮绝，待援无望。你们不要再为刘英卖命了！解放军的政策是不杀俘虏，不搜腰包，愿意回家的发足路费，愿意参加解放军的，热烈欢迎。这次攻打石家庄的，就有不少是清风店被俘的3军弟兄们……

∧ 我军在敌阵地前沿展开政治攻势。图为某部宣传员向被围敌人喊话。

在距离敌人一二百米处，木柱竹帘架起一幅幅大标语：

"保定无兵调七师，那里有兵救你们？"
"坚守阵地亡，不如交枪回家见爹娘！"
……

阵地上的喊话也昼夜不停：
"守城的蒋军官兵弟兄们！我们的总攻马上要开始了！石家庄孤立无援，你们守不住了。清风店战役中，你们的军长罗历戎、副军长杨光钰等1万多名官兵都当了俘虏，7,000多官兵被打死、打伤。你们再继续顽抗，只能落得被消灭的下场。"

∧ 我军某部英雄团的勇士们突破敌第一道防线。

"别再顽抗了，我们打炮的时候，你们一定要躲起来，否则就见不到亲人啦！"

"解放军优待俘虏，不杀，不搜腰包。愿意参加解放军的，我们欢迎；愿意回家的，我们发放路费，回家了还分地。你们别再为刘英卖命了！否则，后悔都来不及了。"

声音传过去，对面打来一排子弹，喊话的战士赶紧一低头，子弹贴着帽子扫了过去。他摘下帽子一看，好险，帽子顶部被子弹蹭了一个洞。

"这群不要命的，我这是解放他们呢。"

"对面的弟兄们，别顽固了！我们都是为你们好，总攻马上要开始了，现在缴械投降还来得及，将功补过的时候到了。"

话音未落，又是一阵枪炮声。

炮声一停，战士们继续喊：

"这次，参加战斗的就有你们3军的兄弟，我们的话，你们不信，就听听他们是怎么说的。"

10旅30团的战士郑从发、张勇发向敌人喊道：

"我是军部特务连的郑从发！"

"我是特务连的张勇发！"

"我们是清风店解放过来的！我们是自愿参加解放军的！解放军优待俘虏，弟兄们，别为刘英卖命了！否则，不会有好下场的。"

敌工小组的战士们继续喊：

"石家庄在日本和国民党统治下，人民与外界隔绝十年了，见不到亲人。这次，我们就是来解放石家庄人民的，也是来解放你们的。守城官兵们，解放军进攻，你们停止抵抗，缴械投降，把强迫你们抵抗的长官打死或看起来，就可以将功补过，受到优待，你们立功赎罪的时候到了！"

……

自6日拂晓进抵外市沟后，敌工小组两昼夜不停地喊话，敌人从刚开始用枪炮回应，到逐渐停止了射击。尤其是夜晚，敌人不打枪也不放炮，而是静静地听着我军的喊话，许多敌人都被说动了。

3. 外市沟不堪一击

离进攻的时间越来越近了，杨得志司令员无论如何也静不下来。他一会儿抬起手腕看看手表，一会儿看看挂在墙上的地图。过了多久，这些红色的箭头又要向石家庄前沿移动了。

战壕里，千万个枪栓正被战士的双手拨动，大家做着紧张的战前准备。

10分钟，5分钟，1分钟，时针指向8日16时整。

一阵天崩地裂的枪炮声震撼了大地，我军对外市沟发起全线攻击。

顿时，炮火映红了天空，炮声与机枪声响交织在一起，响彻云霄，炮弹纷纷落在敌人阵地上。

石家庄西郊，3纵7旅在敌人西兵营附近发起进攻。

我军炮火与爆破密切配合，敌人六七米宽的封锁沟，一下子就被炸开了两个约10米宽的缺口，壕沟基本上被填平。

嘹亮的冲锋号响起，20团第2营的战士们奋勇而上，在机枪和烟幕的掩护下跨越市沟，迅速占领了敌人的前沿阵地。20团首先在西兵营突破成功。突破后，战士们迅速向两翼发展。此时的敌人已经彻底被打懵了，一个个都扔下武器，如同没了头的苍蝇到处乱窜。我军战士猛追不舍，迅速占领了农业试验所。第1、3营随后占领了西焦村和西里村。第21团也相继突入，占领了城角村、酒精公司等要点，并击毁敌装甲列车一辆。

16时30分，8旅第22团由西三教西北架梯突破；第23团亦由振头以西突破。两个团当即围攻振头镇，守敌赵县保警队大部被歼，少数窜入内市沟。

与此同时，4纵在石家庄东北角也对外市沟发起了攻击。

10旅先后占领了范谈村、花园村、义堂、吴家庄、八家庄；

12旅在东面突破，包围了范村；

冀中军区部队从东南面突破，占领了东三教、槐底，包围了元村；

冀晋军区部队从西北面突破，占领了柏林庄、高柱、市庄、钟家庄，包围了北焦村。

从东南面突破的战士们异常勇敢，在炮弹的掩护下，爆破组、梯子组以迅雷不及掩耳之势冲到了沟沿。

"手榴弹！掩护！快！架梯子！"

战士们迅速地把梯子伸向了壕沟的内沿，眼看就要搭上了。突然，扑通一声，梯子掉进了沟里，敌人炮火太猛，沟又太深了。

扑通，扑通，两个战士纵身跳下了六七米深的大沟里，原来是梯子组的尹拴龙和李瑞才。他们两个迅速地举起梯子，其他的战士接过来搭在了沟沿上。爆破组、突击组的战士们犹如洪水般，呼地冲过了大沟。

爆破组的战士举起大铡刀，砍断了电网；与此同时，有的战士用炸药包进行爆破，只听"轰"地一声，环城铁路炸开了一道豁口，战士们蜂拥而上。

3排战士张平义，冲过沟，一个箭步窜到敌人机枪掩体，抓住了往空中乱射的机枪。

"别误会，我是4中队机枪班的。"敌人机枪手赶紧惊慌地嚷道。

原来，被我军大炮轰得睁不开眼的敌人，还不知道我军已经过了沟。

"什么误会！你拿过来吧！"张平义一边说着，一边用力夺过了机枪。马上调转枪口，向第二个地堡扫射起来。

1排3班的大个子刘振芳，一下子窜过去，堵住了第二个堡垒口。

"缴枪不杀！"他冲里面的敌人喊道。

旁边15岁的小战士小三一看，急红了眼，功不能都被别人立了啊。

他用枪堵上了一个拿盒子的伪军小队长，大喊："缴枪不杀！"

伪军小队长一看，还是个孩子，个头又小，想逃跑。

小三马上用机枪顶住了他的胸膛，喊到："别耍滑！缴枪不杀！不缴就打死你！"

伪军小队长顿时蔫了，乖乖地把盒子交给了小三。

不远处，一个敌人提着灯笼狂跑，战士程水一边追一边喊："站住！"

"瞎喊什么？我是城里派来的飞机联络员，飞机失去了联络，你负责啊！"那个人冲程水大声吼道。

"嘿！你不用联络了，我负责！"程水笑着回答道。

说话间，他已经一个箭步冲了上去，把那个人抓了俘虏。

"把灯熄灭！"程水命令道。

那个敌人乖乖地灭了灯。

天空的飞机失去了与地面的联系，顿时成了没头的苍蝇，在半空瞎哼哼起来。

沟沿上地堡里的敌人此时方如大梦初醒，疯狂地向突破口射击，但为时已晚，我军大部队已如洪水般向南奔腾而去。

战士们一边往前冲，一边高喊："缴枪不杀！"

敌人顿时被吓破了胆。

7米深的大沟、电网、无数的伏地堡和用铁丝与石头筑的碉堡，被我军战士打得粉碎，石家庄的东大门敞开了。

外市沟的攻击很顺利，至9日晨，敌人内市沟与外市沟之间的据点，除范村、元村、彭村、北焦村四点外，全部被我军攻克。

杨得志命令一部分兵力包围未克之点；其余全部兵力和民兵、民工转入改造地形，抓紧时机地向内市沟推进。

随着外市沟的失守，刘英再也坐不住了。他急忙下令把32师主力都集结到内市沟，想在此据守。他深知环绕石家庄市区的这道"天堑"同石家庄是生死相关的：有内市沟则有石家庄，无内市沟则无石家庄。一旦有失，他这个黄埔三期生，何以对得起校长的栽培？

战争宽银幕

❶ 我军某部进行渡海训练,加强作战能力。

② 我军某部正在阵地上勇猛打击敌人。
③ 我军战斗胜利后，军民召开祝捷大会。
④ 在战斗中缴获敌人的部分武器。
⑤ 我军攻击部队步步逼近敌人龟缩的村庄，并发起冲击。

[亲历者的回忆]

耿 飚
（时任晋察冀野战军参谋长）

第一道防线被我军迅速突破，使敌军产生了恐慌。为了安定军心，稳住阵脚，敌人一方面由石家庄市长尹文堂出面发表"谈话"，吹嘘什么"本市工事坚固，戒备森严，来犯共军遭我陆空聚歼"；一方面刘英亲自向北平、保定求援。可是，援敌连清风店都到不了，又怎么能够来到石家庄呢！

急疯了的敌人，为了阻止我军进攻内市沟，使用了全部大炮，在11架敌机的配合下，向我军阵地和土工作业现场进行疯狂轰炸，我军各部队一面用轻重武器组织对空射击，一面加紧挖沟，他们提出了"人在哪里，工事筑到哪里！""多挖一锹土，少流一滴血！"等口号，在敌人炮火下展开土工作业竞赛。

——摘自：《耿飚回忆录》

杨得志

（时任晋察冀野战军司令员）

　　扫除了敌外围据点，各部队向敌人第一阵地实施土工作业，改造地形，构筑进攻出发工事，直达敌前沿阵地百米之内，坑道挖到了敌外市沟外沿。这些作业（包括后来接近内市沟）大都在夜间进行。

　　那几天石家庄地区细雨蒙蒙，战士们冒着寒风苦雨连续作战，相当疲劳。但是进展速度仍然很快，有些交通沟一直挖到敌人据点的外围，他们也没有发现。

——摘自：杨得志《横戈马上》

第九章

突破内线

∧ 支前民兵正开赴前线，协助我军作战。

大战前的敌我阵地，正如台风来袭前的海面，暗潮涌动。

战斗的惨烈程度，早已超越了人的体能和心理承受极限。敌我双方都杀红了眼，因为双方都明白：只有战胜对手，才能夺取胜利。

1. 把堑壕挖到敌人的鼻子底下

9日，向石家庄内市沟防线发动总攻前夕，远在河间的朱德总司令又一次打来电话，指示杨得志等：

1、突破内市沟后，一定要猛推、深插、狠打，不让敌人有半分钟喘息；

2、**充分做好打巷战的准备**；

3、**全歼一切敌人，包括还乡团在内**。

根据朱德总司令的指示，野司进行了重新部署。

敌32师师长刘英下令拆除了内外市沟之间所有的房屋，填平了可能被我军用来隐蔽的沟沟坎坎，这样一来，就形成了一片开阔地，我军大部队想集体强攻的话，将很难成功，即使成功，损失也会非常惨重。

那么，如何才能迅速接近敌人，同时又尽量避免伤亡呢？

最后，野司决定，让千军万马从"地下运动"。

地下交通壕，是华北平原作战的一项专利，起源于抗日战争时期的地道战。以后，随着战争规模的不断扩大和大部队的集团运动，堑壕也越挖越深，越挖越宽，变成了名副其实的"地下走廊"。它不但设有单人掩体、炮位、指挥所，而且每隔十几米就是

地道战 ▲

依托地道坚持斗争，打击敌人的一种作战方法。地道战是抗日战争时期中国军民的一种创造。当时典型的地道，家家相通，村村相连，有生活、防毒、防水和战斗设施，能藏、能打、能机动、能生活，便于长期坚持对敌斗争，能出其不意地打击敌人。

一个拐弯。不仅人能通过，就是马拉大车也能在交通壕里行动自如。不但地面上的敌人难以察觉，就是打炮，也难以杀伤。

初冬的石家庄寒风阵阵。9日夜，晋察冀野战军各部在民工的配合下，借夜色掩护，开始了大规模的土工作业。晚上寒风凛冽，再加上秋末冬初的阴雨蒙蒙，让人觉得格外阴冷，我军战士身上都还穿着单衣，但他们没有一个人掉队，都顶风冒雨露天作业。

趁着夜色，战士们每人带上一把短锹，悄悄地潜伏到预定位置，大家都卧倒在地，头顶头，脚对脚，犹如一条黑色巨龙。

挖堑壕可以说是一门学问，战士们个个都是专家。他们先从头部两侧挖起，把土堆在头顶，作为掩护屏障，再逐步往深里挖，挖成跪姿、立姿掩体，能够存身站脚。然后，再向两边挖，把一个个单人掩体打通贯穿，形成四通八达的堑壕。

战士们按进攻序列分工，采用先前而后，先点后线，先中间后左右的方法。第一梯队在敌前沿展开，先挖卧射掩体，再逐渐构成跪射和立射掩体。每隔三五十米，还在沟顶搭上秫秸、门板，修成一个别致的地堡，然后再将各个掩体和地堡横向贯通，筑成堑壕。第二梯队构筑纵向交通壕，敌火力射程之外的交通壕则由民兵和民工构筑。

夜深人静，稍有一点声响，便引来敌人一阵枪炮声。全体指战员和民兵、民工不顾敌人的火力威胁，一刻不停地工作着，通宵达旦。

第二天，晨雾散尽，放眼望去，昨天还是平平坦坦的田野，一夜之间面目全非，仿佛经历了一场神奇的变迁：数不清的掩体和纵横交错的堑壕、交通沟，满布于内、外两道市沟之间纵深2,000米的开阔地上。各主攻团还在距离内市沟60米处挖掘了坑道，直达内市沟外壁，并构筑了装药室，完成了内部爆破的准备。

敌人虽有陆空配合，有深沟为障，有群碉封锁，但面对我军颇有成效的战术，也无可奈何。

正如后来一位被俘的蒋军团长说："头天黄昏，看到阵地前几里路还是一片平原，第二天拂晓，你们的许多地堡已经到了我们眼前，遍地都是交通壕，我就知道不行了。"

2.3 纵在西南方向突破

大战前的敌我阵地，正如台风来袭前的海面，海底暗潮涌动，海面却异常平静。11月10日16时，三颗信号弹腾空而起，总攻内市沟战斗开始了。

霎时，群炮齐发！山炮怒吼着射向敌人的高碉，战防炮、步兵炮呼啸着飞向敌人的低碉和暗堡，迫击炮在敌人阵地上遍地开花，同时，重炮向纵深压制敌人火力，敌人的碉堡射孔也被我轻重机枪严严的封锁住。

顿时，大地震撼了，红光闪耀，烟雾缭绕，瓦砾飞溅，整个石家庄在震耳欲聋的炮声、爆炸声中颤抖不已。

司令员郑维山手举望远镜，眼角眉梢间掩不住兴奋之色。

16时30分，在炮火掩护下，解放军十支劲旅犹如十支利箭，射向敌阵。

内市沟周长18公里，深、宽各5米，沟内设有尖木桩，沟外有铁丝网、挂雷，沟沿设有比外市沟更稠密坚固的高碉、低堡、伏堡和野战工事。且有国民党主力守备，比外市沟更加坚固。

∨ 我军炮兵向内市沟敌工事轰击。

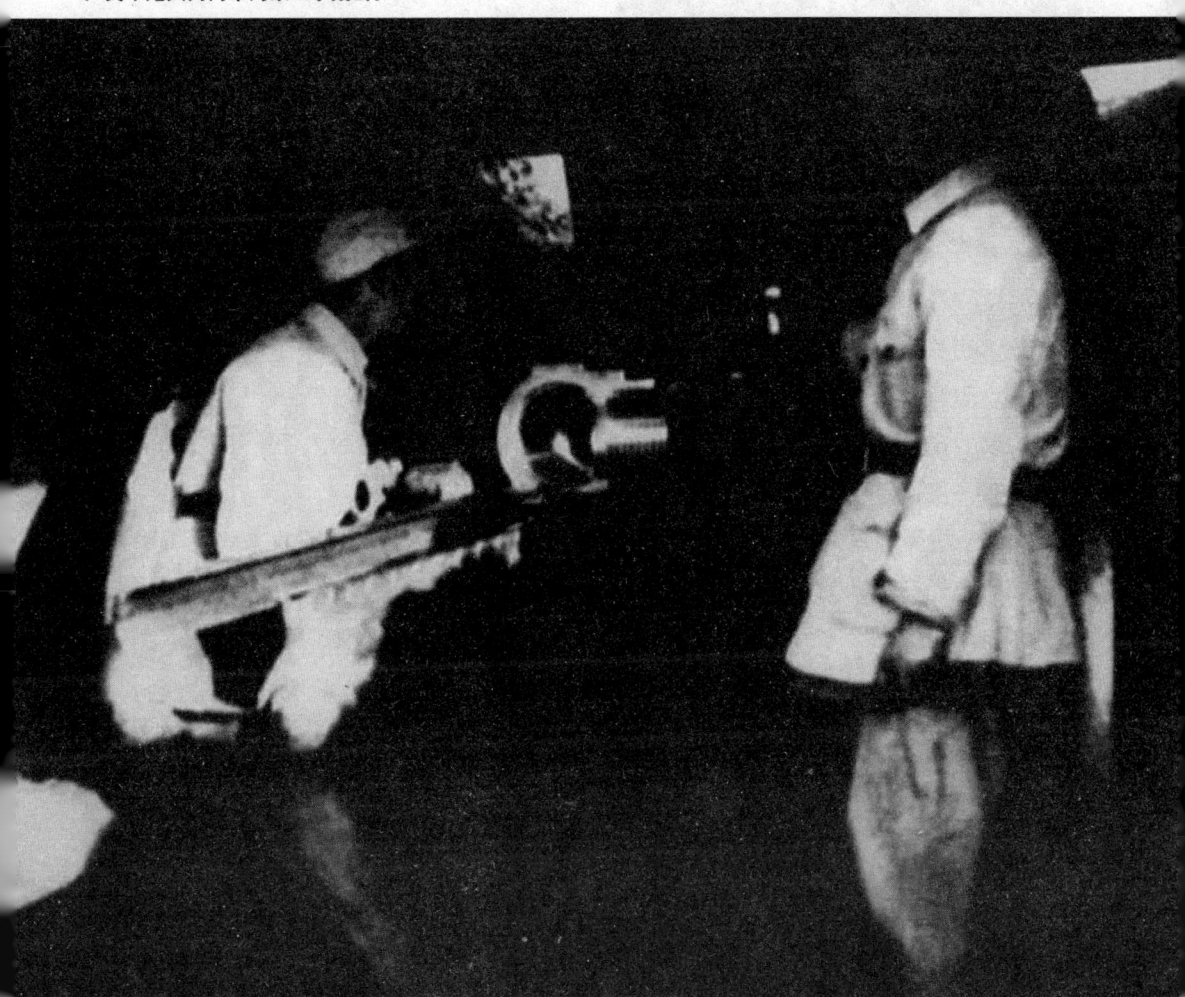

< 贺明，1964年晋升为少将军衔。

贺 明

陕西武功人。抗日战争时期，任冀中人民自卫军政治部民运干事，冀中军区第6团营政治教导员、团政治处主任，第32区队政治委员，冀中军区第7军分区33团政治委员。解放战争时期，任晋察冀军区第3纵队8旅23团政治委员，华北军区第8旅23团政治委员，第19兵团63军政治部组织部副部长。

西南方向，3纵以7旅主攻，8旅23团助攻，9旅作为第二梯队。

3纵7旅的战士们，潮水般地扑向敌人阵地，但还没把梯子靠到对面的壕壁上，就遭到敌人密集火力的疯狂扫射。呼啸的弹雨像刮起的血雨腥风，不少战士血染沟底。

主攻团意外受挫。

助攻的8旅23团在团长张英辉、政委贺明的指挥下，却从敌人"英"字23~24号碉堡间首先突破了。

原来，接受助攻任务后，23团团长张英辉并没有泄劲。他立即找来政委贺明和主要干部，贯彻在助攻方向创造战机和扩大战果的思路。

"同志们，3纵首长下命令了，突破内市沟时，7旅主攻，咱们团助攻。"

下面有人小声议论起来："肥肉又给别人了。"

"是啊！"

张英辉说：

"同志们，安静一下。看问题，只看表面，不看实质，是我们常犯的错误。虽然，咱们团这次接受的是助攻任务。可是，咱们23团历来是8旅的主力团，是3纵队的一把钢刀。即使是助攻，我们也要当成主攻任务来执行。主动创造战机，争取在助攻方向有所作为。"

> 张英辉，1955年被授予少将军衔。

张英辉 ——————————▼

江西兴国人。土地革命战争时期，任南路军独立团班长，红7军军部班长、排长。抗日战争时期，任八路军115师独立团排长、连政治指导员，晋察冀军区第1军分区1团副营长，警卫营营长，易县支队支队长，冀中军区第9军分区24团团长。解放战争时期，任晋察冀军区第3纵队8旅37团、23团团长、副旅长，第7旅旅长。

"是啊！"政委贺明接着说道："咱们的前身可是河北游击军，想当初，白洋淀的'水上雁翎队'令敌人闻风丧胆；抗日战争中，咱们歼灭了被称为'不可匹敌'的日军日秀雄小队；解放战争以来，在刘家沟同样立了战功。这次，攻打石家庄，咱们团决不能落后。"

听完团长张英辉和政委贺明的一席话，大家脸上顿时有了笑容，马上来了精神。

"现在，请大家讨论一下突击队的任务由哪个营来完成。"

话音刚落，大家纷纷发言：

"给第1营吧。1营可是刘家沟防御战中创出来的'钢铁第一营'啊！他们营与十几倍的敌军血战十几个小时，打退了敌人数十次的进攻，歼灭了敌人700多人。战士们的那股劲头，可不是一般的营能比的。"

"我看，3营也不差。3营3次攻打故城，歼灭了敌人的整个362团呢，士气也正旺呢。"

"是啊，这两个营都有实力。"

大家讨论得非常激烈，惟独没有人提到2营。因为到目前为止，2营在战功方面还是空白的，从来没有立过什么大功。

此时，团长张英辉和政委贺明的目光碰在了一起，两个人都若有所思，继而默契地点了点头。

张英辉拿出一封信，说道：

"大家讨论得很有道理，但是，我这里有一封信，给大家念一下，大家先来听听。"

原来，战士们得到要担任突破内市沟任务的信息后，各营、各连纷纷写了求战信。现在团长张英辉手中拿的正是2营的求战信。

念完2营的求战信后，张英辉问道："大家有什么意见？"

下面一阵沉默，大家都被2营的决心震撼了。

最后，大家一致同意，将突击队的主攻任务交给2营来完成，给2营一个立功的机会。

2营接受任务后，战士们都非常兴奋，马上召开"诸葛亮会议"，决定首先要下功夫改造地形，以便接近敌人工事。

4连为第一梯队，趁黑夜秘密接近敌阵前沿，迫近作业，前边战士的脚衔接后边战士的头，一个挨一个向下挖土，很快便挖成了一个蛇行交通壕。第二梯队、第三梯队也不落后，接着第一梯队继续作业。

战士们提出的口号是：

"挖沟多流汗，突击少流血。"

"部队进攻到哪里，交通壕就挖到哪里。"

第一梯队土工作业完成后，当务之急便是选择爆破点。点选好了，既能节省突破时间，又能减少战士们的伤亡。

营长詹海兰带着几个战士趁夜色爬到敌人工事前沿，仔细察看地形。石家庄的敌人是以刘英的"英"字来给碉堡编号的，经过仔细观察、认真研究后，选中了"英"字23~24号高碉之间，距离内市沟外壁约20米的地段作为爆破点。

命令传下来，2营副营长吕顺负责挖能盛2,000余公斤炸药的火药室，6连长祁世军和团工兵连3连长苑贵礼具体组织实施。

此时，守在内市沟的敌军已经成了惊弓之鸟，尤其到了晚上，听到风吹草动，便大喊大叫，紧接着一排子弹就

▽ 我军某部利用交通壕向敌阵地运动。

扫射出去，他们也只能以此壮胆了。

三个战士悄悄地爬到了选定的爆破点，刚刚下去一铁锹，就听对面大喊一声："谁？什么人？不出来开枪啦！"

话音未落，一排子弹扫了过来。紧接着"轰"的一声巨响，一个手榴弹在三个战士不远处爆炸了。三个战士赶紧卧倒，只听"哎哟"一声，组长被手榴弹炸伤了。

6连长祁世军一声令下："第二组上！改变方法，每前进几米就挖一个掩体，注意掩护。用绳子绑个砖头，带着绳子扔到沟沿，拉回绳子再测算距离。"

"是！"第二组马上冲了上去。

按照连长的指示，他们每前进几米就挖一个掩体，利用掩体，把绑砖头的绳子扔到了沟沿，敌人的机枪在前方扫射，却也无可奈何。前进几米，就把绳子拉回来，计算距离，边测边挖。

"沙沙沙"的掘土声伴随着敌人的枪炮声，组成了一支特殊的交响乐曲。

一会儿的工夫，就到了挖炸药室的位置，工兵排长贺静家、1班长陈学明带着一个班开始挖炸药室，任务马上就要完成了，战士们不由自主地加快了动作。

突然，"轰"的一声，一个大手榴弹飞了过来，正好落在坑道的顶部。

"有没有人受伤？情况怎么样？"工兵排长压低声音问道。

"没事。"战士们纷纷回答道。

"快，拉我一把。"旁边有人说话。原来，三个战士被坍塌的土埋住了半截身子。

"马上清理塌进来的土，快！"工兵排长小声命令道。

战士们从土里钻出来，把坍塌的土清理出来，继续挖。

炸药放好了，天也亮了。

内市沟的守敌一觉醒来，探头一看，大惊失色。

"快看，那是什么？"

"我的妈呀！一晚上哪儿来这么多壕沟啊？"

"快！向那些土地堡扔手榴弹，快！"一个长官模样的人气急败坏地下令。

"轰轰轰……"

一枚枚手榴弹天女散花一般扔向了我军连夜挖的交通壕和土地堡。

炸药室出土口内，1班长陈学明正在作业。

突然，一个冒着黄烟的手榴弹滚进了洞口。

千钧一发之际，陈学明一把捞起手榴弹扔出洞外。手榴弹爆炸了，炸药室安然无恙。

"好险！"战士们都心有余悸。

10日中午，炸药室准备就绪，就等进攻的命令了。

敌人的飞机轮番轰炸，迫击炮、六〇炮也用密集炮火猛烈地朝炸药室轰炸。只听

"轰"地一声巨响,炸药室的顶被炸塌了。

贺排长见状,反而大喊一声:

"太好了,这下子空隙被挤掉了,炸药的威力将更大!"

原来,此时的导火索早已经拉到20米以外的防弹洞里了。

总攻的炮声打响了。

3纵23团的阵地上,密集的炮弹猛烈轰击敌"英"字23～24号碉堡地段;同时,100多挺机枪,封锁了敌人碉堡和掩体的每一个火力点。

工兵瞅准时机点燃了导火索。

导火索"哧哧"地冒着火花,5秒,10秒……

只听"轰隆"一声巨响,顿时,黄烟滚滚,沟壁被摧倒了,几丈深的大沟立即被飞落下来的黄土填成了45度的斜坡。

> **助 攻**
>
> 亦称"辅助突击",是协助主攻的进攻方式。进攻的军队以部分兵力在助攻方向上对敌实施的攻击,以牵制敌方兵力,迫敌多方面作战,使其无法将预备队调往对方进攻的主要突击方向而实施抗击,配合主攻部队突破和歼灭敌人为目的。为了吸引敌人的注意力,使主攻方向的行动容易成功,通常先在助攻方向上发起攻击。当助攻方向上攻击顺利、情况有利时,也可变助攻为主攻,以便不失时机地发展胜利。

碉堡里的敌人都被震惊了,巨响过后,忘了开枪,阵地上一片寂静。

趁此时机,第一爆破组的战士们,一头钻进了尘烟里,转眼就冲到了沟壁边上。紧跟着,又是三声巨响,沟壁彻底坍下去了,敌人引以为傲的"现代化要塞"被炸得千疮百孔,"英"字23～24号地段,出现了一个大豁口。

前进的冲锋号吹响了,23团2营4连的战士们如决堤的江水般涌向了内市沟。但由于土质过于松散,前面的战士刚踏上去便陷了进去。冲锋时刻,时间就是胜利,就是生命!一个又一个战士奋不顾身地跳了进去,先头冲锋的战士用自己的血肉之躯铺平了前进的道路。

助攻的23团在西南方向首先打开了突破口。

惊醒过来的敌人,开始发疯般地反击,妄图趁我军战士未站稳脚跟之际,把突破口夺回去。

一场鏖战展开了。

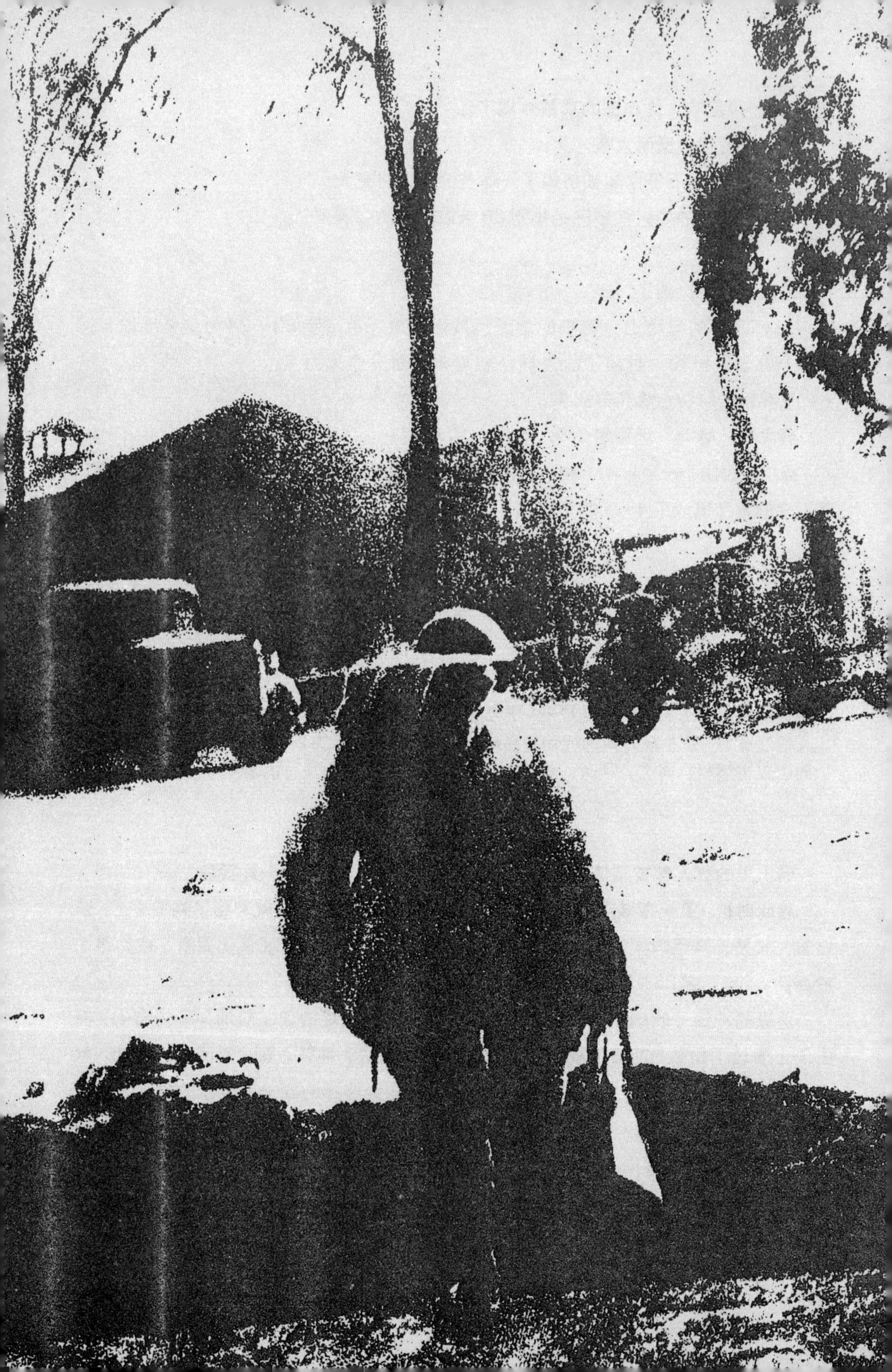

∧ 1947年11月10日，我军突破敌内外两道防线后，向市区进攻。

3班长王福魁带领五六名战士迅速占领了突破口。他们在此据守。敌人的火力从三面夹击过来，南北两侧敌人的机枪组成了交叉火力网，正面十几米处围墙的枪眼里也吐出了火舌。

五六名勇士处于孤立的境地，后续部队暂时被敌人火力压制。

敌人顿时得意忘形，从碉堡里"呼啦"一下冲出来二三十个，一边冲一边喊："看你们往哪儿躲，抓活的，抓活的。"

说话间，打头的敌人已经扑到了3班长王福魁面前，端起刺刀就刺，后面五六个敌人眼看也要扑过来了。王福魁猛地一闪身，端起冲锋枪，对准冲上来的敌人，左右一阵扫射，伴随着惨叫声，扑过来的敌人都被子弹打成了筛子。

此时，后续的部队已经又冲上来一部分，冲上来的战士拼命稳固突破口，阻止住了敌人的反扑。

战士们还没来得及喘口气，敌人的火力又稠密起来。从西南兵营左前方一排房子里，钻出100多个敌人，疯狂地反扑过来，突破口又陷入危机之中。

在这危急时刻，2排长王小二大吼一声，纵身跳上沟墙，端起机枪，一阵猛烈的扫射。敌人倒下了一片，王小二也从墙上摔下来，牺牲了。

∨ 我军某部穿过敌人密集火网,迂回穿插追歼敌人。

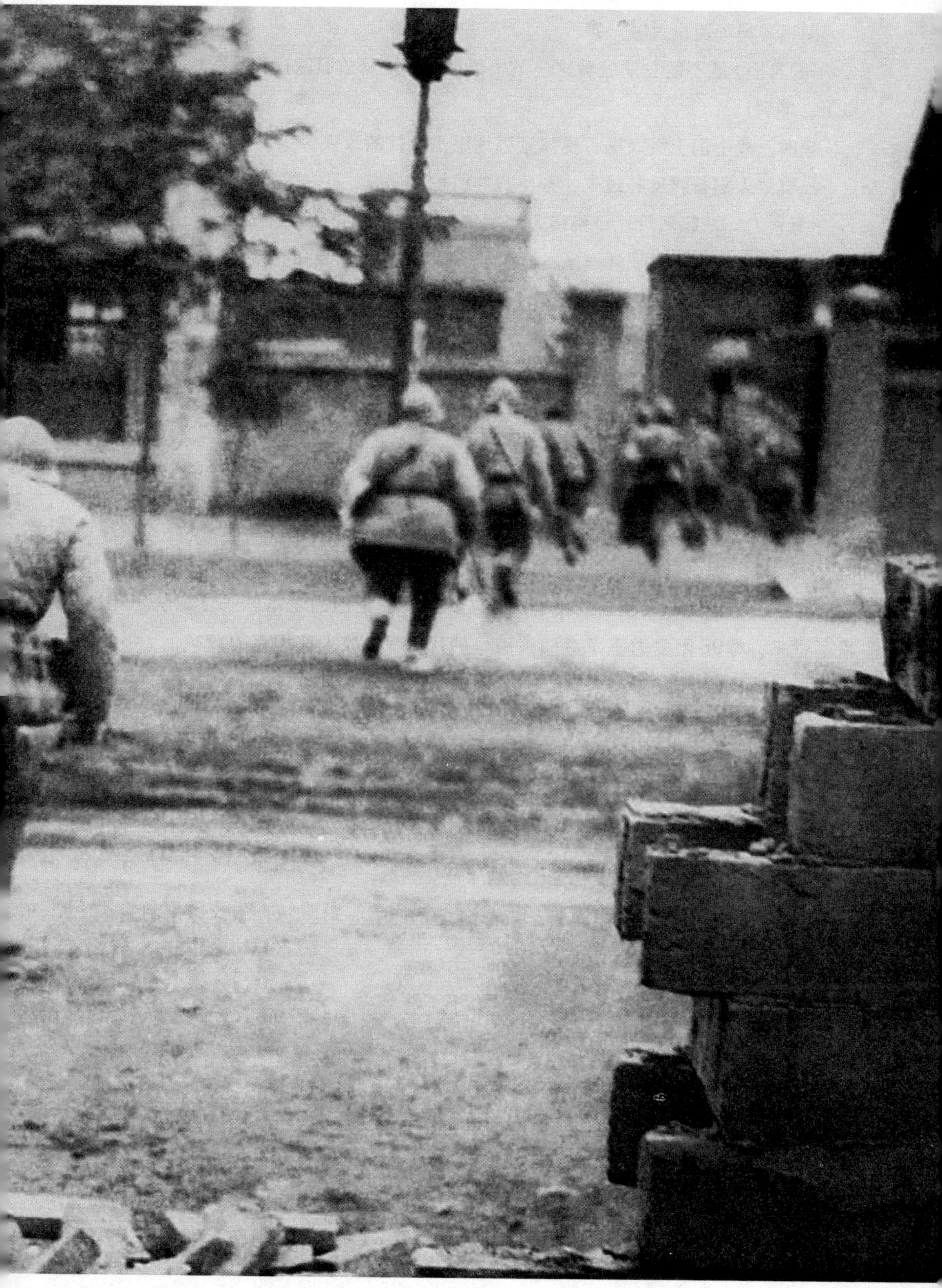

副指导员孙臣良大喊一声：

"同志们，能不能立功就看这一下子了！能不能解放石家庄，就看能不能守住突破口了。冲啊！"

顿时，战士们士气大振，更加顽强地阻击反扑的敌人。

一群敌人猫着腰反扑过来，孙臣良冲机枪手高喊：

"秦得力，站起来打！"秦得力站起来，端着机枪向反扑的敌人猛扫射过去。

忽然，敌人的一发子弹飞来，打在了秦得力的腿上。他的身子往前一倾，摔倒了。

机枪声停了，连长张洪急了，也高喊：

"秦得力，你怎么不站起来打啊，敌人要上来了。"

秦得力一咬牙，硬撑着站起了身子，继续端着机枪扫射。

只听"嗒嗒嗒"的声音响过，敌人又倒下了一片。

一会儿，机枪声又停了，原来，秦得力又被敌人打中了。

战士们都急了，拼命反击扑过来的敌人。

战斗的惨烈程度，早已经突破了人的体能和心理承受极限。但敌方、我方都杀红了眼，因为双方都明白：只有战胜对手，才能夺取胜利。

刘英眼看他的"天堑"被我军撕开了口子，便把他的老本——二梯队96团全部投了进来，对96团主力下了夺回突破口的死命令。敌人在坦克的掩护下，不计一切代价地发起反扑。

战斗最紧张、最激烈的时刻，也是整个战役至关重要的时刻。打不退敌人，就意味着前功尽弃。

4连连长张洪指挥3排巩固突破口；副指导员孙臣良指挥1、2排向两翼扩展。

向右翼扩展的2排6班班长张长科，率领全班冲在了队伍的最前面，一边冲击，一边扔手榴弹，一直打到了敌人的一个地堡前。

突然，枪眼里露出一个冒烟的手榴弹。说时迟，那时快，张长科用刺刀猛地往里一捅，手榴弹被捅了回去。只听"娘呀"一声，紧跟着"轰"一声巨响，手榴弹在地堡里爆炸了。

1、2排也在两翼扩展中，连续炸毁了敌人的多个地堡，并且越过土墙，占领了散兵坑。

就这样，4连在5连、6连的协同下，连续三次将敌人的反扑击退，敌人妄图夺回突破口的希望破灭了。

此时，副指导员孙臣良头上缠着绷带，急匆匆地跑回来说：

"连长，要彻底巩固突破口，必须炸毁正面敌人的围墙！"

旁边，8班长刘英福，坚定地说道：

"连长，这个任务就交给我吧！"

连长看了刘英福一眼，他的胸前挂着"人民功臣"的奖章。这个胆大心细、沉着冷静的班长，曾经出色地完成过多次艰巨的爆破任务，是有名的"爆破能手"。于是当即点头答应：

"好吧！"

刘英福抱起炸药箱，转身就走。

连长冲他的背影说道：

"刘英福，你可得抓紧时间，快点啊！"

刘英福扭过头，说：

"连长，你就瞧好吧！"

说着，他抱着炸药箱，选好地形，一头冲进了火网里。

只见刘英福敏捷地滚、爬、跃、跑，一连串战术动作之后，很快接近了敌人的围墙。

一会儿，耳边便传来了爆炸声，刘英福连续爆破了两次，围墙被炸开了一个4米多宽的大口子。此时，二梯队3营的战士也冲了过来，突破口巩固了。

英雄的4连以伤亡54名战士的代价，为整个纵队打开了一条通路。

2营从这里通过了；

23团从这里通过了；

8旅从这里通过了；

3纵从这里通过了；

解放石家庄的号角和旗帜也从这里通过了。

3.4纵在东北方向突破

4纵的突破口在石家庄东北方向。

4纵以10旅、12旅为第一梯队，以11旅为第二梯队，以范谈村、八家庄、范村、义堂、槐底为依托，作为出发阵地，主要突击方向选在范谈村以西。4纵在宽约600米的内市沟地段上投入了6个突击连，即：10旅29团1、6连，30团4、6连，12旅35团两个连，全纵队80余门大炮全部用于支援突击。

9日凌晨，天还没亮，6连班以上的干部到前沿观看地形。晨雾弥漫，能见度很低。他们顺着曲曲折折的交通沟，来到离内市沟200米远的地方荫蔽下来。

刚投诚不久的8班班长张喜顺指着前面的内市沟墙，说道：

"看到了吧，沟墙上有三道枪眼，墙上筑有交通沟和散兵坑，中间和底层都是暗堡。说来不怕你们笑话，这里面还有我垒的砖头呢。别看这墙高，沟深，碉堡又多，其实并不可怕。别说挡不住咱们，就连他们自己的人都挡不住。两年前就跑掉3个勤务兵，就是从这儿跑的。"

他又指着右前方一个大碉堡，说：

"看，那个就是我当年当兵时的连部。"

趴在他旁边的3排长阎连喜突然问道：

"你知道跑的那三个人都怎么样了吗？"

"不太清楚，听说当时打死一个；捉回来了一个，第二天就给毙了；另外一个，就不知道。"

阎连喜笑了，指了指自己说：

"喏，另外一个在这儿呢。"

张喜顺一愣。他扑上前，抓住了排长，仔细辨认，然后两个人紧紧地搂在了一起，似乎已经忘了这是在敌人的阵地前沿。

晨雾渐渐消退，内市沟敌人的防御工事已经历历在目。张喜顺一边指点哪里有碉堡，哪里有地雷，一边在地图上作记录。

回到连队，指导员集合全连战士进行战前动员。大家都纷纷要求参加突击队。指导员说：

"同志们都很积极，我看这样吧，大家都仔细动脑筋想想，看看哪个排想得办法最好，攻击成功的机率最大，战士的伤亡最少，咱们就把突击任务交给谁，大家说怎么样？"

"同意！"

第二天，各班阵地上都开起了"诸葛亮会"。7班发明了过沟、攻碉堡的折叠式"合叶梯"，8班研究出了炸铁丝网、攻碉堡的"连环雷"加"米袋炸药"，3排把两者结合起来进行突击演习，受到了战士们的一致认可。最后，6连把突击的任务交给了3排。

10日16时，三颗红色信号弹腾空而起，总攻内市沟的战斗打响了。

3排战士个个像离弦之箭，飞一般冲向敌人。

8班长张喜顺冲在前面，大喊：

"靠梯子的时候到了，同志们，谁要立功就在这时候，冲呀！"

说话间，他已经冲到了内市沟的沟边，双手左右开弓，往敌人的前沿工事里投炸弹。突击队的战士们也都紧随其后。

梯子组的战士抬着梯子也冲上来了。

第一个梯子因为太短，伸不到对面沟岸上去，张喜顺马上告诉指导员：

"不行，梯子太短，再给我一两个人，抬个长梯子过去。"

长梯子眨眼便送到了，刚刚放到沟里，张喜顺就跳了下去，接着副班长也跳了下去。沟里只有他们两个人，敌人的手榴弹铺天盖地扔进沟里，子弹也在沟里乱飞。副班长被子弹打中，挂了彩。张喜顺的膝盖处也中了枪，身子刚一歪。他猛地又挺了起来，靠在里沟边上，用牙咬开手榴弹盖，一个个往敌人阵地上扔过去，一边扔一边大喊：

"同志们，冲啊，我掩护你们！"

趁敌人混乱时，他把梯子从外沟边靠到了里沟边。

因为腿受了伤，他只好用手攀着梯子往上爬，可是刚爬到梯子上，就发现右脚已经失去了知觉。他就用膝盖跪着往上爬。

此时，3排战士冲上了沟墙，内市沟被突破了。

趁我军未稳之际，敌人发起了反冲锋。黑压压一片人影，向突破口猛冲过来。

千钧一发之际，指导员王鸿禧大喊一声：

"打！"

只听"轰轰轰"，手榴弹在敌人头上开了花；机枪"嗒嗒嗒"不停地冲着敌人扫射。敌人的首次反扑被打了下去。

敌人的第二次反扑又被打退了。

突破口左翼暂时稳住了，可是右翼大碉堡的机枪却疯狂地扫射过来。不仅阻止了突破口的扩大，而且严重威胁着6连战士的生命。

这个大碉堡正是张喜顺之前所说的敌人的连部，那个姓芦的连长就在这里面。张喜顺急了，大喊一声：

"我去干掉它！"

指导员在一边命令道：

"你站都站不起来了，卫生员，赶紧抬下去！"

"不！我非干掉那个姓芦的不可！"张喜顺还在坚持。

正在相持不下的时候，1排长抓来一个俘虏，是敌人营部的传令兵。指导员对他进行了紧急审问：

∧ 我军某部梯子组向攻坚目标运动。

"说,你们是怎么部署的?"
那个俘虏赶紧回答道:
"上头命令,依托两翼的地堡,从两侧向你们穿插。"
"一共多少人?"
"两个连!"
问明情况,指导员马上下令:
"2班长张纪生!马上换上传令兵的衣服,领一个排,偷袭敌人碉堡!"
"是!坚决完成任务!"

不一会儿，敌人碉堡里的声音就消失了。

烟雾中，张纪生冲了出来，手里攥着一把手枪，冲张喜顺喊道：

"8班长，姓芦的给干掉了！瞧！这是他的手枪！"

张喜顺接过来一看，笑了，连声说道：

"对！没错！这是他的手枪！"

因为失血过多，也因为过于兴奋了。刚说完，张喜顺就昏了过去。

经过9个小时的激战，我军共打退了敌人的7次反扑，歼灭敌人350余人，巩固了突破口，打开了后续部队进入市区的通道。

与此同时，在29团的右翼，30团以2营、3营为第一梯队，以1营为预备队，在范谈村、八家庄之间向内市沟发起进攻。

进攻前，团里将清风店战役中缴获的火箭筒配属给了2营。各营趁着夜色将攻击出发阵地前移，团指挥所移到了2营阵地。

总攻开始了，在猛烈炮火的掩护下，30团2营4连、6连的战士们分两路进行突击。爆破手们用几十根60米长的粗麻绳系住数十个炸药包，送到沟沿点火放下去，吊在沟壁上半部二三米处起爆。

4连刚刚炸开沟外沿，敌机就来疯狂扫射，一颗颗炸弹从空中抛下来，我军阵地尘烟四起。突然，一颗炸弹飞到了2营指挥所附近，只听"哎哟"一声，罗营长的大腿已经是一片血肉模糊。

不远处，副营长刘明君也被崩塌的壕壁土块埋住了大半个身子，飞机炸弹的气浪震得他七窍流血，教导员穆大法赶紧带了几个战士冲上去，把他从土里扒了出来。刚扒出来的时候，他的神志还很清楚，艰难地说道：

"我什么也看不见，什么也听不到了。"

可没等抬到包扎所，他就已经牺牲了。

营领导只剩下了教导员穆大法一个人，千斤重担都压在了他一个人身上。他坚定地给团指挥所打电话，说：

"请团长、政委放心，我们保证完成任务，突破内市沟，为死难烈士报仇！"

进攻一分一秒也不可延误。在机枪火力的掩护下，爆破手们跃出阵地，冲了上去，向沟内沿壁靠立炸药包。

可是敌人在沟内沿的暗堡组成交叉火力网，封锁住了突破口。4连的爆破手们还没来得及把炸药包靠上内壁，就被喷出的火舌吞噬了。

千钧一发之际，忽然传来"轰"的一声巨响，再一看，敌人的一个暗堡被炸掉了。一个战士从烟雾中钻了出来，大家定睛一看，原来是爆破组的副班长王老三。他冲进沟后，在沟内壁上朝暗堡方向挖了一道斜槽，既能躲过敌人火力侧射，又方便炸掉敌人的碉堡。

教导员穆大法激动得大声喊道：

"好样的，王老三！"

"传我命令，照着王老三的方法来。"

王老三的经验马上在4连进行了推广，指挥部又重新组织了爆破组。爆破组的战士们冲上去,很快,附近几个敌人的明碉暗堡都被炸成了哑巴。紧跟着,战士们把长柄炸药包靠在了沟壁上半部引爆。一排排炸药包同时起爆,发出惊天动地的响声,火光烟雾冲天而起,沟内沿终于被炸开了。

教导员穆大法跃进战壕,挥枪高喊:"冲啊!"

4连和重机枪连紧随其后,迅速冲入了内市沟,并在内市沟抢筑工事,防止敌人的反扑。

4连战士们还没来得急喘口气,敌人的反扑就开始了。

顿时,手榴弹满天乱飞,有我军战士扔的,也有反扑敌人扔的,炸得阵地前火光一片。

爆炸过后,穆大法上好刺刀,大喊一声:

"和他们拼了!冲啊!"

随即跃出战壕,战士们也紧跟上,和反扑的敌人展开了激烈的肉搏战。敌人被我军的士气所震慑,仓皇败退。

这股敌人刚退下去,来自任栗村的敌人援兵又到了。约有一个营的敌人,在炮火的

∨ 我军炮兵以猛烈炮火掩护步兵进攻。

> 石家庄战斗中，被俘的国民党军官兵。

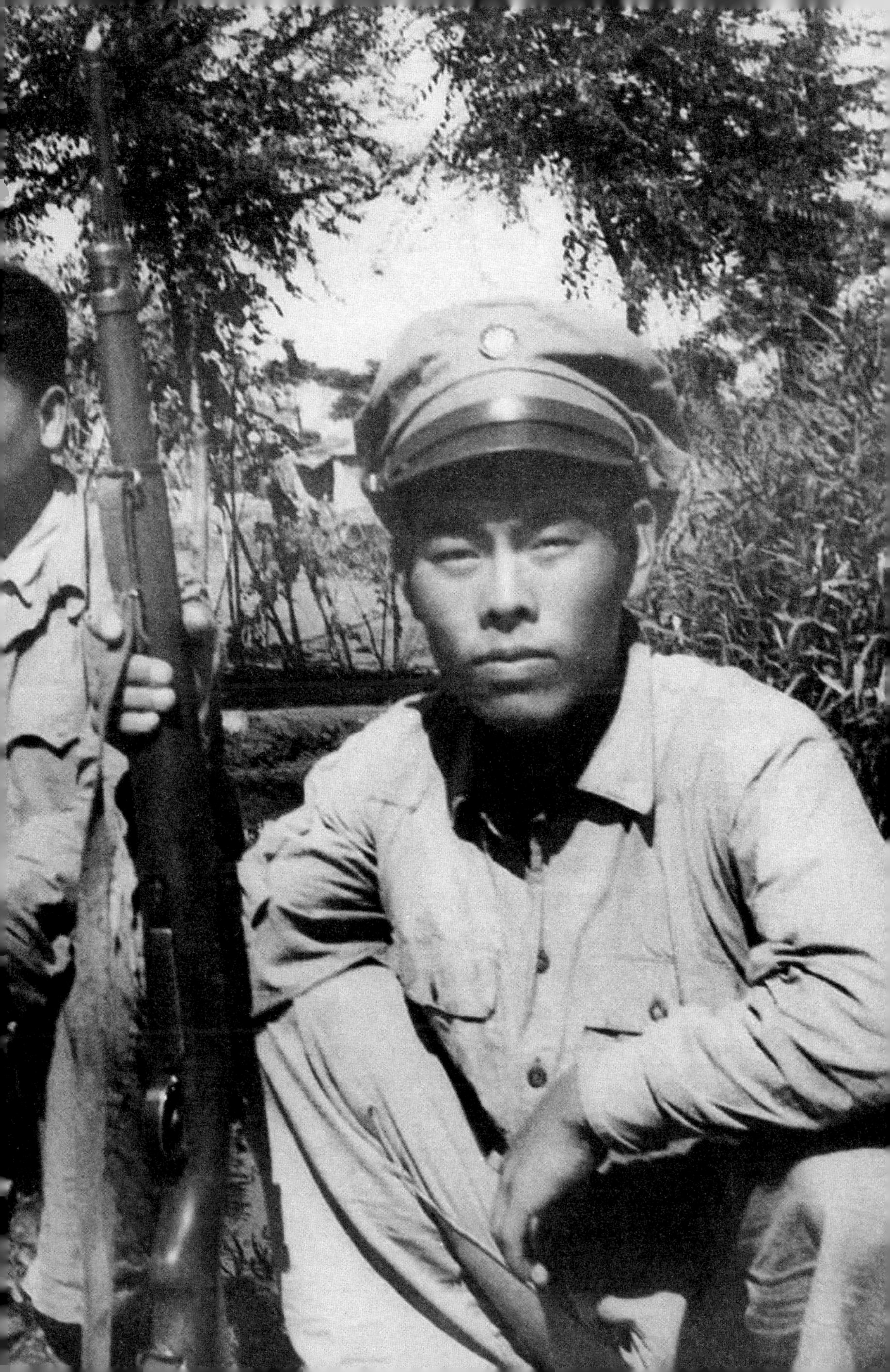

掩护下，端着枪猫腰冲了过来。

穆大法急了，嘶哑着嗓子向团指挥报告：

"政委，现在我们的子弹、手榴弹都打光了，只剩下刺刀了！4连已经伤亡过半，打得筋疲力尽了！5连、6连要很快赶到，不然就危险啦！"

那边传来了政委王海延的声音：

"杨参谋正催民兵运送弹药，5连、6连马上就到！"

此时，团长宋尚戟一把抢过话筒，对穆大法说道：

"我命令你，一定要守住突破口，就是拼刺刀拼到最后一个人，也绝不能放弃突破口！"

"是，人在阵地在，坚决守住突破口！"穆大法坚定地回答。

放下电话，宋团长和王政委当即率领5连、6连的战士朝突破口冲去。

此时，穆大法正在指挥火箭筒班对准敌群发射。三发燃烧弹拖着长长的尾巴，一颗接一颗地飞落到了敌群。顿时，敌群中传来一片哀嚎声，连滚带爬地往任栗村溃败。

弹药手报告说：

"燃烧弹没有了！"

杀红了眼的穆大法，大喊一声：

"燃烧弹没有了，再给他们来一发穿甲弹！"

"是！"火箭筒班刚要发射。

跟随5连冲上来的王政委一把拉住了穆大法，说道：

"小穆，留下这发穿甲弹打核心工事吧！"

穆大法扭头一看，王政委上来了，不好意思地用手挠着头皮，说道：

"王政委，我差点忘了，这是你让我留着打核心工事的。我差点一下子打光！"

王政委听了，哈哈大笑："小穆，你做得对，在紧急关头，你有这个机动处置权嘛。"

至此，敌人自吹为"固若金汤"的外市沟和内市沟两道"地下长城"，都被我军接连攻克。

战争宽银幕

① 我军机枪阵地。
② 我军某部正在森林草丛中追击逃敌。
③ 群众平毁敌人修筑的工事。
④ 我军某部战士们与群众一起联欢。

[亲历者的回忆]

耿 飚
（时任晋察冀野战军参谋长）

在石家庄战役的巷战中，指战员们又创造了新的战术。由于敌人在市区街巷筑有地堡等工事，给我军前进造成了障碍；为了减少伤亡，指战员们创造了在街道两旁的房屋中破开墙壁、逐屋逐院越墙前进的办法，来开辟进军的道路。

通过破墙连院的"道路"冲过街区后，留下一部分兵力消灭街巷中的守敌，主力部队则以班、排为战斗单位，继续向纵深发展，迅速朝市中心冲击，对核心工事守敌实施迂回包围。

在进攻中，我们有些部队利用俘虏开展对敌喊话，使得不少敌军放下了武器。4纵31团2营的一个排，由俘虏带路，化装成敌军后插到敌94团2营营部，当他们命令敌人缴枪时，敌营长还以为是自己人开玩笑，结果糊里糊涂当了俘虏。

——摘自：《耿飚回忆录》

聂荣臻

（时任晋察冀军区司令员兼政治委员）

石家庄的四外全是平原，很难接近。

但是，由于我军运用了土工作业改造地形，一夜之间就到了敌人的眼前。

土工作业的顺序是由前而后，由点到线，先前后再左右，先建立射击阵地，再构筑交通壕，并有重点地加以掩盖，使我军大批人马在接敌运动中，都在地面之下，避免了许多伤亡，敌人对此是非常惊恐的。

我们的许多地堡、交通壕一直修到敌人的眼前，他们还没有觉察，一旦发现，已经是短兵相接，无可奈何……

——摘自：《聂荣臻回忆录》

第十章

攻克石门

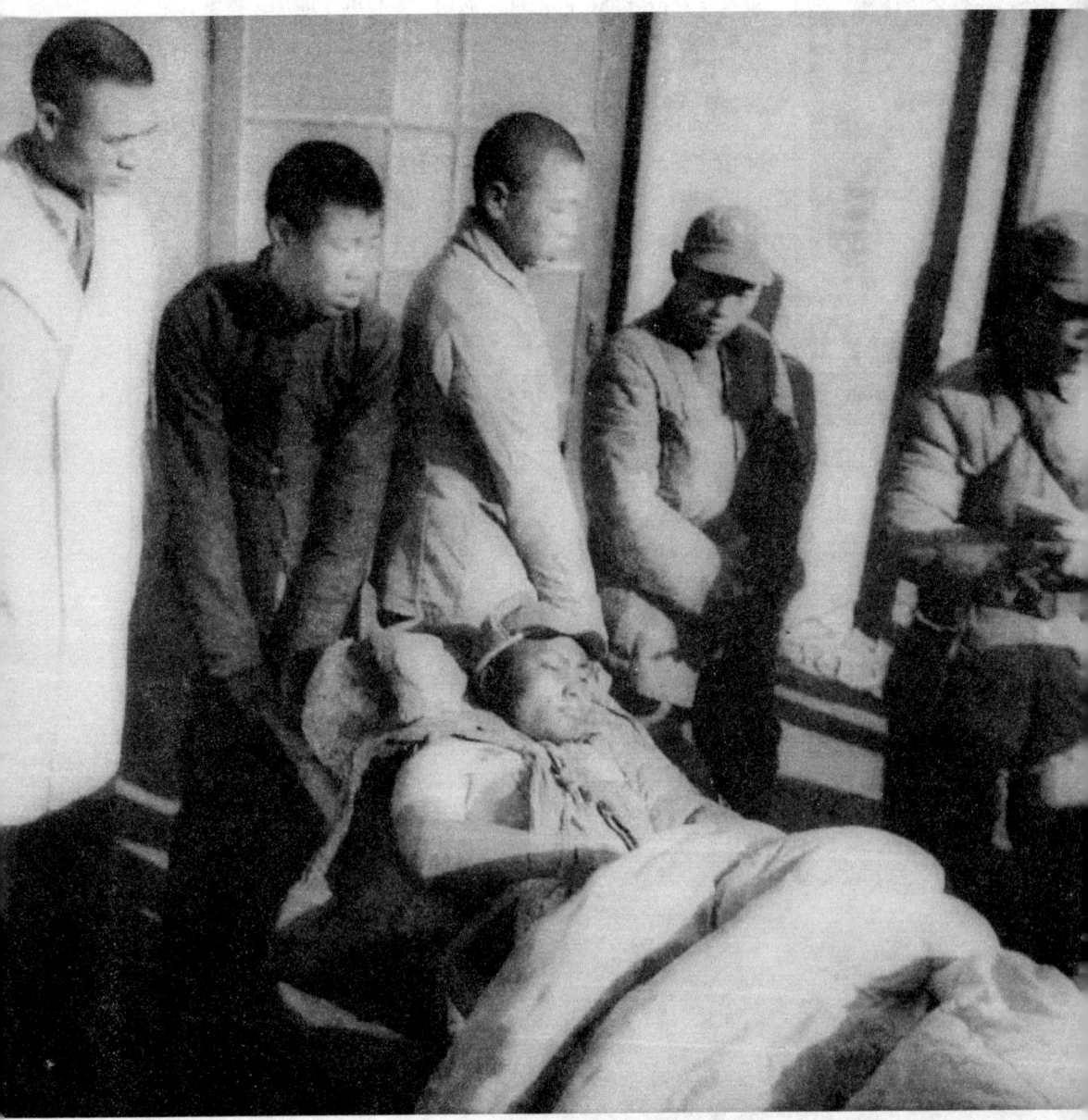

∧ 我军干部前往医院，看望石家庄战役中受伤的国民党军士兵。

当战争在真理与正义的天平上，孰是孰非，已经黑白分明的时候，胜负结局就没了悬念。

战争就像一个魔术师，它戏剧性的细节，往往出人意料，又在情理之中。

1. 瓦解核心工事

11日夜晚，各突击部队先后攻抵敌人核心工事。

所谓核心工事，就是以大石桥为中心的防御体系。

大石桥是一座铁路天桥，是由铁路工人捐款修筑的。京汉路和正太路相继通车后，两条铁路从石家庄中心穿过，把石家庄分成了东西两部分。铁路没有安全设施，经常发生火车轧撞人畜的事故。当时，铁路员工和各界代表上书法国铁路总办，要求拨款建桥，被置之不理。铁路工人气愤异常，决心自筹资金建桥。在一部分工人代表倡议下，2,500多名职工，每人捐献一天的工资，做建桥费用。石桥于1907年春季动工，秋季完工。桥身由青石砌成，桥长150米，宽10米，高7米，23孔，大桥两端各塑有两尊石狮，坚固美观，同时跨越正太、京汉两条铁路共七股线路。从此，火车从桥下畅通，行人从桥上跨越，方便了过往行人和车辆。当时，市民编了歌谣：大石桥，大石桥，工人血汗来建造，一块青石一份情，青石哪有情义高。大石桥是石家庄历史的见证，因以大块方石修筑而得名。

敌第3军进驻石家庄后，罗历戎把这座桥作为了指挥所，于是下令将桥孔全部堵死，四周立起围墙，大石桥成了一座能打能藏的巨大堡垒。

11日深夜，7旅20团1营2连2班长梁振江率领全班与敌进行巷战时，俘虏了敌人的一个参谋。在说明我军优待俘虏的政策后，敌参谋愿意戴罪立功，为我军战士带路。于是，2班在敌参谋的带领下，作为先行班向敌人心脏插去，全连战士紧随其后。

敌参谋在前引路，2班班长梁振江带领3个组，秘密地插到大石桥北侧。原来敌军部军工营、炮兵营、通信营、32师炮兵、坦克阵地就在这堵墙的后面。

率全班突入后，梁振江的眼睛一亮。他发现阵地上停放着4辆坦克车、24辆汽车，土坑里还隐蔽着3门野炮。

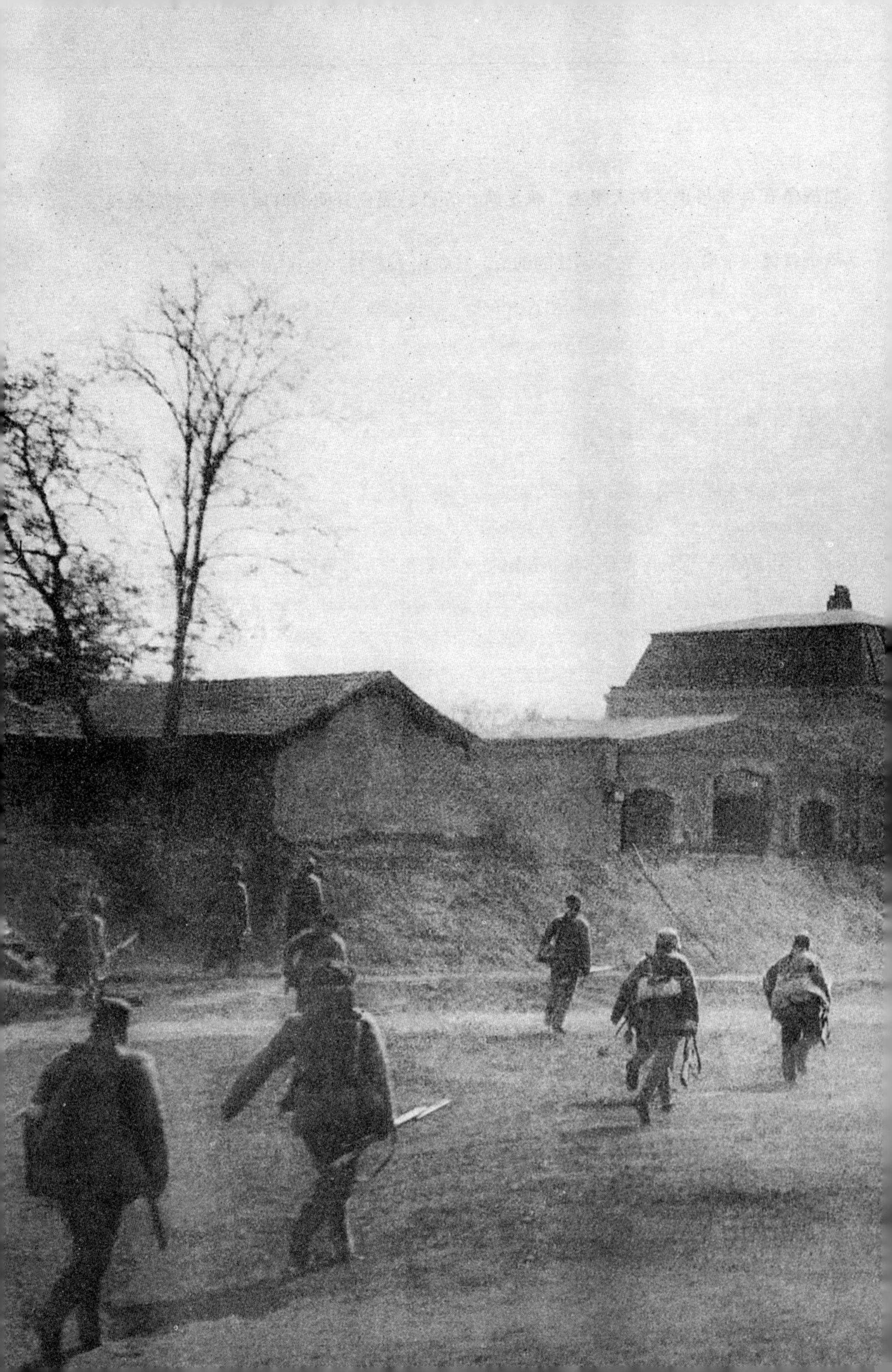

▽ 我军在炮火掩护下向敌核心工事前进。

"好家伙，这下子可发了！"梁振江嘴里小声嘟囔着，赶紧派两个战斗小组由后边掏墙迂回，自己带两个人为一组，呈三角形从正面接近敌人。

敌人的野炮刚调转炮口，坦克正准备开动，梁振江和两名战士已经端着刺刀冲了上来。

敌人见后面有人，赶紧喊道：

"你们是哪一部分的？"

梁振江机警地回答：

"别问啦，敌人都上来了！"

炮兵一听说敌人上来了，都围住了梁振江，七嘴八舌地问道：

"在哪里，哪里有敌人？"

梁振江一个箭步窜到重型坦克上，端着枪、举着手榴弹，大喊道：

正太战役

1947年4月9日至5月4日，晋察冀军区第2、第3、第4纵队及地方武装一部，向河北省石家庄周围地区和正太路沿线守备薄弱的国民党军队发起进攻。战役第一阶段夺取石家庄周围据点，攻歼栾城、正定等地之敌；第二阶段转兵西进，沿正太路攻歼获鹿、井陉、娘子关、平定、测石驿等地之敌。此役共歼敌3.5万余人，解放县城7座，切断了太原和石家庄的联系，孤立了石家庄的国民党守军。

"我们就是'敌人'！"

"缴枪不杀！"

另外两组也跟进上来喊道：

"缴枪不杀！"

一个战士用手榴弹一边捶着敌人坦克的车盖，一边冲里面喊：

"我说，出来吧！开不动啦，出来缴枪不杀！"

梁振江带着三个小组一下子俘虏了80多名坦克手和炮手，阵地上的野炮、坦克、汽车等也一起当了俘虏。

接着，他们又用同样的办法，俘虏了隔壁正准备射击的重机枪手，缴获了3挺重机枪。

梁振江留下两个组看守武器和俘虏，自己带着新战士祝胖悄悄地向左翼搜索。没走多远，发现前面一个黑影正在东张西望。梁振江一拉祝胖，两个人迅速地伏在路边。

黑影走近了，两人一跃而起，一人抱腰，一人掳胳膊，把他擒住了。一询问，原来是敌人的勤务兵。

梁振江耐心地对俘虏作了思想工作，还说：

"我就是正太战役时解放过来的，解放军优待俘虏。"

一边说着话，一边递给那个俘虏一包烟，说：

"抽吧，别客气！"

那个勤务兵听完梁振江的话，慢慢地不再像以前那么紧张了。他告诉梁振江：

"后边院子里还有一个营的人，是准备反突击的，营长去团里开会了。洞外还有一个警卫排，我就是这个排里的。"

梁振江想了一会儿说：

"我看这样吧，你去叫警卫排排长，我们跟在你的后面，保证你的安全！"

这个勤务兵没吭声，梁振江看出来他有些犹豫，接着说：

"你可想好了，这可是你将功赎罪的一个机会。石家庄早一天解放，老百姓就少受一天苦……。"

最后，这个勤务兵点了点头，同意了。

来到敌警卫排的住处，这个勤务兵大喊：

"排长，参谋长请你！"

敌警卫排的排长三步并作两步，跑了出来。他真的以为参谋长开会回来了，要布置新的任务。

他刚跑出门口，梁振江一把抓住了他，说道：

"别动，把枪交出来。快把你们一排人叫来交枪，我们几万人都打过来了，你们不想活啦？"

敌排长有些犹豫，梁振江马上说道：

"你不用担心，解放军优待俘虏：不杀、不辱、不搜身、不让饿肚子。"

敌排长又想了一会儿，像是下定了决心，猛地一点头，说道：

"好！老子也受够了！"

马上向门里喊道：

"弟兄们，出来交枪吧，解放军全上来了，我保证没事！"

当兵的一听，排长都说话了，还犹豫什么呢，于是都放下了武器。

紧接着，梁振江在敌排长的带领下，又去向后院那个营的敌人喊话。

走进后院，梁振江冲敌排长一点头，敌排长马上大声喊道：

"弟兄们，我是警卫排的排长。交枪吧！我们已经全交了。解放军都打上来了。"

喊完，四周围静悄悄的，一点儿回音也没有。

∨ 正太战役中，我军某部进占阳泉炼铁厂。

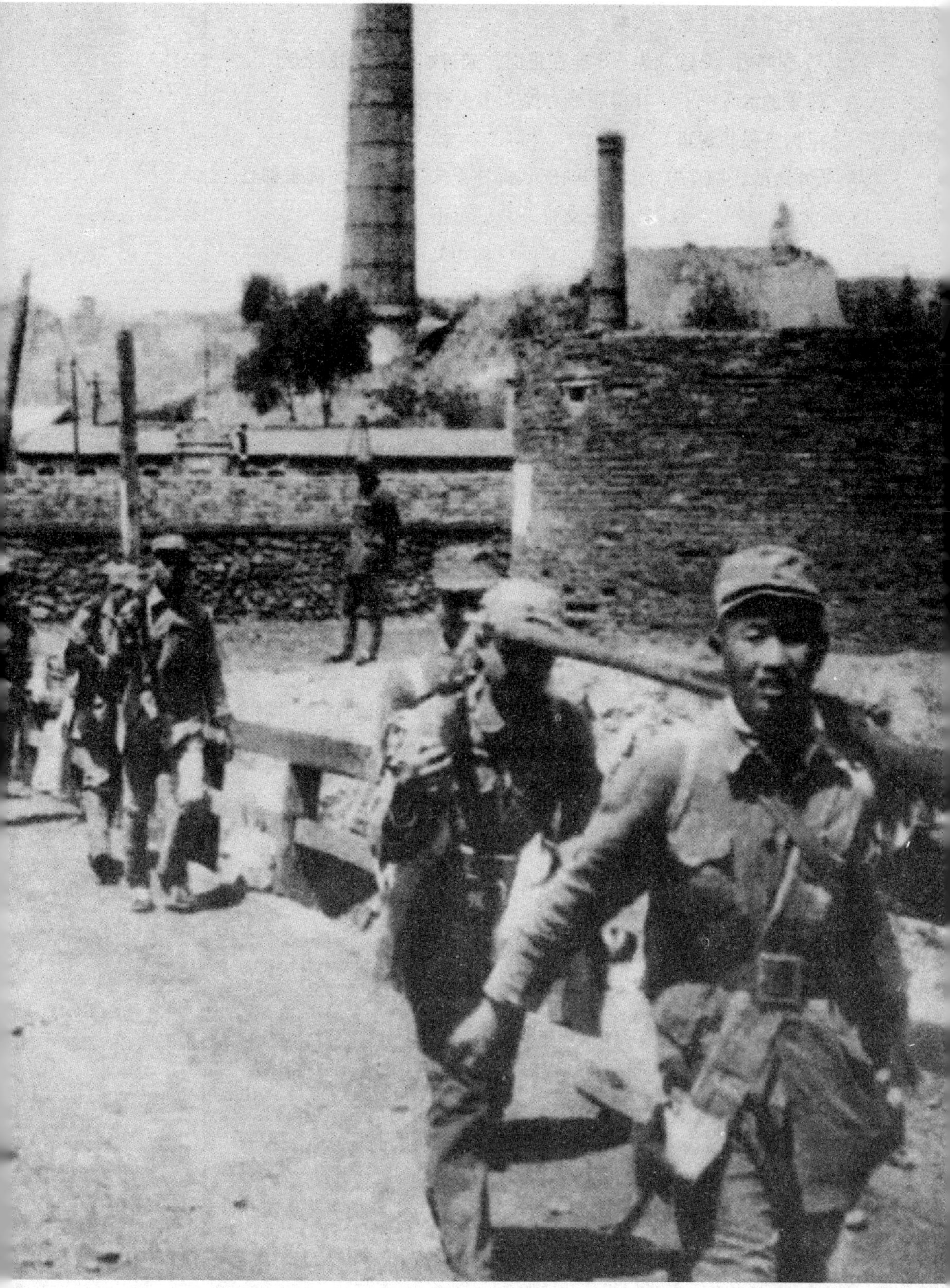

梁振江急中生智，大喊一声：

"1连向右，2连向左，3连在正面，架好机枪，等我命令！"

屋里的敌人一听，吓得胆战心惊，多少有些犹豫。

梁振江趁机说道：

"外边的人都交枪了，我们的部队都冲上来了，你们的师长都当了俘虏了。就剩你们了，再不交枪，我们可不客气了！"

敌排长也在旁边劝道："快出来吧！别为刘英卖命了，他都被抓了。解放军优待俘虏，不杀、不辱、不搜身。"

∧ 被我军解放的国民党军军官返乡与其家属团聚。

两个人你一言我一语，对敌人展开了强大的政治攻势。

于是，一个营的兵，一枪未发就被解决了，全当了俘虏。

深入虎穴的梁振江屡创奇迹，但正面战场上的战斗却很激烈，敌我双方都有伤亡。

11旅31团奉命在核心工事东南方，猛攻敌人的车站。我军一突进火车站，敌人即刻向西溃败。战士们趁机追过了铁路，留下7连和两个机枪班在东北角，巩固阵地，钳制敌人。

7连正在紧张戒备，突然听见车头汽笛的吼叫声。7连连长侧耳

∧ 北伐军的"中山号"铁甲车。

铁甲车

　　有装甲保护且装有武器的一种铁路车辆,又称"铁甲列车",通常由装甲机车、装甲炮车和检修车等组成。主要用于在铁路沿线对部队进行火力支援和实施独立作战,也可用于输送人员和物质。装甲列车最早出现于19世纪末,在第一次和第二次世界大战期间,一些国家曾使用过装甲列车,现已不再使用。

细听,凭经验判断是敌人铁甲车的声音,便马上攀上车站货架梯子,爬到8米多高的房顶,定睛观看。

　　果然,一列铁甲车风驰电掣,像一条巨蟒一般,从北面向我军阵地急驰而来,阵地上顿时紧张起来。

　　7连长已经没有时间从梯子上下来了。他用手一撑,纵身从房顶跳下,急忙命令通讯员:

　　"马上调3排阻击敌人铁甲车。"

　　说完,他一转身,抓起一挺机枪,又翻身上了房顶,站在房顶上向冲过来的车头猛烈扫射。

　　与此同时,机枪班的白风喜也架起机枪卧在铁轨上,迎头向敌人铁甲车猛烈射击。

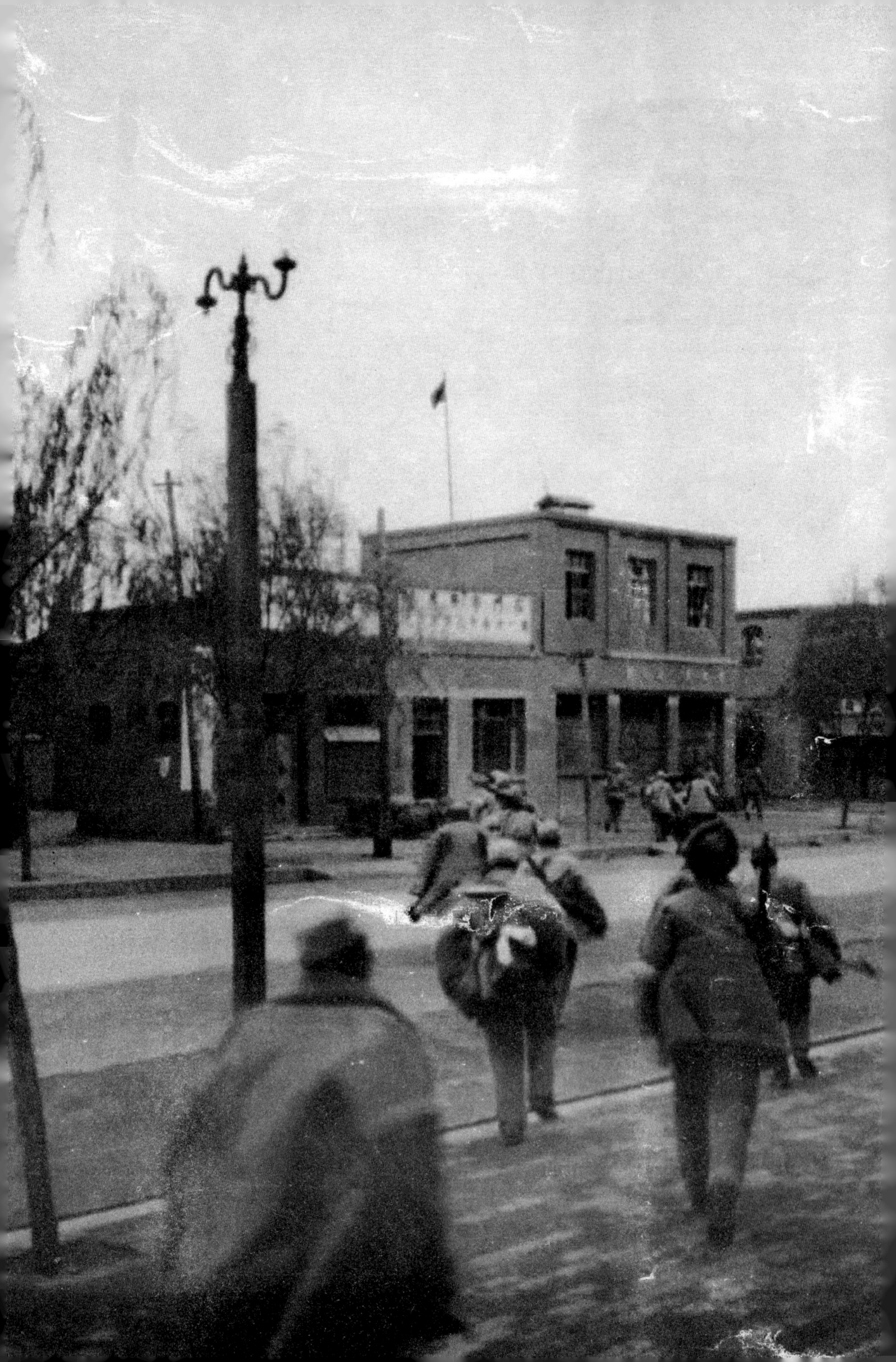

营部与8、9连的机枪同时配合,穿甲弹像骤雨般从三面喷向车头。刹那间,列车猛然停住了。

此时,正好3排长带领9班战士赶过来,隐蔽在路旁的红墙里,又冲着装甲车猛扔了一阵猛烈的炸药和手榴弹,装甲车头的锅炉被打坏了,动弹不得。

原来,这是一辆由十余节车厢组成的铁甲列车,火车头放在中间,最前面是一节没有顶的敞车,用麻袋堆垒成各种射击掩体;末一节是平板车,上面载着一辆坦克;中间各节车厢都是运兵的铁皮棚车。列车上配备的敌人兵力约有一个连。

铁甲车是不能动弹了,但是,铁甲车上的轻重机枪却向我军阵地猛烈开火。7连长马上命令,向列车冲锋,争取拿下铁甲车。

战士黄新贵首先冒着敌人的枪弹一跃跳过了车站铁丝网,攀上了火车头,续金魁和连长等人也相继冲进了车厢。敌人一个连的兵力都被压缩在一节车厢里。

这节车厢是敌连长的指挥车,凭借着车厢的装甲钢板继续向我军射击。

听到枪弹声,迅速赶过来的3营营长张贵臣,马上命令9连做好准备,把这节车厢给消灭掉。

一声令下,战士王本现迅速地爬到车前,安放下炸药包,只听"轰隆"一声巨响,车厢丝毫未损,原来炸药的量太小了。王本现马上又做好了第二次准备,冒着敌人的枪弹冲了过去,把加大量的炸药放在了车厢下。

"轰隆",又是一声巨响,震天动地,车厢一歪,倒在了路旁,连钢轨也被炸得竖了起来。

王本现大叫一声:

"炸掉了,上啊!"

说完,他一马当先,冲在了最前面,和其余战士一起把没有炸死的敌人都抓了俘虏。

大石桥被我军占领了,火车站也被占领了。此时,敌人的核心工事,只剩下了正太饭店。

< 我军某部攻入石家庄市区。

2. 活捉敌 32 师师长刘英

战争就像一个魔术师，它戏剧性的细节，往往出人意料，又在情理之中。

11月12日上午，第4纵队司令员曾思玉接到第10旅政委傅崇碧的报告，30团2连巧入敌穴，抓住了敌第32师师长刘英。一件意外的插曲缩短了战斗的进程。阵地还没有完全突破，敌人的最高指挥官已经落入我军之手，这是怎么回事？

原来，11日黄昏，30团接到命令：

务必于今晚指挥1、2营，迅速越过铁路以西，全部占领车站北道叉，夺取水塔阵地，尔后于第二天会攻核心阵地。

夜幕渐渐笼罩下来，为防止我军偷袭，惊慌失措的敌人不停地盲目扫射，一阵阵的枪声刺破夜空，撕碎了沉寂。在夜色的掩护下，1营2连悄悄地沿着北道叉一侧越过铁路，接近敌人核心工事。

在铁路工棚里面潜伏警戒时，他们捉住两个俘虏。

2连连长刘士杰和指导员王贺山立即进行了审讯。

"你们是什么身份？"

"我是95团的副官。"

"我是个马夫。"

"你们从哪儿来？"

"我们是送团长到大石桥指挥部开会的，正往回返呢。"

"开什么会，知道吗？"

"大概是作战方面的会。"

"都是些什么人参加？"

"都是些头脑，上午已经开过一次了。"

"上午开会，都有些什么内容？"

"主要是组织突围，让我们团开路。打算下午向北突围，然后逃往保定。"

"突出去了吗？"

"突什么呀，人都散了，官找不到兵，兵找不到官的。这会儿，正往回收拢部队呢。"

真是天赐良机啊！连长刘士杰心里一喜。

他与王贺山一合计，觉得这是个好机会。可以乘敌人收缩兵力

核心阵地 ────────────────────────────────── ◀

　　在一定防御范围内起核心作用的阵地。是稳定防御的基柱，是外围和前沿阵地的依托；用以阻止敌人向纵深扩张与突贯，保持防御稳定；通常由纵深内能控制主要防御方向的若干要点组成。当部队坚守某一独立目标或地区成集团式部署时，核心阵地一般选择在防御纵深较为中心、能瞰制各条通道或外围支撑点的坚固建筑或有利地形上。核心阵地通常工事坚固、完备，火力配系完善，便于独立坚守，能抗击敌人来自任何方向的进攻，成为整个防御的支撑。

之际冒充敌人混进去，摸到大石桥指挥所。

　　说来也巧，该连1班新战士郑从发和张勇发原来是第3军军部的侦察员，非常熟悉敌人的核心工事，自告奋勇带路。

　　2连连长刘士杰立即打电话请示团部，提出了自己的作战设想。

　　政委王海延听了刘士杰的报告，觉得这确实是一个大胆的举动。但是，如果能顺利地插进去，直捣敌人的指挥所，将对整个战役起到积极的促进作用。

　　"好，我同意你们的行动。切记，要胆大，心细。我马上通知1营接应你们，让他们天明发起总攻。"

　　刘士杰请示完毕后，马上和指导员带上全连的战士，由郑从发和张勇发带路，

▽ 我军与守敌展开激烈巷战。

∧ 我军战士凭借工事与敌展开巷战。

神不知鬼不觉地摸向核心阵地大石桥。

迷离的夜色中出现了一道黑黝黝的曲线。

"里面就是核心工事，这道墙是分界线。"郑从发小声说道。

刘士杰一打手势，示意部队停下。他带着郑从发和张勇发，悄无声息地潜了过去。

当他们越过壕沟，潜伏到敌人栅门哨卡附近时，见敌人正惊慌失措地从栅门撤退，而且一边撤，一遍吹哨。

岗哨非常密，每隔三五步就有一个端着刺刀的哨兵，不时地还有一些巡逻的哨兵来回走动。

"连长，能过去吗？"

"别着急，看看再说。"

刘士杰心里也犯开了嘀咕，如此森严的戒备，自己带着整整一个连怎么过去呢。

这时，远处传来一阵乱哄哄的声音，一团朦朦胧胧的影子正向这边移动。

见此情景，刘士杰告诉郑从发：

"这一定是敌人收缩回来的部队，立刻通知部队，跟在这伙人的后头。"

敌人的队伍越来越近，走到岗哨前，队伍停住了。执勤哨兵"嘟嘟"地吹起了哨子。是"两长一短"。

对方也"嘟嘟"地响起了哨音，是"两短一长"。

哨兵问也没问，自动闪开了，看来这是事先安排好的暗号。

眼看敌人快走完了，1排长赵傲尔捅了捅刘士杰，压低声音问道："怎么办？"

"混进去，他们怎么办，咱们就怎么办！"刘士杰坚定地回答。

"有哨子吗？"

"有！"

"好，他们正着吹，咱们就反着答；他们反着吹，咱们就正着答。"

"明白！"

站岗的哨兵看见又过来一队人，把哨子衔在嘴上，这次吹的是"两短一长。"

赵排长马上以"两长一短"作答。

哨兵以为是自己人，自动闪开了。刘士杰急忙一摆手，示意部队马上走。就这样，2连紧跟在敌人后面，顺利地进入了核心阵地。

刘士杰马上下令：

1排向大石桥摸进；

3排侧后接应；

2排返回栅门，干掉敌人哨兵，然后乔装哨兵，进行警戒。

刘士杰带领战士正在行进中，突然，背后打来一梭子子弹，还有人喊道：

"别放跑了他们，捉活的。"

刘士杰心里一惊：不好，被发现了。但他很快辨认出子弹不是冲他们来的，是敌人在堵截逃跑的士兵，核心阵地内，顿时人喊马嘶，乱作一团。

刘士杰带领1、3排的战士迅速前进，一口气摸到了大石桥旁边。

大石桥下面有一排桥洞，筑成一排房间。其中三个窗口有微弱的光亮，只有一个窗口光亮较强，跟前停放着一辆黑色小轿车，两个守卫的哨兵正走来走去。

"这就是大石桥指挥部。"郑从发小声说道。

原来，国民党军第32师师部驻在西南兵营。该兵营被我军攻克前，刘英急忙于7日把师部从西南兵营搬进大石桥和正太饭店的核心工事里。8日夜晚又忙活了一夜，才把师部参谋处、副官处、特务连、警卫连统统安排进大石桥桥洞里。

随着我军的包围圈越来越小，刘英固守的信心也越来越小。

当然，刘英不愿意坐以待毙，于是决定收拢部队突围。但突了几次，都被堵了回来。现在，躲在大石桥下面，四面楚歌，刘英只有低着脑袋唉声叹气，一支接一支地抽闷烟。

桥洞外，炮声连天；桥洞内，一片狼藉。

地上放着几个箱子，里面装着刚刚拉来还未下发的军饷。此时，刘英的卫士、副官和勤杂人员们，正趁乱把大把大把的票子往口袋里塞。刘英看在眼里，却一声不吭，仍然一动不动地抽闷烟。

"司令，人到齐了。"副官走进来说道。

刘英掐掉手中的烟头，扔在地上，站起身，又狠狠地用脚踩了踩。

屋内桌子上，燃着几根蜡烛，烛光有气无力，应召而来的副师长彭定颐、参谋长贺定纪、新闻室主任周新和两个团长，都默默地坐着。

刘英清了清嗓子，说道：

"诸位，目前的处境对我十分不利，我几方面阵地都遭到共军的突破。目前，除了核心工事外，已经再无抵抗共匪之屏障，倘若阵地再被蚕食，石家庄将危在旦夕。今天，把大家召集到这里，就是重新研究防御部署，各位有何妙策良方，不妨都谈一谈。"

话音落下，一阵沉默，大家都相对无言。

过了好一会儿，95团团长王孟祥说：

"事到如今，粮弹消耗殆尽，官兵士气消沉，单靠我们的力量，恐怕难以摆脱困境，惟有保定或北平出兵援助，内外夹击，才有可能打破共军重围。"

话音落下，仍是死一般的寂静，大家依旧无言。

其实，在座的心里都很清楚，从内市沟被突破后，不到48小时的时间里，刘英已经先后给保定、北平、南京发出告急电四五十份，得到的答复始终都是"固守待援"的空头支票，只有从蒋介石的回电中获得些许安慰：

望吾弟不惜一切代价，扼守石家庄，兄当令空军竭尽全力配合。

电报收到之后，果真来过几架飞机，狂轰滥炸了一通。因双方军队混在一起，一阵轰炸之后，各有损伤，刘英哑巴吃黄连，有苦难言，再也不敢要求空军助战了。

刘英的目光转到贺定纪身上：

"参座有何高见？"

贺定纪迟疑了片刻，说道：

"从目前的局势看，已经无力回天了。这里已经成为死亡阵地，多耽搁一分钟，危险就多一分钟，只有全力打出去，才为上策。"

"参座所言甚是，除了迅速突围，别无他途。"96团团长随声附和。

刘英狠狠地瞪了他一眼，心里这个气啊：整个一笨蛋，整整一个团，连一条沟都守不住，被"共军"打得七零八落，还有脸在这谈突围。

副师长彭定颐抬起头说道：

"师座，咱们总不能在这儿坐以待毙啊。"

"那你说说，该怎么办？"刘英问道。

"依我看，咱们可以分散突围，趁共军的包围还没有形成铁桶之势，突出去多少算多少。"

刘英脸一沉，说：

"那叫什么突围！把重武器全部丢光，部队建制搞得七零八散，就算突出去，又有何颜面见人？"

彭定颐被刘英噎得说不出话来，不吭声了。

刘英做梦也没有想到，就在他们商量突围的时候，我军30团1营2连的战士已经摸到大石桥指挥部院内，到了他的眼皮子底下。

桥洞外，敌人的两个哨兵正在换岗。1排尖兵从背后摸过去，突然用枪口顶住哨兵后背，用手捂住了他的嘴，把枪夺了过来，压低嗓音说：

"别喊，否则崩了你！"

赶来的刘士杰问道：

"说，刘英在哪儿？"

哨兵两腿哆嗦着，朝灯光较亮的窗户一指，说：

"当官的都在里边开会呢。"

话音未落，刘士杰马上指挥1、3排按预定分工，"呼啦"一下子，堵住了桥下几间房的门窗，指导员和3排长带领8班警戒，连长和1排长组织抓人。

1班长刘起带领战士郑从发、张勇发端着冲锋枪来到那间灯光较亮的房间门口，"咣当"一脚踢开门，冲了进去，三支冲锋枪同时对准屋内，高喊："举起手来，不准动，动就打死你们！"

屋内，刘英等人，顿时被吓得目瞪口呆、手足无措。

1排长赵傲尔走进屋里，大声问道：

"你们这里谁负责？"

"我，我负责。"参谋长贺定纪急忙站了起来。

"你是谁？"

"我是参谋长贺定纪。"

"你能负得了责吗？"赵傲尔大声问道。

话音未落，一名国民党军官用手一拍桌子，蜡烛翻落在地上，屋里顿时陷入了一片黑暗之中。

"别耍滑头，快把蜡烛点上，不然就枪毙了你们！"1班长端着冲锋枪怒喝道。

"就点，就点。"32师新闻室主任周新急忙摸索着从地上把蜡烛捡了起来。

就在屋里黑暗的瞬间，刘英顺势一滚，"哧溜"一下子钻到了床底下。

屋里，另外几个军官吓得慌了神，连声说道："不动，不动！"一边说着，一边乖乖举起了手。

十几个战士走到俘虏跟前，搜缴了枪支，把他们押出了洞外。

躲在床底下的刘英长长地舒了一口气。听到脚步声越来越远，他轻轻地挪了一下身子，准备爬出来。

"哐啷"一声，门又被推开了。

刘英刚落地的心，又重新提到了嗓子眼儿。

原来，战士们出去后，一清点，发现单不见刘英，于是又折了回来。

∨ 我军攻入石家庄市中山路。

"我说，出来吧！"有人撩起了遮着床沿的军毯，朝里面喊道。

刘英搞不清是真发现了他，还是在诈他，装作什么也没有听见，一动不动。

一个战士擎着蜡烛走了过来。

这下藏不住了，刘英狼狈地从床底下爬了出来。他从衣兜里摸出一块图章递给面前的小战士："我是刘英，你拿上这个，上边一定会大大地奖励你的。"

小战士接过图章，说道：

"请走吧！"

当1排押着俘虏军官走出核心阵地的栅门时，正好遇上吕营长、李教导员率部队接应。

< 陈信忠，1955年被授予少将军衔。

陈信忠 ————————————▶—

江西永新人。土地革命战争时期，任红3军9师27团排长、红一军团骑兵团排长。抗日战争时期，任八路军115师骑兵团连长，晋察冀军区第1军分区骑兵营营长，第4军分区行唐支队支队长、第30团团长。解放战争时期，任晋察冀军区第4纵队3旅1团团长，第10旅29团团长、第10旅参谋长、副旅长，第19兵团64军190师师长。

很快，这伙"高级俘虏"就被押到了2营的临时指挥所——大石桥北边的水塔下，接受审问。

原来，在1营2连摸进大石桥的同时，2营6连奉命攻占水塔制高点。正巧捉到敌人96团的三个逃兵，问清守水塔的是敌96团8连。

于是，6连长把战士李文生找来。李文生原来在该部队当司号员，认识这伙官兵，连长和李文生带领部队迅速秘密地运动到水塔底下，将水塔包围起来。

李文生向水塔上喊话：

"弟兄们！我是司号兵李文生，是在正定被解放的，现在我很好！快缴枪吧，解放军优待俘虏！"

水塔上毫无动静。

其他的战士一看，敌人没有动静，就大声喊道：

"不缴枪，靠上炸药，我们要炸水塔啦！"

里边的敌人一听，顿时骚动起来，不少人连忙喊：

"别炸呀！别炸！我们缴枪，我们缴枪！"

就这样，火车站水塔这个钢筋水泥的制高点，一枪未发就被解决了。水塔成了2营的临时指挥所。

傅崇碧和参谋长陈信忠来到了30团2营指挥所，让战士把刘英等人押到水塔内。还未见到刘英的面，外面就传来一阵急促的枪炮声。

"快去查明，哪里打枪？"傅崇碧命令道。

"是！"

不一会儿，一个战士转身跑回来。

"报告！敌人正组织兵力攻占水塔，想夺回他们的司令。"

傅崇碧微微一笑，眼底充满了自信。他一面组织还击，一面用步话器调动部队。

渐渐地，枪声越来越稀，2营教导员穆大法报告："围攻水塔的敌人已经全部被击溃，击毙敌人200余名。"

战事已毕，傅崇碧派人押来刘英："刘英，你知道我们让你们到前面来干什么吗？"

刘英低着头，一声不吭。

傅崇碧接着说：

"我是代表晋察冀人民解放军前线司令员杨得志将军向你传达命令。你要马上下令，让你坚守工事的残部都停止抵抗，缴械投降，将功补过。"

刘英仍然不吭声。

傅崇碧接着说道：

"你们3军的军长、副军长，都在清风店被我们活捉了，你这个师及保警部队大部分都被消灭了，你和几个团长也落个被俘的下场。剩下核心工事和范村据点，也被我们层层围住，再顽抗也无济于事，全部消灭只是早一时晚一时的事情。"

傅崇碧看了看刘英的反应，继续说：

"过去，你已经把成千上万的士兵驱上战场，当了炮灰；把石家庄20万居民投入了火海。如今，又何必继续让官兵和老百姓白白丧生呢？我们人民解放军宽大为怀，是说话算数的，只要你叫部队投降，是可以立功赎罪的。"

听罢,刘英缓缓地抬起头,脸色冰冷地说:

"我是军人,做了俘虏还讲什么?我被俘不能劝弟兄们投降,至于投降或抵抗是他们的事情。"

陈参谋长愤怒地斥责道:

"你有什么资格说这种话,你是俘虏,是几万官兵和人民的罪人,人民有权惩办你!"

"你写不写?"傅崇碧严厉地发出警告。

"实话告诉你,我们并不祈求于你。你不下令投降,我们照样能打下来。我们只不过设身处地地为你着想,也为交战的双方战士着想,尽量减少流血牺牲。这是给你立功的机会!"

傅崇碧冷眼瞧了瞧刘英,朝身边的参谋一挥手,用命令的口吻说:

"给他纸笔,叫他写!"

那威严的态度,有一股蔑视敌人,压倒敌人,威严不可抗拒的气魄。

双方对峙了几秒钟,刘英垂下目光,缓缓地接过了纸笔。他用颤抖的手抓住笔,写下了几个字:

如果支持不住时,可以停止抵抗。

在场的作战科长孙廷珍看到后,迅速给傅崇碧递了个眼神,并摇头示意。

傅崇碧接过纸条一看,随手把那张纸条扔在了地上,怒目逼视刘英,并命令参谋:"重新给他拿一张纸。"

刘英不敢再耍滑头。他重新拿起笔,皱着眉头,一字一句地斟酌。写好后双手哆嗦着递给在场的参谋人员。

傅崇碧从参谋手里接过看了看,点了点头,上面写道:

我和两位团长被俘,你们待援无望,再打必亡。晋察冀人民解放军前线司令要我下令,让坚守核心工事及范村据点的部队停止抵抗,缴械投降。为吾诸位仁兄及众士兵弟兄安全计,我接受前线司令代表的奉劝,并派贺定纪参谋长、周新主任传达我的命令。

特致

刘 英

> 傅崇碧,石家庄战役期间任晋察冀野战军第4纵队10旅政治委员。

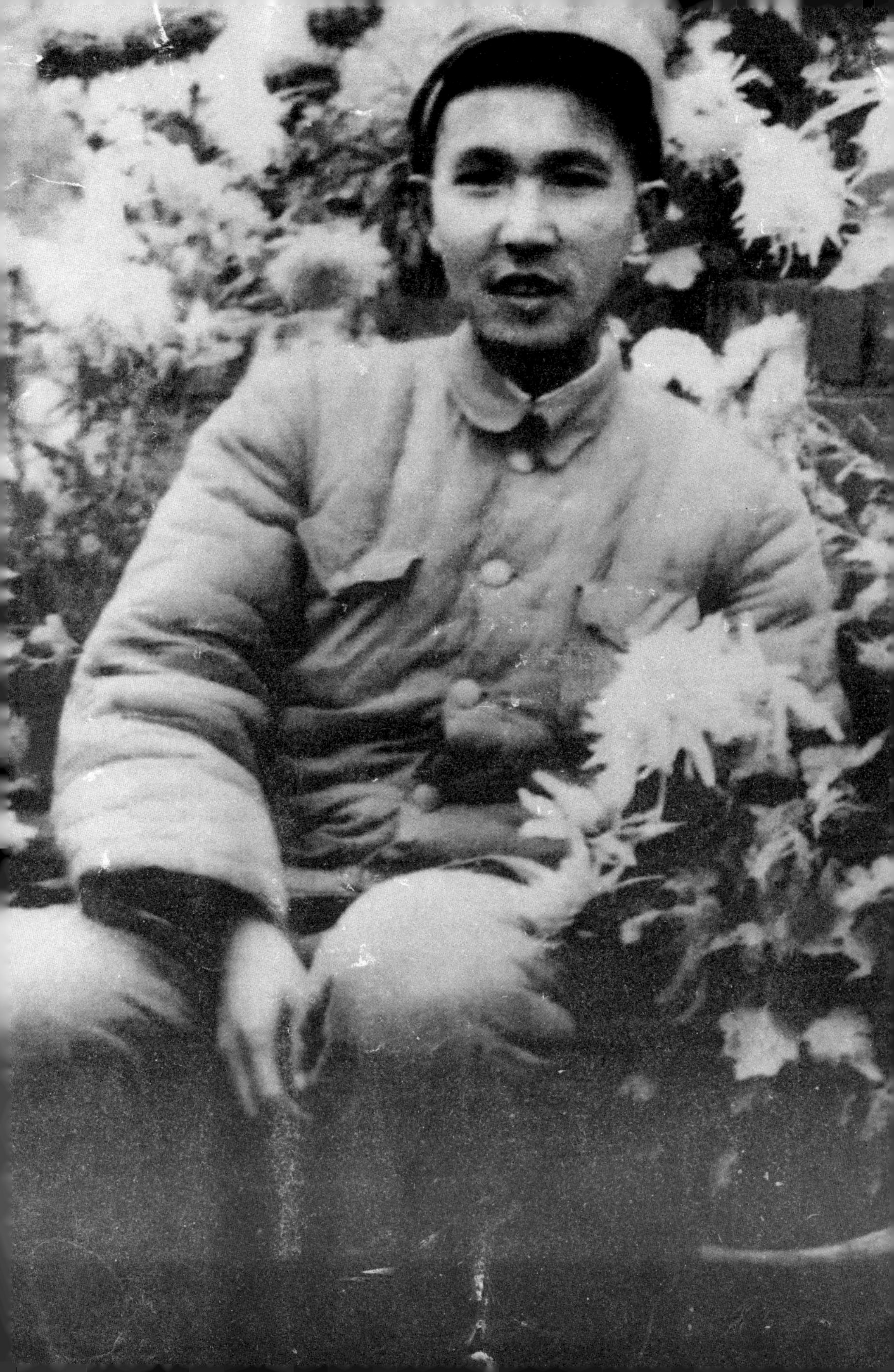

"哪位是贺定纪和周新？"

从俘虏中应声走出两个人。

"刘英把这个任务交给你们两个人了，我相信，你们不会让我们失望的。"傅崇碧晃了晃手上的纸片说道。

"当然！"两个人赶紧用力地点头。

"那好，带他们去吧。"傅崇碧说道。

2连指导员带几个战士把贺、周两名俘虏军官送出了我军阵地。

贺定纪高举那页纸，朝着核心工事的正太饭店走去，边走边喊："不要开枪，我是参谋长贺定纪……。"

3. 攻克正太饭店

正太饭店是石家庄当时最豪华的饭店，孙中山、汪精卫、冯玉祥、阎锡山、蒋介石等民国时期的重要人物都曾在这里住过，国民党军为了固守石家庄，又把正太饭店修成了坚固的堡垒。32师指挥部移至这里后，刘英又命令在饭店周围挖了一条宽、深各约3米的外壕。壕内有围墙，围墙每一个角都筑有钢筋水泥的碉堡，饭店内有坚固的地下室，地下室有暗道通向大石桥，可用作兵力机动。

内市沟被我军摧毁后，刘英便下令94团团长朱剑征带领残部在此据守，约有1,500余人。

11月12日拂晓。刘英下达投降令6个小时后，核心工事的枪声逐渐由密变疏，天亮前终于停止了。

此时，正太饭店的四周，从四面八方打进来的我军各路攻城部队，早已经筑起了一道密密麻麻的人墙。一双双渴望、焦急而又兴奋的眼睛死死地盯着正太饭店楼顶那面青天白日旗，胜利在望，谁不想亲手把鲜艳的红旗插上正太饭店的楼顶啊！

忽然有人大喊：

"快看！白旗！快看！白旗！"

所有的目光唰地同时投向了正太饭店，果然，从一扇窗户里伸出了一面破破烂烂的白旗。

"敌人投降了！"

"我们胜利了！"

顿时，群情激奋，欢呼震天。

战士们高举着枪，欢呼着涌向了正太饭店。

"嗒嗒嗒……"

一阵急促的枪声，把沉浸在胜利中的人们打了个措手不及。

一道道火舌从正太饭店的射击孔喷出，一排又一排的战士倒在了正太饭店的台阶下。狡猾的敌人竟然诈降。

我军战士愤怒了，向正太饭店发起了一次又一次猛攻。

12日上午8时，三颗信号弹腾空而起，我军集中全部炮火，3纵从西、西南、西北，4纵从东、东南、东北向正太饭店猛轰，正太饭店顿时陷入了火海之中。

轰击过后，步兵在机枪掩护下发起了冲锋。

∨ 我军某部与敌在石家庄市区展开战斗。

猛然,从意想不到的方向,斜射过来一发炮弹,正好落在人群中。刹那间,血肉横飞,倒下了一片。

原来,这是一辆装在火车上准备运走而没来得急运走的坦克,冲锋时谁也没有发现它的存在,发现时,已经付出了沉重的代价。

"他妈的!"一声怒骂后,4纵11旅4连爆破手徐志文、许史玉,抱着炸药包直冲过去。

"轰"的一声巨响过后,冒着浓烈的尘烟,康德才、杨大海飞身爬上坦克,用手榴弹敲开舱盖。

"听我的命令!目标:正太饭店。"杨大海将枪口抵在了坦克手的脑袋上。

∨ 国民党军官兵纷纷向我军缴械投降。

炮塔缓缓地移动。

"开炮!"杨大海大喊一声。

坦克手有些迟疑,手迟迟不动。

杨大海猛地用枪点了点他的脑壳。

坦克手再也不敢犹豫。

只听"轰"的一声,一发炮弹呼啸着飞向正太饭店,巨响过后,楼顶的旗杆被击中,旗帜立刻翻落下地。

"不许停!接着打!"杨大海命令道。

一连30余发炮弹呼啸着飞向了正太饭店,敲响了敌人的丧钟。

雄壮嘹亮的冲锋号吹响了,战士们冒着横飞的炮弹碎片,用集群手榴弹炸开了正太饭店的大门,一拥而上,冲进了大楼。

战士们从楼下打到楼上,又从楼上打到地下室,一边投弹射击,一边左挑右刺。

经过两个小时的激战,敌人94团团长朱剑征、副团长梁光义等主要军官,在地下室被活捉。共押出俘虏1,000多名。

与此同时,被冀中部队和36团包围了三天的范村据点守敌,也被迫投降。向北逃窜的400余人,也被2纵队第4旅全歼于灵寿以东地区。

经过6昼夜激战,石家庄守军2.5万余人于11月12日全部被歼。国民党吹嘘的"可坐守三年"的石家庄,6天6夜即告解放。

正太饭店

　　建于20世纪初期,坐落在石家庄站北侧,采用的是法式二层建筑,造型凝重,布局严谨,工艺精细,整体建筑呈"日"字结构,是石家庄当时最大、最豪华的饭店。1925年饭店曾作为石家庄工商各界"五卅惨案"后援会的办公地点。20世纪30年代,正太铁路局将饭店租给商人经营。1947年解放石家庄战役中,正太饭店是国民党军队负隅顽抗的核心据点之一。

石家庄大捷。正在陕北转战的毛泽东、周恩来、任弼时代表中国共产党中央委员会发来贺电:

聂荣臻同志转全体指战员:

　　庆祝晋察冀我军攻克石家庄歼敌两万余人之大胜利!最近数月来,我解放军举行全面反攻:东北我军于最近50天的攻势中歼敌6万余人;南线刘邓、陈粟、陈谢三军深入敌后,歼敌数万人,早已站住脚跟;彭张在西北、许谭在山东也已转入反攻,大量歼灭了敌人;整个敌军战线处于进退维谷、疲于奔命之境。在此有利形势下,尚望继续努力,团结全军,积极寻找机会歼敌,争取冬季作战之大胜利!

朱德总司令在河间冀中军区司令部发来祝贺电:

聂荣臻同志转全体指战员:

　　仅经一周作战,解放石家庄,歼灭守敌,这是很大的胜利,也是夺取大城市之创例，特嘉奖全军。入城后，遵守纪律，迅速恢复秩序极为重要。军队应如此，其他方面亦需如此，要切实办好。

朱德总司令还以《喜闻收复石门》为题，赋诗一首：

石门封锁太行山，
勇士掀开指顾间。
尽灭全师收重镇，
不叫胡马返秦关。
攻坚战术开新面，
久困人民动笑颜。
我党英雄真辈出，
从兹不虑鬓毛斑。

这首诗至今仍然镌刻在解放石家庄纪念碑上，激励着后人。
中共晋察冀中央局在阜平发来贺电：

聂、萧司令员转前线全体指战员：
祝贺你们攻克石家庄的重大胜利！此役以神速勇猛之动作，一举攻克此一华北战略要点，从此我两大解放区打成一片。此间军民闻捷，莫不兴奋异常，特电致贺。

南线的刘伯承、邓小平、陈毅、粟裕，东北的林彪、罗荣桓，山东的许世友、谭震林，以及中共中央西北局、中共中央晋冀鲁豫分局、晋冀鲁豫军区、中共中央晋绥分局、晋绥军区、晋绥行政公署等都发来了贺电。

11月16日，新华社发布了解放军总部发言人对石家庄大捷的评论：

发言人指出：此次石家庄守敌达两万人以上，并得到美国供给的蒋匪空军积极援助，然而仅仅6天，该城即被攻克。在突破敌人每一阵地时，每次只需二三十分钟，可见蒋匪军士气之异常的低落；而我军的军事技术，多谢蒋美运送的新式武器，已经空前提高了。蒋介石此次命令石家庄蒋军死守，并允许立即给以增援。但是战斗已经结束，增援的部队还不知在哪里。我军大举反攻，蒋介石兵源更加枯竭，同时蒋匪军又不断被我歼灭在战场上，就会出现这样一种情况：当具有战略意义的城市被我军包围时，蒋根本派不出援兵，那时像解放石家庄这样的胜利，就会一连串地到来。这种情况已经不远了，石家庄之捷本身就是一个开头。

外国通讯社也以敏锐的眼光迅速对这一战役作出了反应。

合众社称："石家庄之战，是解放军可观的胜利。保定省政府官员闻风乘车逃往北平。"

路透社说："石家庄一役，对蒋介石是一次新的挫败。"

蒋介石哀叹："这是我们重要都市第一次的失陷。当然是我们一个重大的损失！"

石家庄战役，共歼灭国民党军2.5万余人，缴获坦克9辆，火炮130余门及大量机车、汽车和军用物资。石家庄这块要地，历来是兵家必争之地。它的解放改变了华北战场的敌我态势，粉碎了国民党实施南北呼应、东西配合的战略企图。首创了人民解放军夺取重要城市的先例，为尔后进行城市作战提供了重要经验。正是石家庄的解放，把晋察冀和晋鲁豫两大解放区连成了一片，形成了拥有4,370多万人口、100多万党员、1.63亿亩耕地的全国最大的解放区，为全国解放提供了大量的物力和人力。正是石家庄的解放，为我党我军提供了适中的指挥位置。1948年5月，中共中央、中国人民解放军总部进驻了建屏县（今平山）西柏坡，并在这里指挥了三大战役、召开了党的七届二中全会。

4. 石家庄解放了

石家庄刚刚解放，街道上冷冷清清，阵阵寒风吹过，尘土飞扬，空气中还弥漫着硝烟的味道。被日本侵略者和国民党统治长达十年之久的石家庄，长期与世隔绝，消息闭塞，虽然石家庄解放了，但家家户户紧闭门窗，人心惶惶。

258

我军占领国民党石门（即石家庄）市政府。

∧ 我军列队开进石家庄市区。

　　石家庄解放，其意义，不仅仅在于这是中国人民解放军"夺取大城市之创例"。正如朱德总司令指出的："石家庄是解放军收复的第一座城市，其意义不仅在于军事方面，同时也在政治方面。我们不仅要学会打城市，还要学会恢复和管理城市。"
　　11月14日，军地双方联合发布了第一号布告：

全体市民同胞们：
　　石家庄解放了！石家庄已经成为人民的石家庄。使20万父老兄弟姐妹，从日寇蒋匪10年的蹂躏奴役下解放出来，获得了民主自由。
　　同胞们起来！建设人民的新石家庄！彻底废除蒋伪的一切反动措施，镇压反动分子的破坏行为。迅速建立革命新秩序。

工人们！贫民们！起来保护公产建筑，组织纠察队维持治安。

农民们起来，彻底实行耕者有其田。

工商学各界，迅速复工、复业、复学。

一切蒋伪机关人员，不得离职逃匿，立刻到民主市政府登记听候处理。一切蒋伪机关、团体、仓库、公有企业主管人员，需负责保管一切建筑资料、档案图书，听候接收。如有逃匿、窝藏、破坏、盗窃等行为者，必予严惩。

一切军火弹药，军事物资，无论公有私有，一律送交民主政府，如违不报，必予严惩。

全体同胞们！石家庄解放了！从此，粮食物资供应困难自可减少，民生尚可安定。无论男女老少各行各业，望安居乐业，维持秩序，不得听信谣言，自相骚扰。如有奸细特务破坏分子，造谣惑众，扰乱治安者，人人得以检举，交由民主政府或人民法庭予以惩办。

此布

市长柯庆施
卫戍司令员郑维山
政治委员毛铎

一户，两户，三户……

渐渐地，紧闭的门窗都打开了。

街上，一辆辆运送物资的大车，络绎不绝，上面载着从冀中、冀西调拨的粮食、食油和盐。

老百姓发现，解放军不进民房，不骚扰百姓，虽然已经连续战斗了几天几夜，但他们一刻也没有休息。他们在街上执勤的执勤，打扫战场的打扫战场，给老百姓发粮的发粮……一切都井然有序。

很快，解放军的政策便宣传到了各家各户，解放军的美名便传遍了石家庄。

一间间民房里，一间间茅草屋里炊烟袅袅。

一个个瘦骨嶙峋的老太太，一个个满面沧桑的妇女，都紧张地忙碌起来。

她们正在把刚刚领到的白面，做成烙饼，准备慰劳解放军战士们。

可是，她们自己都已经两三天没饭吃了。国民党的军队在石家庄据守，把能吃的东西早就搜刮光了。

再看那些洋车工人，都拉着自己的车，自发地去救护伤员。

还有那些工人，都尽职地守护在机车旁边。可就在石家庄解放前，他们还在盼望解放军的一颗炮弹能将机车全部炸毁。此刻，他们却变得像爱护自己的眼睛一样，爱护每一个机车零件。

石家庄战役结束了,石家庄真正回到了人民手里,内外数十万军民锣鼓喧天地欢庆胜利!

然而,欢呼过后,留在心底的却是难以磨灭的创伤。

望着那一身身被硝烟熏染的军装;

望着那一面面被鲜血染红的战旗;

望着那些一排排走过、耷拉着脑袋的俘虏;

望着那些满面沧桑、瘦骨嶙峋的百姓;

望着那战火过后,萧条的、瑟瑟发抖的城市;

……

我们的战士在想些什么呢?

∨ 位于河北省境内的平山县西柏坡,解放战争后期,成为了中共中央和中国人民解放军总部所在地。

是战场上倒下的战友；

是阵地上的血流成河；

是炮火中飞溅的残肢；

还是那一双双临死也闭不上的眼睛……

这些从战火中冲出来的战士，这些从枪林弹雨中走过来的汉子，此时此刻，眼眶里竟然盈满了泪水。

城市重生了，无数的勇士却从此长眠于这片土地。锣鼓声、欢笑声再也无法传进他们的耳中，胜利的喜悦再也无法与他们分享。

战士们齐齐地举起枪，枪口朝着天空，子弹一颗接一颗飞向天空，遥远的回声久久地在天地间回荡。

战争宽银幕

❶ 解放军某部部队南下途中。

❷ 我军骑兵部队向前线进军。
❸ 我军在进军途中。
❹ 我军某部徒涉向前挺进。
❺ 被我军击落的准备空投的国民党驼式运输机。

[亲历者的回忆]

耿 飚
（时任晋察冀野战军参谋长）

石家庄战役的胜利，具有重大的意义。要准确、充分地估价其意义，必须把石家庄攻坚战和正太、青沧、保北、清风店诸战役联系起来看。

因为，正是这一连串战役之间的有机联系和连续取得胜利，体现了安国会议以来，晋察冀部队在军区准确领导下，有效地执行了中央军委和毛主席关于应该"完全主动作战"、"大踏步进退"、"打歼灭战"、"先打弱敌，后打强敌，调动敌人，各个击破"的作战方针和战略思想，体现了晋察冀战局由被动转为主动，由打顶牛仗、消耗战转为取得歼灭战和攻坚战的胜利。

经过这几次战役，西面的太行解放区、冀晋解放区、东面的山东解放区、南面的冀南解放区和中间的冀中解放区已连成一片，而敌人东西、南北之间的联系已被切断，从而为我军进一步的战略行动打下了良好的基础，也为以后党中央、毛主席来到晋察冀创造了良好的条件。

——摘自：《耿飚回忆录》

聂荣臻
（时任晋察冀军区司令员兼政治委员）

　　我军攻克石家庄，党中央来电祝贺，朱德同志也来了贺电，称誉解放石家庄是"夺取大城市之创例"，这是对我区指战员的巨大鼓舞。在我看，这一战役之所以取得胜利，从指导思想上说，是摘下了一颗成熟的果子。果子没有成熟，也就是说，主客观条件都不具备，硬是要摘，结果不但摘不下来，还要吃亏。解放战争初期的攻打大同，以及在这之前的围攻归绥、包头，就是这方面的例子。然而，果子熟了，你不去摘它，那也是错误的。对石家庄的进攻，就正是时候。

　　　　　　　　　　——摘自：《聂荣臻回忆录》

《聚歼天津卫》　《解放大上海》　《合围碾庄圩》　《进军蓉城》
《保卫延安》　　《血拼兰州》　　《喋血四平》　　《剑指济南府》
《鏖战孟良崮》　《席卷长江》　　《攻克石家庄》　《总攻陈官庄》
《围困太原城》　《登陆海南》　　《兵发塞外》　　《重压双堆集》

1.部分图片由解放军画报社供稿

摄影作者(按姓氏笔画排列)：

于天为	于庆礼	于咸志	于坚	于志	于学源	马金刚	马昭运	马硕甫	化民	孔东平	毛履郑
王大众	王文琪	王长根	王仲元	王纪荣	王甫林	王纯德	王国际	王奇	王学源	王林	王述兴
王青山	王春山	王振宇	王晓羊	王鼎	王毅	邓龙翔	邓守智	丕永	冉松龄	史云光	史立成
田丰	田建之	田建功	田明	白振武	石嘉瑞	艾莹	边震遐	任德志	刘士珍	刘长忠	刘东鳌
刘叶	刘庆瑞	刘寿华	刘保琛	刘峰	刘德胜	华国良	吕厚民	吕相友	孙天元	孙庆友	孙侯
安靖	成山	朱兆丰	朱赤	朱德文	江树积	江贯成	纪志成	许安宁	齐观山	何金浩	余坚
吴群	宋大可	张平	张宏	张国瑾	张举	张炳新	张祖道	张崇岫	张鸿斌	张谦谊	张超
张颖川	张熙	张醒生	张麟	时盘棋	李丁	李九龄	李久胜	李书良	李夫培	李文秀	李长永
李凤	李克忠	李国斌	李学增	李家震	李晞	李海林	李基禄	李清	李维堂	李雪三	李景星
李琮	李锋	李瑞峰	杜心	杜荣春	杜海振	杨绍仁	杨绍夫	杨玲	杨荣敏	杨振亚	杨振河
杨晓华	沙飞	肖迟	肖里	肖孟	肖瑛	苏卫东	苏中义	苏正平	苏河清	苏绍文	谷芬
邹健东	陆仁生	陆文骏	陆明	陈一凡	陈书帛	陈世劲	陈希文	陈志强	陈福北	周有贵	周洋
周鸿	铜锋	周德奎	孟庆彪	孟昭瑞	季音	屈中奕	林杨	林塞	罗培	苗景阳	郑景康
金锋	姚继鸣	姚维鸣	姜立山	祝玲	胡宝玉	胡勋	赵化	赵良	赵奇	赵明志	赵彦璋
郝长庚	郝世保	郝建国	钟声	凌风	唐志江	唐洪	夏志彬	夏枫	夏苓	徐光	徐肖冰
徐英	徐振声	流萤	耿忠	袁汝逊	袁克忠	袁绍柯	袁苓	贾健	贾瑞祥	郭中和	郭良
郭明孝	钱嗣杰	陶天治	高凡	高礼双	高帆	高宏	高国权	高洪叶	高粮	崔文章	崔祥忱
常春	康矛召	曹兴华	曹宠	曹冠德	盛继润	章洁	野雨	隋其福	雪印	博明	景涛
程立	程铁	童小鹏	董青	董海	蒋先德	谢礼廓	雁兵	韩荣志	鲁岩	楚农田	照耀
路云	熊雪夫	蔡远	蔡尚雄	裴植	潘沼	黎民	黎明	冀连波	冀明	魏福顺	

(部分照片作者无记载：故未署名)

2.部分图片由 gettyimages 供稿